高野聖

泉 鏡花

角川文庫
17952

目次

義血俠血《ぎけつきょうけつ》

一

越中高岡《えっちゅうたかおか》より倶利伽羅下《くりからじた》の建場《たてば》なる石動《いするぎ》まで、四里八町《よりはっちょう》が間《あいだ》を定時発の乗合《のりあい》馬車あり。

賃銭《ちんせん》の廉《やす》きが故《ゆえ》に、旅客《りょかく》は大抵人力車《おおかたじんりきしゃ》を捨てて之《これ》に便《たよ》りぬ。車夫《しゃふ》は其《その》不景気を馬車会社に怨《うら》みて、人と馬との軋轢《あつれき》漸《ようや》く太甚《はなはだし》きも、才《わずか》に顔役の調和に因《よ》りて、営業上相干《あいおか》さざるを装《よそお》えども、折に触《ふ》れては紛乱を生ずること屢《しばしば》なりき。

七月八日の朝、一番発の馬車は乗合《のりあい》を揃《そろ》えんとて、奴《やっこ》は其《その》門前に鈴《すず》を打振《うちふ》りつつ、「馬車は如何《いかが》です。無茶に廉くッて、腕車《くるま》よりお疾《はよ》うござい。さあお乗《の》なさい。直《すぐ》に出ますよ。」

甲走《かんばし》る声は鈴の音《ね》よりも高く、静《しず》かなる朝の街に響渡《ひびきわた》れり。通過《とおりすがり》の婀娜者《あだもの》は歩《あゆみ》を停《とど》めて、

「一寸小《ちょいとこ》僧《ぞう》さん、石動まで若干金《いくら》？　なに十銭だとえ。ふう、廉いね。其代《そのかわ》り遅いだろう。」

沢庵《たくあん》を洗立《あらいた》てたるように色揚《いろあげ》したる編片《アンペラ》の古帽子《ふるぼうし》の下より、奴は猿眼《さるまなこ》を晃《きらめ》かして、

「物は可試《ためし》だ。まあ御召《おめ》しなすッて下さい。腕車《くるま》より遅かッたら代は戴《いただ》きません。」

恁《かく》言う間《うち》も渠《かれ》の手なる鈴は絶えず噪《さわ》ぎぬ。

「そんな立派なことを云《い》ッて、屹度《きっと》だね。」

奴は昂然《こうぜん》として、

「虚言《うそ》と坊主《ぼうず》の髪《あたま》は、いッた事はありません。」

「何だね、洒落臭《しゃらくさ》い。」

微笑《ほほえ》みつつ女子《おんな》は恁《か》く言捨《いいす》てて乗込みたり。

其年紀《そのとしごろ》は二十三四、姿は強《し》いて満開の花の色を洗いて、清楚《せいそ》たる葉桜の緑浅し。色白く、鼻筋通り、眉《まゆ》に力味《りきみ》ありて、眼色《まなざし》に幾分《いくぶん》の凄味《すごみ》を帯び、見るだに涼《すず》しき美人なり。

是果《これはた》して何者なるか。髪は櫛巻《くしまき》に束《つか》ねて、素顔を自慢に臙脂《べに》のみを点《さ》したり。服装《いでたち》は、将棊《しょうぎ》の駒《こま》を大形《おおがた》に散《ちら》したる紺縮《こんちぢみ》の浴衣《ゆかた》に、唐繻子《とうじゅす》と繻珍《しゅちん》の昼夜帯《ちゅうやおび》をば緩《ゆる》く引掛《ひっかけ》に結びて、空色縮緬《そらいろちりめん》の蹴出《けだし》を微露《ほのめか》し、素足に吾妻下駄《あずまげた》、絹張《きぬばり》の日傘《ひがさ》に更紗《さらさ》の小包を持添《もちそ》

えたり。

挙止侠《とりなりきやん》にして、人を怯《おそ》れざる気色《けしき》は、世磨《よず》れ、場慣《ばな》れて、一条縄《ひとすじなわ》の繫《つな》ぐべからざる魂《たましい》を表《あらわ》せり。想《おも》うに渠《かれ》が雪の如き膚《はだ》には、剳青淋漓《さっせいりんり》として、悪竜焰《あくりようほのお》を吐《は》くにあらざれば、寡《すくな》くも、其《その》左の腕《かいな》には、双枕《ふたつまくら》に偕老《かいろう》の名や刻みたるべし。

馬車は此怪《このあや》しき美人を以《もっ》て満員となれり。発車《はっしゃ》の号鈴《ごうれい》は割るるばかりに姑《しばら》く響けり。

向者《さき》より待合所の縁《えん》に倚《よ》りて、一篇《いっぺん》の書を繙《ひもと》ける二十四五の壮佼《わかもの》あり。盲縞《めくらじま》の腹掛《はらがけ》、股引《ももひき》に汚れたる白小倉《しろこくら》の背広を着て、護謨《ゴム》の解《ほっ》れたる深靴《ふかぐつ》を穿《は》き、鍔広《つばびろ》なる麦稈《むぎわら》帽子を阿弥陀《あみだ》に被《かぶ》りて、踏跨《ふんまた》ぎたる膝《ひざ》の間《あいだ》に、茶褐色《ちゃかっしょく》なる渦毛《うずげ》の犬の太く逞《たくま》しきを容《い》れて、其《その》頭を撫《な》でつつ、専念に書見《しょけん》したりしが、此時《このとき》鈴の音を聞くと斉《ひと》しく身を起《おこ》して、翩然《ひらり》と御者台《ぎょしゃだい》に乗移《のりうつ》れり。

渠の形軀《かたち》は貴公子の如く華車《きゃしゃ》に、態度は森厳《しんげん》にして、其裡自《そのうちおのず》から活潑《かっぱつ》の気を含《ふく》めり。陋《いやし》げに日に黧《くろ》みたる面《おもて》も熟視《よくみ》れば、清矑明眉《せいろめいび》、相貌秀《そうぼうひい》でて尋常《よのつね》ならず。畢竟《とかく》は馬蹄《ばてい》の塵《ちり》に塗《まみ》れて鞭《べん》を揚《あぐ》るの輩《はい》にあらざるなり。

御者は書巻《しょかん》を腹掛《はらがけ》の衣兜《かくし》に収《おさ》め、革紐《かわひも》を附《つ》けたる竹根《ちくこん》の鞭《むち》を執《と》りて、徐《しずか》に手綱《たづな》を捌《さば》きつつ身構うる時、一輛《いちりょう》の人力車《じんりきしゃ》ありて南より来《きた》り、疾風《しっぷう》の如く馬車の側《かたわら》を掠《かす》めて、瞬《またた》く間《ひま》に一点の黒影《こくえい》となり畢《おわ》んぬ。

美人は之《これ》を望みて、

「おい小僧さん、腕車《くるま》より遅いじゃないか。」

奴の未《いま》だ答えざるに先《さき》だちて、御者は屹《き》と面《おもて》を抗《あ》げ、微《かすか》なれる車の影《かげ》を見送りて、

「吉公《きちこう》、手前《てめえ》また腕車《くるま》より疾《はえ》えといったな。」

奴は愛嬌《あいきよう》好く頭を掻《か》きて、

「応《ああ》、言った。でも然《そ》う言われねえと乗らねえもの。」

御者は黙《もく》して頷《うなず》きぬ。忽《たちま》ち鞭《むち》の鳴ると共に、二頭の馬は高く嘶《いなな》きて一文字に跳出《はねいだ》せり。不意を吃《くら》いたる乗合《のりあい》は、座《ざ》に堪《たま》らずして殆《ほとん》ど転墜《まろびお》ちなんとせり。奔馬《ほんば》は中《ちゆう》を駈《か》けて、見る見る腕車《くるま》を乗越《のっこ》したり。御者はやがて馬の足掻《あがき》を緩《ゆる》め、渠《せん》に先を越させぬまでに徐々《じよじよ》として進行しつ。

車夫《しやふ》は必死となりて、やわか後《おく》れじと焦《あせ》れども、馬車は恰是《さなが》ら月を負いたる自家《おのれ》の影の如く、一歩を進むる毎《ごと》に一歩を進めて、追えども追えども先《さき》ん じ難《がた》く、ようよう力衰《おとろ》え、息逼《せま》りて、今や殪《たお》れぬべく覚ゆる比《ころ》、高岡より一里を隔《へだつ》る立野《たての》の駅に来りぬ。

此《この》街道の車夫《しやふ》は組合を設けて、建場《たてば》建場に連絡を通ずるが故《ゆえ》に、今此車夫《このしやふ》が馬車に後《おく》れて、喘《あえ》ぎ喘ぎ走るを見るより、其処《そこ》に客待《きやくまち》せる夥間《なかま》の一人《ひとり》は、手に唾《つば》して躍《おど》り出《い》で、

「おい、兄弟《きようでえ》しっかりしなよ。馬車の畜生《ちくしよう》如何《どう》してくりょう。」

矢庭《やにわ》に対曳《さしびき》*の綱《つな》を梶棒《かじぼう》に投懸《なげか》くれば、疲《つか》れたる車夫《しやふ》は勢《いきおい》を得て、

「難有《ありがて》え！　頼《たの》むよ。」

「合点だい！」

それと云うまま挽出《ひきいだ》せり。二人の車夫《しやふ》は勇ましく相呼び相応《あいこた》えつつ、卒《にわか》に驚くべき速力をもて走りぬ。やがて町尽頭《まちはずれ》の狭《せま》く急なる曲角《まがりかど》を争うと見えたりしが、人力車《くるま》は無二無三《むにむさん》に突進《とつしん》して、遂《つい》に一歩を抽《ぬ》きけり。

車夫《しやふ》は諸声《いつせい》に凱歌《かちどき》を揚《あ》げ、勢《いきおい》に乗じて二歩を抽き、三歩を抽き、益々《ますます》馳《は》せて、軽迅《けいじん》丸《たま》の跳《おど》るが如く二三間を先《さき》んじたり。

向者《さきのほど》は腕車《くるま》を流眄《しりめ》に見て、最《いと》も揚々《ようよう》たりし乗合《のりあい》の一人《いちにん》は、

「さあ、やられた！」と身を悶《もだ》えて騒《さわ》げば、車中いずれも同感の色を動《うごか》して、力瘤《ちからこぶ》を握《にぎ》るもあり、地踏鞴《じだたら》を踏むもあり、奴を叱《しつ》して切《しき》りに喇叭《らつぱ》を吹《ふ》かしむるもあり。御者は縦横に鞭を揮《ふる》いて、激しく手綱を掻繰《かいく》れば、馬背《ばはい》の流汗滂沱《りゆうかんぼうだ》として掬《きく》すべく、轡頭《くつわづら》に嚙出《はみいだ》したる白泡《しろあわ》は木綿《きわた》の一袋《ひとふくろ》もありぬべし。

有恁《かかる》ほどに車体は一上一下《いちじよういちげ》と動揺して、或《あるい》は頓挫《とんざ》し、或は傾斜し、唯是《ただこれ》風の落葉《おちば》を捲《ま》き、早瀬の浮木《うきぎ》を弄《もてあそ》ぶに異《こと》ならず。乗合は前後に俯仰《ふぎよう》し、左右に頽《なだ》れて、片時《へんじ》も安《やす》

き心は無く、今にも此車《このくつがえる》顚覆か、但《ただし》は其《その》身投落《なげおと》さるるか。孰《いずれ》も怪我《けが》は免《のが》れぬ所《ところ》と、老いたるは震慄《ふるいおのの》き、若きは凝瞳《すえまなこ》になりて、唯《ただ》一秒の後《のち》を危《あやぶ》めり。

七八町を競走して、幸《さいわい》に別条無く、馬車は辛《から》くも人力車《じんりきしや》を追抽《おいぬ》きぬ。乗合は思わず手を拍《う》ちて、車も撼《うご》くばかりに喝采《かっさい》せり。奴は凱歌《かちどき》の喇叭《らっぱ》を吹鳴《ふきなら》して、後れたる人力車を麾《さしまね》きつつ、踏段《ふみだん》の上に躍《おど》れり。独《ひと》り御者のみは喜ぶ気色も無く、意《こころ》を注ぎて馬を労《いたわ》り労り駈けさせたり。

怪しき美人は満面に笑《えみ》を含みて、起伏《きふく》常ならざる席に安《やす》んずるを、隣《となり》なる老人は感に堪《た》えて、

「お前様《まえさん》どうもお強い。能《よ》く血の道が発《おこ》りませんね。平気なものだ、女丈夫《おとこまさり》だ。私《わたし》なんぞは徹頭徹尾意気地《からきしいくじ》は無い。それも其理《そのはず》かい、もう五十八だもの。」

其言《そのことば》の訖《おわ》らざるに、車は凸凹道《でこぼこみち》を踏みて、がたくりんと跌《つまず》きぬ。老夫《おやじ》は横様《よこざま》に薙仆《なぎたお》されて、半禿《なかばは》げたる法然頭《ほうねんあたま》はどっさりと美人の膝に枕《まくら》せり。

「あれ、危《あぶな》い！」

と美人は其《その》肩を䠒《しか》と抱《いだ》きぬ。

老夫は勃起勃起《むくむく》身を擡《もた》げて、

「へい此《これ》は、此は如何《どう》も憚様《はばかりさま》。さぞお痛《いと》うございましたろう。御免《ごめん》なすッて下さいま

しよ。いやはや、意気地は有りません。これさ馬丁様《べっとうさん》や、もし若い衆様《しゅさん》、何と顚覆《ひっくりかえ》るようなことは無かろうの。」

御者は見も返らず、勢籠《いきおいこ》めたる一鞭《いちべん》を加えて、

「分《わか》りません。馬が跌《つまず》きゃ其迄《それまで》でさ。」

老夫は眼《め》を円《まる》くして狼狽《うろた》えぬ。

「否《いや》さ、転ばぬ前《さき》の杖《つえ》だよ。真箇《ほん》に御願《おねがい》だ、気を着《つ》けておくれ。若い人と違って年老《としより》の事だ、放《ほう》り出されたら其迄《それまで》だよ。もう好《い》い加減にして、徐々《やわやわ》とやってもらおうじゃないか。何《なん》と皆様《みなさんど》如何《う》でございます。」

「船に乗れば船頭任せ。此《この》馬車にお乗《の》んなすッた以上は、私に任せたものとして、安心しなければなりません。」

「ええ途方《とほう》も無い。どうして安心がなるものか。」

呆《あき》れはてて老夫は呟《つぶや》けば、御者は始《はじ》めて顧《かえりみ》つ。

「それで安心が出来なけりゃ、御自分の脚《あし》で歩くです。」

「はいはい。それは御深切《ごしんせつ》に。」

老夫は腹立しげに御者の面《かお》を偸視《とうし》せり。

後れたる人力車は次の建場《たてば》にて又一人《またひとり》を増して、後押《あとおし》を加えたれども、尚《なお》未だ逮《およ》ば

ざるより、車夫等《しゃふら》は益々発憤《はっぷん》して、悶《もだ》ゆる折から、松並木の中途《なかほど》にて、前面《むかい》より空車《からぐるま》を挽来《ひききた》る二人《ふたり》の車夫《しゃふ》に出会いぬ。行違《ゆきちが》いさまに、綱曳《つなひき》は血声《ちごえ》を振立《ふりた》て、

「後生だい、手を仮《か》してくんねえか。あの瓦多《がた》馬車*の畜生、乗越《のっこ》さねえじゃ、」

「此徒等《こっとら》の顔が立たねえんだ。」と他の一箇《ひとり》は叫《さけ》べり。

血気事を好む徒《てあい》は、応と云うがままに其《その》車を道端《みちばた》に棄《す》てて、総勢五人の車夫《しゃふ》は揉《も》みに揉んで駈けたりければ、二三町ならずして敵に逐着《おいつ》き、有間《しばらく》は相並びて互《たがい》に一歩を争いぬ。

　爾時《そのとき》車夫《しゃふ》は一斉《いっせい》に吶喊《とっかん》して馬を駭《おどろ》かせり。馬は慴《おび》えて躍り狂《くる》いぬ。車は之《これ》が為《ため》に傾斜して、将《まさ》に乗合《のりあい》を振落《ふりおと》さんとせり。

　恐怖《きょうふ》、叫喚《きょうかん》、騒擾《そうじょう》、地震《じしん》に於《お》ける惨状《さんじょう》は馬車の中《うち》に顕《あらわ》れたり。冷々然たるは独彼《ひとりかの》怪しき美人のみ。

　一身を我に任せよと言いし御者は、風波《ふうは》に掀飜《きんぽん》せらるる汽船の、やがて千尋《ちひろ》の底に汨没《こつぼつ》せんずる危急に際して、蒸気機関は猶漾々《なおようよう》たる穏波《おんぱ》を截《き》ると異らざる精神を以て、其《その》職を竭《つく》すが如く、従容《しょうよう》として手綱を操《あやつ》り、競走者に後れず前《すす》まず、隙《ひま》だにあらば一《いち》躍《やく》して乗越《のっこ》さんと、睨合《にらみあ》いつつ推行《おしゆ》く状《さま》は、此《この》道堪能《かんのう》の達者と覚《おぼ》しく、最頼《いとたの》もしく見えたりき。

然《さ》れども危急の際此頼《このたのも》しさを見たりしは、才《わずか》に件《くだん》の美人あるのみなり。他は皆見苦しくも慌《あわ》て忙《ふため》きて、数多《あまた》の神と仏とは心々《こころごころ》に禱《いの》られき。なお彼《かの》美人は此《この》騒擾の間《あいだ》、終始御者の様子を打瞶《うちまも》りたり。

恁《かく》て六《む》箇《つ》の車輪は恰《あたか》も同一《ひとつ》の軸《じく》に在りて転ずる如く、両々相並びて福岡*という に着けり。此処《ここ》に馬車の休憩所《きゅうけいじょ》ありて、馬に飲《みずか》い、客に茶を売るを例とすれども、今日ばかりは素通《すどおり》なるべし、と乗合《のりあい》は心々に想いぬ。

御者は此店頭《このみせさき》に馬を駐《とど》めてけり。我物得つと、車夫《しゃふ》は遽《にわか》に勢《いきおい》を増して、手を揮《ふ》り、声を揚《あ》げ、思うままに侮辱《ぶじょく》して駈去《かけさ》りぬ。

乗合《のりあい》は切歯《はがみ》をしつつ見送りたりしに、車は遠く一団の砂煙《すなけぶり》に裹《つつ》まれて、遂に眼界の外《ほか》に失われき。

旅商人体《たびあきゅうどてい》の男は最《もっと》も苛《いら》だちて、

「何《なん》と皆様《みなさん》、業肚《ごうはら》じゃございませんか。大人気の無い訳だけれど、こういう行懸《ゆきがかり》になって見ると、如何《どう》も負けるのは残念だ。おい、馬丁様《べっとうさん》、早く行《や》ってくれたまえな。」

「それも然《そ》うですけれどもな、老者《おやじ》は誠《まこと》にはや如何《どう》も。第一この疝《せん》*に障《さわ》りますのでな。」

と遠慮勝《えんりよがち》に訴《うった》うるは、美人の膝枕せし老夫《おやじ》なり。馬は群《むらが》る蠅《はえ》と虻《あぶ》との中に優々と水飲み、奴は木蔭《こかげ》の床几《しょうぎ》に大字形《だいのじなり》に僵《たお》れて、むしゃむしゃと菓子《かし》を吃えり。御者は框《かまち》に息《いこ》いて巻莨《まきたばこ》を燻《くゆ》しつつ茶店の嚊《かか》と語《ものがた》りぬ。

「こりゃ急に出そうもない。」と一人《ひとり》が呟けば、田舎女房《いなかにょうぼう》と見えたるが其前面《そのむかい》に居《い》て、

「憎々《にくにく》しく落着いてるじゃありませんかね。」

最初の発言者《ほつごんしゃ》は益々堪えかねて、

「時に皆様《みなさん》、彼通《あのとお》り御者も骨を折りましたんですから、御互様《おたがいさま》に多少《いくらか》酒手《さかて》を奮《はず》みまして、最《もう》一骨折ってもらおうじゃございませんか。何卒《どうぞ》御賛成を願います。」

渠は直《ただち》に帯佩《おびさげ》の蟇口《がまぐち》を取出《とりだ》して、中《なか》なる銭《ぜに》を捜《さぐ》りつつ、

「ねえ貴下《あなた》、茲《ここ》で如彼《ああ》惰《なまけ》られてしまった日には、仏造って魂入れずでさ、冗談《じょうだん》じゃない。」

やがて銅貨三銭を以て隗《かい》より始めつ。*帽子を脱《ぬ》ぎて其中《そのなか》に入れたるを、衆人《ひとびと》の前《まえ》に差出《さしいだ》して、渠は普《あまね》く義捐《ぎえん》を募《つの》れり。

或《あるい》は勇んで躍込《おどりこ》みたる白銅*あり。或《あるい》は渋々《しぶしぶ》捨てられたる五厘《りん》もあり。此処《ここ》の一銭、彼処《かしこ》の二銭、積りて十六銭五厘とぞなりにける。

美人は片隅《かたすみ》に在りて、応募の最終なりき。隗の帽子は巡回《じゅんかい》して渠の前《まえ》に着《ちゃく》せる時、世話人は辞《ことば》を卑《ひく》うして挨拶《あいさつ》せり。

「飛んだお附合《つきあい》で、どうも御気毒様でございます。」

美人は軽く会釈《えしやく》すると与《とも》に、其《その》手は帯の間《あいだ》に入りぬ。小菊《こぎく》にて上包《うわづつみ》せる緋塩瀬《ひしおぜ》の紙入《かみいれ》を開きて、渠は無雑作に半円銀貨を投出《なげいだ》せり。

余所目《よそめ》に瞥《み》たる老夫《おやじ》は太く驚《いた》きて面《かお》を背《そむ》けぬ、世話人は頭《あたま》を掻きて、

「いや、これは剰銭《おつり》が足りない。私《わたくし》も生憎小《あいにくこまか》いのが……」

と腰《こし》なる蟇口に手を掛《か》くれば、

「いいえ、不要《いい》んですよ。」

世話人は呆れて叫びぬ。

「此《これ》だけ？　五十銭！」

之《これ》を聞ける乗合《のりあい》は、然《さ》無《な》きだに、何者なるか、怪しき別品《べっぴん》と目を着けたりしに、今此散財《このきれはなれ》の婦女子《おんな》に似気《にげ》無きより、弥々《いよいよ》底気味悪く訝《いぶか》れり。

世話人は帽子を揺動《ゆりうごか》して銭を鳴《なら》しつつ、

「〆《しめ》て金六十六銭と五厘！　大したことになりました。これなら馬は駈けますぜ。」

御者は既《すで》に着席して出発の用意せり。世話人は酒手を紙に包みて持行《もちゆ》きつ。

「おい、若い衆さん、これは皆様《みなさん》からの酒手だよ。六十六銭と五厘あるのだ。何分一つ奮発《ふんぱつ》してね。頼むよ。」

渠は気軽に御者の肩《かた》を拊《たた》きて、

「隊長、一晩遊べるぜ。」

御者は流眄《ながしめ》に紙包《かみづつみ》を見遣《みや》りて空嘯《そらうそぶ》きぬ。

「酒手で馬は動きません。」

僅《わずか》に五銭六厘を懐《ふところ》にせる奴は驚き且惜《かつおし》みて、有意的《こころありげ》に御者の面《おもて》を眺《なが》めたり。好意を無にせられたる世話人は腹立ちて、

「折角皆様《みなさん》が下さるというのに、それじゃ不要《いらない》んだね。」

車は徐々として進行せり。

「戴く因縁《いんねん》がありませんから。」

「そんな生意気なことを言うもんじゃない。骨折賃《ほねおりちん》だ。まあ野暮《やぼ》を云《い》わずに取《とっ》ときたまえてことさ。」

六十六銭五厘は将《まさ》に御者の衣兜《ポケット》に闖入《ちんにゅう》せんとせり。渠は固く拒《こば》みて、

「思召《おぼしめし》は難有《ありがと》うございますが、規定《きめ》の賃銭の外に骨折賃《ほねおりちん》を戴く理由《わけ》がございません。」

世話人は推返《おしかえ》されたる紙包《かみづつみ》を持扱《もちあつか》いつつ、

「理由《わけ》も糸瓜《へちま》もあるものかな。御客が与《くれ》るというんだから、取っといたら可《い》いじゃないか。こういう物を貰《もら》って済《すま》ないと思ったら、一骨折って今の腕車《くるま》を抽いてくれたま

えな。」

「酒手なんぞは戴かなくッても、十分骨は折ってるです。」

世話人は冷笑《あざわら》いぬ。

「そんな立派な口を吐《き》いたって、約束が違や世話は無え。」

御者は屹と振顧《ふりかえ》りて、

「何《なん》ですと？」

「此《この》馬車は腕車《くるま》より迅《はや》いという約束だぜ。」

儼然《げんぜん》として御者は答えぬ。

「そんな御約束はしません。」

「おッと、然うは言わせない。なるほど私達《わたしたち》には為《し》なかったが、此姉様《このねえさん》には如何《どう》だい。六十六銭五厘の内《うち》、一人《ひとり》で五十銭の酒手をお出しなすったのは此《こ》の方だよ。あの腕車《くるま》より迅く行ってもらおうと思やこそ、こうして莫大《ばくだい》な酒手も奮《はず》もうというのだ。如何《どう》だ、先生、恐入《おそれい》ったか。」

鼻蠢《うごめ》かして世話人は御者の背《そびら》を指もて撞《つ》きぬ。渠は一言《いちごん》を発《はっ》せず、世話人は頗《すこぶ》る得意なりき。美人は戯《たわむ》るるが如くに詰《なじ》れり。

「馬丁様《べっとうさん》、真箇《ほんと》に約束だよ、如何《どう》したッてんだね。」

仍《なお》渠は緘黙《かんもく》せり。其唇《そのくちびる》を鼓動《こどう》すべき力は、渠の両腕《りょうわん》に奮《ふる》いて、馬蹄忽《たちま》ち高く挙《あが》れば、車輪は其輻《そのやぼね》の見るべからざるまでに快転《かいてん》せり。乗合《のりあい》は再び地上の瀾《なみ》に盪《ゆら》れて、浮沈《ふちん》の憂目《うきめ》に遭《あ》いぬ。

縦騁《しょうてい》*五分間の後、前途遥《はるか》に競走者の影を認得《みとめえ》たり。然《しか》れども時遅《おく》れたれば、容易に追迫《ついはく》すべくもあらざりき。而《しこう》して到着地《とうちゃくち》なる石動は最早《もはや》間近になれり。今にして一躍の下《もと》に乗越《のりこ》さずんば、終《つい》に失敗《おくれ》を取らざるを得ざる可《べ》きなり。憐《あわれ》むべし過度の馳騖《ちぶ》*に疲《つか》れ果《は》てたる馬は、力無げに俛《た》れたる首《くび》を聯《なら》べて、策《う》てども走れども、足は重りて地を離《はな》れかねたりき。

何《なに》思いけん、御者は地上に下立《おりた》ちたり。乗合《のりあい》は箇抑甚麼《こはそもいかに》と見る間に、渠は手早く一頭の馬を解放《ときはな》ちて、

「姉様《ねえさん》済みませんが、一寸《ちょっと》下りて下さい。」

乗合《のりあい》は顔を見合《みあわ》せて、此謎《このなぞ》を解くに苦《くる》しめり。美人は渠の言うがままに車を下《くだ》れば、

「どうか此方《こちら》へ。」と御者はおのれの立てる馬の側《そば》に招きぬ。美人は益々其《その》意を得ざれども、仍《なお》渠の言うがままに進寄《すすみよ》りぬ。御者は物をも言わず美人を引抱《ひっかか》へて、翩然《ひらり》と馬に跨《またが》りたり。

魂消《たまげ》たるは乗合《のりあい》なり。乗合《のりあい》は実に魂消《たまげ》たるなり。渠等は千体仏*の如く面《おもて》を鳩《あつ》め、

呆然惘然《あけらかん》と頤《おとがい》を垂れて、恐《おそ》らくは画《え》にも観《み》るべからざる此《この》不思議の為体《ていたらく》に眼《め》を奪われたりしに、其《その》馬は奇怪《きかい》なる御者と、奇怪なる美人と、奇怪なる挙動《ふるまい》とを載《の》せて驀直《ましぐら》に馳去《はせさ》りぬ。車上の見物は漸く我に復《かえ》りて響動《どよ》めり。

「一体如何《どう》したんでしょう。」

「まず乗せ逃《にげ》とでもいうんでしょう。」

「へえ、何《なん》でございます。」

「客の逃《に》げたのが乗逃《のりにげ》。御者の方で逃げたのだから乗《の》せ逃《にげ》でしょう。」

例の老夫《おやじ》は頭《あたま》を掉《ふ》り掉り呟けり。

「いや洒落《しゃれ》どころか。こりゃ、まあ如何《どう》してくれる積《つもり》だ。」

不審《ふしん》の眉を攅《あつ》めたる前世話人《さきのせわにん》は、腕《うで》を拱《こまぬ》きつつ座中を眴《みまわ》して、

「皆様《みなさん》、何《なん》と思召《おぼしめ》す？　こりゃ尋常事《ただごと》じゃありませんぜ。馬鹿《ばか》を見たのは我々ですよ。全く駈落《かけおち》ですな。どうも彼女《あのおんな》がさ、尋常《ただ》の鼠《ねずみ》じゃあんめえと睨んで置きましたが、こりゃあ正に然うだった。然《しか》し好い女だ。」

「私《わたし》は急ぎの用を抱えている身《からだ》だから、こうして安閑《あんかん》としては居《い》られない。何《なん》と此《この》小僧に頼んで、一匹《ぴき》の馬で遣《や》ってもらおうじゃございませんか。馬鹿馬鹿しい、銭を出して、あの醜態《ざま》を見せられて、置去《おきざり》を吃《く》う奴《やっ》も無いものだ。」

「全く然うでございますよ。真箇《ほんと》に巫山戯《ふざけ》た真似《まね》をする野郎《やろう》だ。小僧早く遣ってくんな。」

奴《やっこ》は途方に暮れて、曩《さき》より車の前後に出没《しゅつぼつ》したりしが、

「どうも御気毒様です。」

「御気毒様は知れてらあ。何時《いつ》まで恁《こ》うして置くんだ。早く遣ってくれ、遣ってくれ!」

「私《わたし》には未《ま》だ能《よ》く馬が動きません。」

「活《い》きてるものの動かないという法があるものか。」

「臀部《けつぺた》を引撲《ひっぱた》け引撲け。」

奴は苦笑《にがわらい》しつつ、

「そんな事を云ったッて可《い》けません。二頭曳《びき》の車ですから、馬が一匹じゃ遣切《やりき》れません。」

「そんなら此処で下りるから銭を返してくれ。」

腹立つ者、無理言う者、呟く者、罵《のの》しる者、迷惑《めいわく》せる者、乗合《のりあい》の不平は奴の一身に湊《あつま》れり。渠は散々に苛《さいな》まれて遂に涙《なみだ》ぐみ、身の措所《おきどころ》に窮《きゅう》して、辛くも車の後に竦《すく》みたりき。乗合《のりあい》は益々躁《さわ》ぎて、敵手《あいて》無き喧嘩《けんか》に狂いぬ。

御者は真一文字に馬を飛《とば》して、雲を霞《かすみ》と走りければ、美人は魂身に添《そ》わず、目を閉じ、息を凝《こら》し、五体を縮めて、力の限り渠の腰に縋《すが》りつ。風は颼々《しゅうしゅう》と両腋《りょうえき》に起《おこ》りて毛髪竪《た》ち、道は宛然《さながら》河の如く、濁流脚下《だくりゅうきゃくか》に奔注《ほんちゅう》して、身は是《これ》虚空《こくう》を転《まろ》ぶに似たり。

渠は実に死すべしと念《おも》いぬ。次第《しだい》に風歇《や》み、馬駐《とど》まると覚《おぼ》えて、直《ただ》ちに昏倒《こんとう》して正気を失いぬ。是《これ》御者が静《しず》かに馬より扶下《たすけおろ》して、茶店の座敷《ざしき》に舁入《かきい》れたりし時なり。渠は此《この》介抱《かいほう》を主《あるじ》の媼《おうな》に嘱《たの》みて、其身は息をも継《つ》かず再び羸馬《るいば》に策《むちう》ちて、旧来《もと》し路《みち》を急ぎけり。

程無《ほどな》く美人は醒《さ》めて、こは石動の棒端《ぼうばな》なるを覚《さと》りぬ。御者は既に在らず。渠は其名を媼に訊《たず》ねて、金様《きんさん》なるを知りぬ。其為人《そのひととなり》を問えば、方正謹厳《きんげん》、其行《そのおこない》を質《ただ》せば学問好《がくもんずき》。

二

金沢なる浅野《あさの》川の磧《かわら》は、宵々《よいよい》毎に納涼《のうりょう》の人出の為に熱了《ねつりょう》せられぬ。此《この》節を機として、諸国より入込《いりこ》みたる野師《やし》等は、磧も狭しと見世物小屋を掛聯《かけつら》ねて、猿芝居《さるしばい》、娘軽業《むすめかるわざ》、山雀《やまがら》の芸当、剣《つるぎ》の刃渡《はわたり》、活人形《いきにんぎょう》、名所の覗機関《のぞきからくり》、電気手品、盲人相撲《めくらずもう》、評判の大蛇《だいじゃ》、天狗《てんぐ》の骸骨《がいこつ》、手無娘《てなしむすめ》、子供の玉乗《たまのり》等一々数うるに遑《いとま》あらず。

就中《なかんずく》大評判、大当《おおあたり》は、滝《たき》の白糸《しらいと》が水芸なり。太夫滝の白糸は妙齢《みょうれい》十八九の別品《べっぴん》にて、其《その》技芸は容色と相称《あいかな》いて、市中の人気山の如し。然れば他《た》は皆晩景の開場なるに拘《かかわ》らず、是《これ》のみ独り昼夜二回の興行ともに、其大入《そのおおいり》は永当《えいとう》たり。

　時正に午後一時、撃柝《げきたく》一声、囃子《はやし》は鳴を鎮《しず》むる時、口上は渠が所謂不弁舌《いわゆるふべんぜつ》なる弁を揮いて前口上を陳了《のべおわ》れば、忽ち起《おこ》る緩絃朗笛《かんげんろうてき》の節を履《ふ》みて、静々歩出《あゆみい》でたるは、当座の太夫元滝の白糸、高島田に奴元結《やっこもとゆい》掛けて、脂粉濃《しふんこまやか》に桃花《とうか》の媚《こび》を粧《よそお》い、朱鷺色《ときいろ》縮緬の単衣《ひとえ》に、銀糸の浪《なみ》の刺繍《ぬい》ある水色絽《みずいろろ》の𧘕𧘔《かみしも》を着けたり。渠は閑雅《しとやか》に舞台《ぶたい》好き所に進みて、一礼を施《ほどこ》せば、待構《まちかま》えたりし見物は声々に喚《わめ》きぬ。

「いよう、待ってました大明神様！」

「妖艶妖艶《あでやかあでやか》！」

「ようよう金沢暴《あら》し！」

「ここな命取《いのちとり》！」

　喝采《やんや》の声の裡《うち》に渠は徐《しずか》に面《おもて》を擡《もた》げて、情を含みて浅笑《せんしょう》せり。口上は扇《おうぎ》を挙《あ》げて一咳《いちがい》し、

「東西《とうざい》！　お目通《めどおり》に控《ひか》えさせましたるは、当座の太夫元滝の白糸に御座りまする。御《お》目見《めみえ》相済みますれば、早速《さっそく》ながら本芸に取掛《とりかか》らせまする。最初腕調《こてしらべ》として御覧に入れまするは、露《つゆ》に蝶《ちょう》の狂《くる》いを象《かたど》りまして、(花野の曙《あけぼの》)。ありゃ来た、よいよいよい扨《さて》。」

扨《さて》太夫は盈々《なみなみ》水を盛りたる玻璃盞《コップ》を左手《ゆんで》に把《と》りて、右手《めて》には黄白《こうはく》二面の扇子《せんす》を開き、

呀《や》と声発《か》けて交互《いれちがい》に投上《なげあぐ》れば、露を争う蝶一双《ふたつ》、縦横上下に逐《お》いつ、逐《おわ》れつ、雫《しずく》も滴《こぼ》さず翼《つばさ》も息《やす》めず、太夫の手にも住《とど》まらで、空に文織《あやお》る練磨《れんま》の手術、今じゃ今じゃと、木戸番は濁声高《だみごえたか》く喚《よば》わりつつ、外面《おもて》の幕を引揚《ひきあ》げたる時、演芸中の太夫は不図外方《とのかた》に眼《め》を遣《や》りたりしに、何《なに》にか心を奪われけん、磕《はた》と玻璃《コップ》盞を取落《とりおと》せり。

口上は狼狽《ろうばい》して走寄《はしりよ》りぬ。見物は其為《その》損じを哄《どっ》と囃《はや》しぬ。太夫は受任《うけと》めたる扇を手にしたるまま、其瞳《そのひとみ》を仍外方《なおとのかた》に凝《こら》しつつ、つかつかと土間に下りたり。

口上は弥々狼狽して、為《せ》ん方を知らざりき。見物は呆《は》れ果てて息を斂《おさ》め、満場斉《ひとし》く頭《こうべ》を回《めぐ》らして太夫の挙動《ふるまい》を打瞶《うちまも》れり。

白糸は群《むれ》居る客を推排《おしわ》け、掻排《かきわ》け、

「御免あそばせ、一寸《ちょいと》御免あそばせ。」

倉皇《あわただしく》木戸口に*走出《はしりい》で、項《うなじ》を延べて目送せり。其《その》視線中に御者体の壮佼《わかもの》あり。

何事や起《おこ》りたると、見物は白糸の踵《あと》より、どろどろと乱出《みだれい》ずる喧擾《ひしめき》に、件の男は振《ふり》返《かえ》りぬ。白糸は始めて其面《そのおもて》を見るを得たり。渠は色白く瀟洒《いなせ》なりき。

「おや、違《ちが》ってた!」

恬《か》く独語《ひとりご》ちて、太夫は悄然《すごすご》木戸を入りぬ。

三

夜は既に十一時に近《ちかづ》きぬ。磧は凄涼《せいりょう》として一箇《いっこ》の人影《じんえい》を見ず、天高く、露《ろ》気冷《きひややか》に、月のみぞ独澄《ひとりす》めりける。

熱閙《ねっとう》を極《きわ》めたりし露店は尽《ことごと》く形を斂《おさ》めて、止《ただ》此処彼処に見世物小屋の板囲《いたがこい》を洩《も》るる燈火《ともしび》は、微に宵のほどの名残《なごり》を留《とど》めつ。河は長く流れて、向山《むこうやま》*の松風静《しずか》に度《わた》る処《ところ》、天《てん》神橋《じんばし》*の欄干《らんかん》に靠《もた》れて、うとうとと交睫《まどろ》む漢子《おのこ》あり。

渠は山に倚り、水に臨《のぞ》み、清風を担《にな》い、明月を戴き、了然たる一身、蕭然《しょうぜん》たる四境、自然の清福を占領《せんりょう》して、いと心地《ここち》快《よ》げに見えたりき。

折から磧の小屋より顕れたる婀娜者あり。紺絞《こんしぼり》の首抜《くびぬき》の浴衣*を着て、赤毛布《あかゲット》*を引絡《ひきまと》い、身を持余《もてあま》したるが如くに歩《あゆみ》を運び、下駄の爪頭《つまさき》に戛々《かつかつ》と礫《こいし》を蹴遣《けや》りつつ、流《ながれ》に沿《そ》いて逍遥《さまよい》たりしが、瑠璃色《るりいろ》に澄み渡れる空を打仰《うちあお》ぎて、

「噫《ああ》、好いお月夜だ。寝《ね》るには惜《おし》い。」

川風は颯《さっ》と渠の鬢《びん》を吹乱《ふきみだ》せり。

「ああ、薄《うす》ら寒くなッて来た。」

緊《しか》と毛布を絡《まと》いて、渠は四辺《あたり》を眴《みまわ》しぬ。

「人子一人居《ひとつこひとりい》やしない。何だ、真箇に、暑い時は囂々《わあわあ》騒いで、涼しくなる時分には寝てしまうのか。ふふ、人間というものは意固地なもんだ。涼むんなら這麼様《こういう》時じゃないか。どれ、橋の上へでも行って見ようか。人さえ居《い》なけりゃ、何処でも好い景色なもんだ。」

渠は再び徐々として歩《ほ》を移せり。

此《この》女は滝の白糸なり。渠等の仲間は便宜上《べんぎじょう》旅籠《はたご》を取らずして、小屋を家《いえ》とせるもの寡《すくな》からず。白糸も然なり。

軈《やが》て渠は橋に来りぬ。吾妻下駄の音は天地の寂黙《せきもく》を破りて、からんころんと月に響けり。渠は其《その》音の可愛《おかしさ》に、猶強《なおしい》て響《ひび》かせつつ、橋の央《なかば》近く来れる時、矢庭に左手《ゆんで》を抗げて其高髷《そのたかまげ》*を攫《つか》み、

「ええもう重苦《おもつく》るしい。ちょッ煩《うるせ》え!」

暴々しく引解《ひきほど》きて、手早くぐるぐる巻にせり。

「ああ是《これ》で清々した。二十四にもなって高島田に厚化粧《あつげしょう》でもあるまい。」

恪《かく》て白糸は水を聴《き》き、月を望み、夜色の幽静《ゆうせい》を賞して、漸く橋の半《なかば》を過ぎぬ。渠は忽ち暢気《のんき》なる人の姿を認めぬ。何者か是《これ》、天地を枕衾《ちんきん》として露下月前に快眠《かいみん》せる漢子は、数歩の内《うち》に在りて鼾《いびき》を立てつ。

「おや！　好《い》い気なものだよ。誰《だれ》だい、新《しん》じゃないか。」

囃子方に新という者あり。宵より出でて未だ小屋に還《かえ》らざれば、其《それ》かと白糸は間近に寄りて、男の寝顔を覷《のぞ》きたり。

新は未だ如此《かくのごとく》暢気ならざるなり。渠は果《はた》して新にはあらざりき。新の相貌は如此《かくのごとく》威儀《いぎ》あるものにあらざるなり。渠は千の新を合《あわ》せて、猶且勝《なおかつまさ》ること千の新なるべき異常の面魂《つらだましい》なりき。

其《その》眉は長く濃《こまやか》に、睡《ねむ》れる眸子《まなじり》も凜如《りんじょ》として、正しく結びたる唇は、夢中も放心せざる渠が意気の俊爽《しゅんそう》なるを語れり。漆《うるし》の如き髪は稍生《ややお》いて、広き額に垂れたるが、吹揚《ふきあぐ》る川風に絶えず戦《そよ》げり。

熟視《つくづくなが》めたりし白糸は忽ち色を作《な》して叫びぬ。

「あら、まあ！　金様《きんさん》だよ。」

欄干に眠《ねむ》れるは是《これ》余人ならず、例の乗合《のりあい》馬車の馭者《ぎよしや》なり。

「如何《どう》して今時分這麼《こんな》様所にねえ。」

渠は跫音《あしおと》を忍《しの》びて、再び男に寄添《よりそ》いつつ、

「真箇《ほんと》に罪の無い顔をして寝ているよ。」

恍惚《こうこつ》として瞳を凝《こら》したりしが、卒におのれが絡いし毛布を脱ぎて被懸《きせか》けたれども、駛者は夢にも知らで熟睡《うまいね》せり。

白糸は欄干に腰を憩《やす》めて、有間為《しばらくな》す事もあらざりしが、突然声を揚げて、

「ええ太甚《ひど》い蚊《か》だ。」膝の辺《あたり》を礑と拊《う》てり。此《この》音にや驚きけん、駛者は眼覚まして、
叭《あくび》まじりに、

「ああ、寝た。もう何時《なんどき》か知らん。」

思寄《おもいよ》らざりし我側《かたわら》に媚《なま》めける声ありて、

「もう彼此一時ですよ。」

駛者は愕然《がくぜん》として顧れば、我肩に見覚えぬ毛布ありて、深夜の寒を護《まも》れり。

「や、毛布を着せて下すッたのは？　貴方《あなた》？　でございますか。」

白糸は微笑《えみ》を含みて、呆れたる駛者の面《おもて》を視《み》つつ、

「夜露に打たれると体の毒ですよ。」

駛者は黙して一礼せり。白糸は嬉《うれし》げに身を進めて、

「貴方、其《その》後は御機嫌《ごきげん》よう。」

愈々《いよいよ》呆れたる駛者は少《すこし》く身を退《すさ》りて、仮初《かりそめ》ながら、狐狸変化《こりへんげ》の物にはあらずやと心《こころ》
陰《ひそか》に疑えり。月を浴びて物凄《ものすご》きまで美しき女の顔を、無遠慮に打眺《うちなが》めたる渠の眼色《めざし》は、
顰《ひそ》める眉の下より異彩《いさい》を放てり。

「何方《どなた》でしたか、一向存じません。」

白糸は片頬《かたほ》笑《え》みて、

「あれ、情無しだねえ。私《わたし》は忘れやしないよ。」

「はてな。」と馭者は首《こうべ》を傾《かたむ》けたり。

「金様《きんさん》。」と女は馴々《なれなれ》しく呼びかけぬ。

馭者は太《いた》く驚けり。月下の美人生面にして我名を識《し》る。馭者たる者誰《たれ》か驚かざらんや。渠は実に未だ曾《かつ》て信ぜざりし狐狸の類《るい》にはあらずや、と心始めて惑《まど》いぬ。

「お前様《まえさん》は余程《よっぽど》情無しだよ。自分の抱《だ》いた女を忘れるなんという事があるものかね。」

「抱いた？　私《わたし》が？」

「ああ、お前様《まえさん》に抱《だか》れたのさ。」

「何処《どこ》で？」

「好い所《とこ》で！」

袖《そで》を掩《おお》いて白糸は嫣然《えんぜん》一笑せり。

馭者は深く思案に暮れたりしが、ようよう傾けし首《こうべ》を正して言えり。

「抱いた記憶《おぼえ》はないが、成程何処かで見たようだ。」

「見たようだも無いもんだ。高岡から馬車に乗った時、人力車《じんりきしや》と競走《かけつくら》をして、石動手前からお前様《まえさん》に抱《だか》れて、馬上《うま》の合乗《あいのり》をした女さ。」

「応！　然《そう》だ。」横手《よこで》を拍《う》ちて、馭者は大声《たいせい》を発《はっ》せり、白糸は其声《その》に驚かされて、

「ええ吃驚《びつくり》した。ねえお前様《まえさん》、覚《おぼ》えて御在《おいで》だろう。」

「うむ、覚《おぼ》えとる。然だッた、然だッた。」

馭者は唇辺《しんぺん》に微笑《びしょう》を浮《うか》べて、再び横手を拍てり。

「でも言《いわ》れるまで憶出《おもいだ》さないなんざあ、余《あんま》り不実過ぎるのねえ。」

「いや、不実という訳では無いけれど、毎日何十人という客の顔を、一々覚《おぼ》えていられるものではない。」

「其《それ》は御尤《ごもっとも》さ。然だけれども、馬上《うま》の合乗《あいのり》をするお客は毎日はありますまい。」

「那麼様事《あんな》が毎日有られて耐《たま》るものか。」

二人《ふたり》は相見て笑いぬ。時に数杵《すうしょ》の鐘声《しょうせい》遠く響きて、月は益々白く、空は益々澄めり。

白糸は更《あらた》めて馭者に向《むか》い、

「お前様《まえさん》、金沢へは何日《いつ》、如何《どう》して御出なすッたの？」

四顧寥廓《しこりょうかく》として、止《ただ》山水と明月とあるのみ。飈戻《りょうれい》たる天風は徐々《おもむろ》に馭者の毛布を飄《ひるがえ》せり。

「実は彼地《あっち》を浪人《ろうにん》してね……」

「おやまあ、如何《どう》して？」

「之《これ》も君ゆえさ。」と笑えば、

「御冗談もんだよ。」と白糸は流眄に見遣りぬ。

「いや、其《それ》は左《と》も右《かく》も、話説《はなし》を為《せ》んけりゃ解《わか》らん。」

馭者は懐裡《ふところ》を捜《さぐ》りて、油紙の蒲簀莨入《かますたばこいれ》*を取出《とりいだ》し、急遽《いそがわしく》一服を喫《きっ》して、直《ただち》に物語の端《たん》を発《ひら》かんとせり。白糸は渠が吸殻《すいがら》を撃《はた》くを待ちて、

「済みませんが、一服貸して下さいな。」

馭者は言下《ごんか》に莨入《たばこいれ》と燐枝《マッチ》とを手渡して、

「煙管《きせる》が壅《つま》ッてます。」

「いいえ、結構《けっこう》。」

白糸は一吃《いっきつ》を試みぬ。果《はた》して其言《そのことば》の如く、煙管は不快《こころわろ》き脂《やに》の音のみして、煙の通うこと縷《いとすじ》より微《わずか》なり。

「なるほど之は壅ッてる。」

「それで吸うには余程《よっぽど》力が要《い》るのだ。」

「馬鹿にしないねえ。」

美人は紙縷《こより》を撚《ひね》りて、煙管を通し、溝泥《どぶどろ》の如き脂に面《おもて》を皺《しわ》めて、

「こら！　御覧な、無性《ぶしよう》だねえ。お前様寡夫《まえさんやもめ》かい。」

「勿論《もちろん》。」

「おや、勿論とは御挨拶だ。でも、情婦《いろ》の一人《ひとり》や半人《はんぶん》はありましょう。」

「馬鹿な！」と馭者は一喝《いつかつ》せり。

「じゃ無いの？」

「知れた事。」

「真箇《ほんと》に？」

「冗《くど》いなあ。」

渠は此《この》問答を忌《いまわ》しげに空嘯きぬ。

「お前様《まえさん》の壮年《とし》で、独身《ひとりみ》で、情婦《いろ》が無いなんて、真箇《ほんと》に男子《おとこ》の恥辱《はじ》だよ。私《わたし》が似合《にあわ》しいのを一人《ひとり》世話してあげようか。」

馭者は傲然《ごうぜん》として、

「那麼様《そんな》ものは要らんよ。」

「おや、御免なさいまし。さあ、お掃除《そうじ》が出来たから、一服戴こう。」

白糸は先《ま》ず二服を吃して、三服目を馭者に、

「あい、上げましょう。」

「これは難有《ありがと》う。ああ能《よ》く通ッたね。」

「また踅ッた時は、いつでも持って御出なさい。」

大口開いて馭者は心快《こころよげ》に笑えり。白糸は再び煙管を仮《か》りて、長閑《のどか》に烟《けぶり》を吹きつつ、

「今の顚末《はなし》と云うのを聞《きか》して下さいな。」

馭者は頷きて、立てりし態《すがた》を変えて、斜《ななめ》に欄干に倚り、

「彼時《あのとき》、あんな乱暴を行《や》って、到頭人力車《じんりきしや》を乗越《のっこ》したのは可《よ》かッたが、彼奴等《きやつら》は彼《あれ》を非常に口惜《くやし》がッてね、会社へ難しい掛合《かけあい》を始めたのだ。」

美人は眉を昂《あ》げて、

「何《なん》だッて又？」

「何《なに》も此《か》にも理窟《りくつ》なんぞは有りゃせん。彼《あ》の一件を根に持って、喧嘩を仕掛けに来たのさね。」

「うむ、生意気な！　如何《どう》したい？」

「相手になると、事が面倒《めんどう》になって、実は双方《そうほう》とも商売の邪魔《じゃま》になるのだ。そこで、会社の方では穏便《おんびん》が善《い》いと云うので、無論片手落《かたておち》の裁判だけれど、私《わたし》が因果を含められて、雇《やとい》を解かれたのさ。」

白糸は身に沁《し》む夜風に我と我身を抱《いだ》きて、

「まあ、お気毒だッたねえ。」

渠は慰《なぐさ》むるに語《ことば》無きが如き面色《おももち》なりき。駅者は冷笑いて、

「なあに、高が馬方だ。」

「けれどもさ、誠にお気毒な事をしたねえ、いわば私《わたし》の為だもの。」

美人は愁然《しゅうぜん》として腕を拱《こまぬ》きぬ。駅者は真面目《まじめ》に、

「其代《そのかわ》り煙管の掃除をしてもらッた。」

「あら、冗談じゃ無いよ、此人《この》は。而《そう》してお前様《まえさん》これから如何《どう》する心算《つもり》なの？」

「如何《どう》と云って、矢張《やっぱり》食う算段さ。高岡に彷徨《ぶらつ》いていたッて始《はじま》らんので、金沢には士官が居《い》るから、馬丁の口でも有るだろうと思って、探しに出て来た。今日も朝から一日奔走《かけある》いたので、全然《すっかり》くたび憊れてしまッて、晩方一風呂《ひとっぷろ》入った所が、暑くて寝られんから、ぶらぶら納涼《すずみ》に出掛けて、此処で月を観ていた内に、快《い》い心地《こころもち》になって睡《ね》こんでしまッた。」

「おや、然《そう》。而して口は有りましたか。」

「無い！」と駅者は頭を掉りぬ。

白糸は暫《しばら》く沈吟《ちんぎん》したりしが、

「貴方《あなた》、這麼様事《こんなこと》を申しちゃ生意気だけれど、お見受け申した所が、馬丁なんぞを為

さるような御人体じゃ無いね。」

駅者は長嘆《ちょうたん》せり。

「生得《うまれ》からの馬丁でも無いさ。」

美人は黙して頷《うなず》きぬ。

「愚癡《ぐち》じゃあるが、聞いてくれるか。」

佗《わび》しげなる男の顔を熟《つくづく》視めて、白糸は渠の物語るを待てり。

「私《わたし》は金沢の士族だが、少し仔細《しさい》が有って、幼少頃《ちいさいころ》に家《うち》は高岡へ引越《ひっこ》したのだ。其後《そののち》私一人《わたしひとり》金沢へ出て来て、或《ある》学校へ入っている内《うち》、阿爺《おやじ》に亡《な》くなられて、丁度三年前《まえ》だね、余儀《よぎ》無く中途で学問は廃止《やめ》さ。それから高岡へ還って見ると、其《その》日から稼人《かせぎにん》というものが無いのだ。私《わたし》が母親を過《すご》さにゃならんのだ。何を云うにも、未だ書生中の体だろう、食うほどの芸は無し、実は弱ッたね。亡父《おやじ》は馬の家《いえ》じゃ無かッたけれど、大の所好《すき》で、馬術では藩《はん》で鳴したものだそうだ。それだから、私《わたし》も小児《こども》の時分稽古《けいこ》をして、少しは所得《おぼえ》があるので、馬車会社へ住込《すみこ》んで、駅者となッた。それで先ず活計《くらし》を立てているという、誠に愧《はず》かしい次第さ。然し、私《わたし》だッて豈《まさか》馬方で果てる了簡《りょうけん》でも無い、目的も希望《のぞみ》もあるのだけれど、如意《まま》にならぬが浮世《うきよ》かね。」

渠は茫々《ぼうぼう》たる天を仰ぎて、姑《しばら》く悵然《ちょうぜん》たりき。其面《そのおもて》上には謂《い》うべからざる悲憤《ひふん》の色を

見たり。白糸は情に勝《た》えざる声音《こわね》にて、

「そりゃあ、もう誰しも浮世ですよ。」

「うむ、まあ、浮世とあきらめて措《お》くのだ。」

「今お前様《まえさん》の有仰《おっしゃ》ッた希望《のぞみ》と云うのは、私達《わたしたち》には聞いても解りはしますまいけれど、何ぞ、その、学問の事でしょうね？」

「然う、法律という学問の修行《しゅぎょう》さ。」

「学問を為《す》るなら、金沢なんぞより東京の方が善いというじゃアありませんか。」

駆者は苦笑《にがわらい》して、

「然とも。」

「それじゃ断然《いっそ》東京へ御出なされば可いのにねえ。」

「行けりゃ行くさ。そこが浮世じゃないか。」

白糸は軽《かろ》く小膝を拊ちて、

「黄金《かね》の世の中ですか。」

「地獄《じごく》の沙汰《さた》さえ、なあ。」

再び駆者は苦笑《にがわらい》せり。

白糸は事も無げに、

「じゃ貴方、御出なさいな、ねえ、東京へさ。もし、腹を立っちゃ可けませんよ、失礼だが、私《わたし》が仕送《しおく》ッて上げようじゃありませんか。」

　深沈なる馭者の魂も、此時《このとき》跳るばかりに動《ゆらめ》きぬ。渠は驚くより寧《むし》ろ呆れたり。呆るるより寧ろ慄きたるなり。渠は色を変えて、此《この》美しき魔性《ましょう》の物を睨《ね》めたりけり。向者《さきに》半円の酒銭《さかて》を投じて、他《た》の一銭よりも吝《おし》まざりし此《この》美人の胆《たん》は、拾人《じゅうにん》の乗合《のりあい》をして漫《そぞろ》に寒心せしめたりき。銀貨一片に瞠目《とうもく》せし乗合《のりあい》よ、君等をして今夜天神橋上の壮語《そうご》を聞かしめなば、肝胆《かんたん》忽ち破れて、血は耳に迸出《ほとばし》らん。花顔柳腰《りゅうよう》の人、抑々爾《そもそもなんじ》は狐狸か、変化か、魔性か。恐《おそ》くは胭脂《えんし》の怪物《かいぶつ》なるべし。亦是《またこれ》一種の魔性たる馭者だも驚き且《かつ》慄けり。

　馭者は美人の意《こころ》を其面《そのおもて》に読まんとしたりしが、能《あた》わずして遂に呻出《うめきいだ》せり。

「何だッて？」

　美人も希有《けう》なる面色《おももち》にて反問せり。

「何だッてとは？」

「如何《どう》云う所以《わけ》で。」

「所以《わけ》も何《なに》も有りはしない、唯お前様《まえさん》に仕送《しおくり》がして見《み》たいのさ。」

「酔興《すいきょう》な！」と馭者は其《その》愚に唾するが如く独語《ひとりご》ちぬ。

「酔興さ。私《わたし》も酔興だから、お前様《まえさん》も酔興に一番《ひとつ》私《わたし》の志を受けて見る気は無しかい。

ええ、金様《きんさん》、如何《どう》だね。」

駁者は切《しきり》に打案《うちあん》じて、左右《とこう》の分別に迷いぬ。

「そんなに慮《かんが》えることは無いじゃないか。」

「然し、縁も由縁《ゆかり》も無いものに……」

「縁というのも始《はじめ》は他人同士。茲《ここ》でお前様《まえさん》が私《わたし》の志を受けて下されば、其《それ》が畢竟《つまり》縁になるんだろうじゃありませんかね。」

「恩を受ければ報《かえ》さんければならぬ義務がある。其《その》責任が重いから……」

「それで断るとお言いのかい。何だねえ、報恩《おんがえし》が出来るの、出来ないのと、そんな事を苦にするお前様《まえさん》でも無かろうじゃないか。私《わたし》だって泥坊《どろぼう》に伯父様《おじさん》があるのじゃ無し、知りもしない人を捉《つかま》えて、叨《やたら》にお金を貢《みつ》いで耐るものかね。私《わたし》はお前様《まえさん》だから貢いで見たいのさ。いくら否《いや》だとお言いでも、私《わたし》は貢ぐよ。後生だから貢がして下さいよ。ねえ、可いでしょう、可いよう！　応《うむ》とお言いよ。構《かま》うものかね、遠慮も何も要るものじゃない。私《わたし》はお前様《まえさん》の希望《のぞみ》というのが愜《かな》いさえすれば、其《それ》で可いのだ。それが私《わたし》への報恩《おんがえし》さ、可いじゃないか。私《わたし》はお前様《まえさん》は屹度立派な人物《ひと》に成れると想うから、是《ぜ》非《ひ》立派な人物《ひと》にして見たくッて耐らないんだもの。後生だから早く勉強して、立派な人物《ひと》に成ッて下さいよう。」

其音柔媚《そのおんじゅうび》なれども言々風霜《げんげんふうそう》を挟《さしはさ》みて、凜《りん》たり、烈《れつ》たり。馭者は感奮して、両眼《りょうがん》に熱《ねつ》涙《るい》を浮《うか》べ、

「応《うむ》、折角の御志だ。御恩に預りましょう。」

渠は襟《きん》を正して、恭《うやうや》しく白糸の前に頭《かしら》を下げたり。

「何ですねえ、否に改《あらたま》ッてさ。然う、そんなら私《わたし》の志を受けて下さるの？」

美人は喜色満面に溢《あふ》るるばかりなり。

「御世話になります。」

「否だよ、もう金様《きんさん》、そんな丁寧《ていねい》な語《ことば》を遣《つか》われると、私《わたし》は気が逼《つま》るから、矢張《やっぱり》書生言葉*を遣ッて下さいよ。真箇《ほんと》に凜々《りり》しくって、私《わたし》は書生言葉は大好《だいすき》さ。」

「恩人に向《むか》ッて済まんけれども、それじゃ疎雑《ぞんざい》な言葉を遣おう。」

「ああ、其《それ》が可《い》いんですよ。」

「然しね、爰《ここ》に一《ひと》つ窮《こま》ッたのは、私《わたし》が東京へ行ッてしまうと、母親が煢独《ひとり》で……」

「それは御心配無く。及《およ》ばずながら私《わたし》がね……」

馭者は夢《ゆめみ》る心地しつつ耳を傾けたり。白糸は誠を面《おもて》に露《あらわ》して、

「屹度《きっと》御世話をしますから。」

「いや、どうも重々《かさねがさね》、それでは実に済まん。私《わたし》も此報恩《このおんがえし》には、お前様《まえさん》の為に力の及ぶだけの事は為なければならんが、何か御所望《おのぞみ》は有りませんか。」

「だからさ、私《わたし》の所望《のぞみ》はお前様《まえさん》の希望《のぞみ》が愜《かな》いさえすれば……」

「それは不可《いかん》！　自分《じぶん》の所望《のぞみ》を遂げる為に恩を受けて、其望《そののぞみ》を果《はた》したで、報恩《おんがえし》になるものでは無い。それは止《ただ》恩に対する所の我身だけの義務と云うもので、決して恩人に対する義務では無い。」

「でも私《わたし》が承知なら可いじゃありませんかね。」

「いくらお前様《まえさん》が承知でも、私《わたし》が不承知だ。」

「おや、まあ、否に難しいのね。」

　恁言いつつ美人は微笑みぬ。

「いや、理窟を言う訳では莫《な》いがね、目的を達するのを報恩《おんがえし》と云えば、乞食《こじき》も同然だ。乞食《こじき》が銭をもらう、それで食ッて行《ゆ》く、渠等の目的は食うのだ。食ッて行けるからそれが方々で銭を乞《もら》った報恩《おんがえし》になるとは謂われまい。私《わたし》は馬方こそ為るが、未だ乞食《こじき》は為たくない。固《もと》より御志は受けたいのは山々だ。どうか、ねえ、受けられるようにして受けさして下さい。すれば、私《わたし》は喜んで受ける。然も無ければ、折角だけれど御断り申そう。」

頓《とみ》には返す語《ことば》も無くて、白糸は頭《かしら》を低《た》れたりしが、軈《やが》て馭者の面《おもて》を見るが如く見ざるが如く覰《うかが》いつつ、

「じゃ言いましょうか。」

「うむ、承《うけたまわ》ろう。」と男は稍容《ややかたち》を正せり。

「ちッと羞《はず》かしい事さ。」

「何なりとも。」

「諾《き》いて下さるか。いずれお前様《まえさん》の身に適《かな》ッた事じゃあるけれども。」

「一応聴いた上でなければ、返事は出来んけれど、身に適ッた事なら、随分《ずいぶん》諾くさ。」

白糸は鬢の乱《おくれ》を掻上《かきあ》げて、幾分の赧羞《はずかしさ》を紛《まぎら》わさんとせり。馭者は月に向《むか》える美人の姿の輝《かがや》くばかりなるを打瞶《うちまも》りつつ、固唾《かたず》を嚥《の》みて其《その》語るを待てり。白糸は始《はじめ》に口籠《くちご》もりたりしが、直《ただち》に心を定めたる気色にて、

「処女《きむすめ》のように羞《はず》かしがることも無い、好い婆《ばばあ》の癖《くせ》にさ。私《わたし》の所望《のぞみ》というのはね、お前様《まえさん》に可愛《かわい》がッてもらいたいの。」

「ええ！」と馭者は鋭《するど》く叫びぬ。

「あれ、そんな可恐《こわ》い顔をしなくッたッて可いじゃありませんか。何《なに》も内君《おかみさん》にしてくれと云うんじゃなし。唯他人らしく無く、生涯《しょうがい》親類のようにして暮《くら》したいと云うんで

さね。」

駅者は遅疑《ちぎ》せず、渠の語るを追いて潔《いさぎよ》く答えぬ。

「可《よろ》しい。決してもう他人ではない。」

涼しき眼《め》と凜々しき眼《め》とは、無量の意を含みて相合えり。渠等は無言の数秒の間《あいだ》に、不能語、不可説なる至微至妙の霊語《れいご》を交えたりき。渠等が十年語りて尽《つく》すべからざる心底の磅礴《ほうはく》は、実に此《この》瞬息に於《お》て神会黙契《もくけい》されけるなり。良有《やや》りて、先ず駅者は口を開きぬ。

「私《わたし》は高岡の片原町《かたはらまち》で、村越欣弥《むらこしきんや》という者《もの》だ。」

「私は水島友《みずしまとも》と云《い》います。」

「水島友？　而して御宅は？」

白糸は礑《はた》と語《ことば》に塞《つま》りぬ。渠は定まれる家《いえ》のあらざればなり。

「御宅は些《ちっ》と窮ッたねえ。」

「だッて、家《うち》の無いものがあるものか。」

「それが無いのだからさ。」

天下に家《いえ》無きは何者ぞ。乞食《こじき》の徒と雖《いえど》も、猶且《なおかつ》雨露《うろ》を凌《しの》ぐべき蔭《かげ》に眠らずや。世上の例《ならい》を以てせば、此人当《このひとまさ》に金屋《きんおく》に入り、瑶輿《たまのこし》に乗るべきなり。然るを渠は無宿《やどなし》と言う。

思えり。

其行既《そのおこないすで》に奇《き》にして、其心《その》亦《また》奇なりと雖《いえど》も、未《いま》だ此言《このげん》の奇なるには如《し》かず、と馭者は

「それじゃ何処に居《い》るのだ。」

「彼方《あすこ》さ。」と美人は磧の小屋を指《ゆびさ》せり。

馭者は其方《そなた》を望みて、

「彼処《あすこ》とは？」

「見世物小屋さ。」と白糸は異様の微笑《えみ》を含みぬ。

「ははあ、見世物小屋とは異《かわ》ッている。」

馭者は心窃《ひそか》に驚きたるなり。渠は固より此《この》女を以て良家の女子《じょし》とは思懸《おもいが》けざりき、寡くとも、海に山に五百年の怪物たるを看破《かんぱ》したりけれども、見世物小屋に起臥《おきふし》せる乞食《こじき》芸人の徒ならんとは、実に意表に出でたりしなり。とは雖も渠は然あらぬ体《てい》に答えたりき。白糸は渠の心を酌《く》みて己《おのれ》を嘲《あざけ》りぬ。

「余《あんま》り異《かわ》り過ぎてるわね。」

「見世物の三味線《しゃみせん》でも弾《ひ》いているのかい。」

「これでも太夫元さ。太夫だけに猶悪いかも知れない。」

馭者は軽侮《けいぶ》の色をも露《あらわ》さず、

「はあ、太夫！　何《なに》の太夫？」

「無官の太夫じゃない、水芸の太夫さ。余《あん》り聞いておくれでないよ、面目《きまり》が悪いからさ。」

駅者は益々真面目にて、

「水芸の太夫？　ははあ、それじゃ此頃《この》評判の……」

恬《かろ》く言いつつ珍《めずら》しげに女の面《おもて》を覰きぬ。白糸は颯《さつ》と赧《あか》む顔を背けつつ、

「ああもう沢山《たくさん》、堪忍《かに》しておくれよ。」

「滝の白糸というのはお前様《まえさん》か。」

白糸は渠の語《ことば》を手もて制しつ。

「もう不要《いい》ッてばさ！」

「うむ、成程！」と心の問う所に答《こたえ》得たる風情《ふぜい》にて、欣弥は頷けり。白糸は愈々羞らいて、

「否だよ、もう。何《なに》が成程なんだね。」

「非常に好い女だと聞いていたが、成程……」

「もう不要《いい》ッてばさ。」

衝《つ》と身を寄せて、白糸は矢庭に欣弥を撞きたり。

「ええ危《あぶね》え！　好い女だから好いと云うのに、撞飛《つきとば》すことは無いじゃないか。」

「人を馬鹿にするからさ。」

「馬鹿にするものか。実に美しい、何歳《いくつ》になるのだ。」

「お前様《まえさん》何歳《いくつ》になるの？」

「私《わたし》は二十六だ。」

「おや六なの？　未だ若いねえ。私《わたし》なんぞはもう婆だね。」

「何歳《いくつ》さ。」

「言うと愛想を尽《つか》されるから可厭《いや》。」

「馬鹿な！　真箇《ほんと》に何歳《いくつ》だよ。」

「もう婆だッてば。四さ。」

「二十四か！　若いね。廿歳《はたち》ぐらいかと想ッた。」

「何《なに》か奢《おご》りましょうよ。」

白糸は帯の間《あいだ》より白縮緬の袱紗包《ふくさづつみ》を取出《とりいだ》せり。解《ひら》けば一束の紙幣《しへい》を紙包《かみづつみ》にしたるなり。

「此《ここ》に三十円あります。まあ此《これ》だけ進《あ》げて置きますから、家《うち》の処置《かた》をつけて、一日も早く東京へ御出なさいな。」

「家《うち》の処置《かた》と云ッて、別に金円《かね》の要るような事は無し、そんなには要らない。」

「可いからお持ちなさいよ。」

「全額《みんな》もらッたらお前様《まえさん》が窮るだろう。」

「私《わたし》は又明日入る口があるからさ。」

「どうも済まんなあ。」

欣弥は受取《うけと》りたる紙幣を軽《かろ》く戴きて懐にせり。時に通懸《とおりかか》りたる夜稼《よかせぎ》の車夫《しゃふ》は、怪《あや》しむべき月下の密会を一瞥《いちべつ》して、

「御合乗《おあいのり》、都合で、如何《いかゞ》で。」

渠は愚弄《ぐろう》の態度を示して、両箇《ふたり》の側《かたはら》に立住《たちどま》りぬ。白糸は才に顧眄《みかえ》りて、棄つるが如く言放《いいはな》てり。

「要《い》らないよ。」

「然う有仰《おっしゃ》らずに御召《おめし》なすッて。へへへへへ。」

「何《なん》だね、人を馬鹿にして。一人乗《いちにんのり》に同乗《あいのり》が出来るかい。」

「そこは又お話合《はなしあい》で、宜《よろし》いようにして御乗《おの》なすッて下さい。」

面白《おもしろ》半分に黐《まつわ》るを、白糸は鼻の端《さき》に遇《あし》らいて、

「お前も飛んだ苦労性だよ。他の事よりは、早く還ッて、内君《うちの》でも悦《よろこ》ばしておやん

な。」

有繫《さすが》に車夫《しゃふ》も此《この》姉御の与《くみ》し易《やす》からざるを知りぬ。

「へい、此《これ》は憚様《はばかりさま》。まあ貴方も御楽《おたのし》みなさいまし。」

渠は直《ただち》に踵《きびす》を回《めぐ》して、鼻唄まじりに行過《ゆきす》ぎぬ。欣弥は何思いけん、

「おい、車夫《くるまや》！」と卒に呼住《よびと》めたり。

車夫《しゃふ》は頭《かしら》を振向《ふりむ》けて、

「へえ、やッぱり御合乗《おあいのり》ですかね。」

「馬鹿言え！　伏木《ふしき》*まで行くか。」

渠の答うるに先《さき》だちて、白糸は驚き且《かつ》怪《あやし》みて問えり。

「伏木……あの、伏木まで？」

伏木は蓋《けだ》し上都の道*、越後《えちご》直江津《なおえつ》*まで汽船便ある港なり。欣弥は平然として、

「これから直《すぐ》に発《た》とうと思う。」

「これから?!」と白糸は有繫《さすが》に心《むね》を轟《とどろ》かせり。

欣弥は頷きたりし頭《かしら》を其儘《そのまま》低《た》れて、見るべき物もあらぬ橋の上に瞳を凝しつつ、其《その》胸中は二途の分別を追うに忙《いそが》しかりき。

「これからとは余《あんま》り早急じゃありませんか。未だ御話《おはなし》したい事もあるのだから、今夜

は左《と》も右《かく》も、ねえ。」

一面は欣弥を説き、一面は車夫《しやふ》に向《むか》い、

「若衆《わかいしゆ》さん、済まないけれど、之《これ》を持ッて行ッとくれよ。」

渠が紙入《かみいれ》を捜る時、欣弥は急遽《あわただ》しく、

「車夫《くるまや》、待ッとれ。行ッちゃ可かんぜ。」

「あれさ、可いやね。さあ、若衆《わかいしゆ》さん之《これ》を持ッて行ッとくれよ。」

五銭の白銅を把りて、将に渡さんとせり。欣弥は其間《そのなか》に分入《わけい》りて、

「少し都合があるのだから、これから遣ッてくれ。」

渠は十分に決心の色を露《あらわ》せり。白糸は到底其動《とうていそのうごか》す能わざるを覚《さと》りて、潔く未練を棄てぬ。

「然う。それじゃ無理に留めないけれども……」

此時両箇《このときふたり》の眼《まなこ》は期せずして合えり。

「而して御母様《おつかあさん》には？」

「道で寄ッて暇乞《いとまごい》をする、是非高岡を通るのだから。」

「じゃ町尽頭《まちはずれ》まで送りましょう。若衆《わかいしゆ》さん、もう一台無いかねえ。」

「四五町行きゃ幾多《いくら》も有りまさあ。其処までだから一所に召していらッしゃい。」

「お巫山戯《ふざけ》でないよ。」

欣弥は已《すで》に車上に在りて、

「車夫《くるまや》、如何《どう》だろう。二人《ふたり》乗ったら毀《こわ》れるかなあ、此車《この》は？」

「なあに大丈夫《だいじょうぶ》。姉様真箇《ねえさんほんと》に御召《おめし》なさいよ。」

「構うことは無い。早く乗ッた乗ッた。」

欣弥は手招けば、白糸は微笑む。其《その》肩を車夫《しゃふ》は丁《とん》と拊ちて、

「到頭異《おっ》な寸法になりましたぜ。」

「否《いや》だよ、欣様《きんさん》。」

「可いさ、可いさ！」と欣弥は一笑せり。

月は漸く傾きて、鶏声微《けいせいほのか》に白し。

四

滝の白糸は越後国《えちごのくに》新潟の産にして、其《その》地特有の麗質《れいしつ》を備《そな》えたるが上に、其《その》手練の水芸は、殆ど人間業《わざ》を離れて、頗る驚くべきものなりき。然れば到《いた》る所大入叶《おおいりかな》わざる莫きが故に、四方の金主は渠を争いて、竟《つい》に例《ためし》無き莫大の給金を払《はら》うに到れり。

渠《かれ》は親も在らず、同胞《はらから》も有らず、情夫《つきもの》とても有らざれば、一切《いっさい》の収入は尽く之《これ》を我

身一箇《ひとつ》に費《ついや》すべく、加うるに、豁達豪放《かつたつごうほう》の気は、此余裕《このよゆう》あるが為に益々膨脹《ぼうちょう》して、十金を獲《う》れば廿金《にじつきん》を散ずべき勢《いきおい》を以て、得《う》るままに撒散《まきち》らせり。是《これ》一つには、金銭を獲るの難《かた》きを渠は知らざりし故なり。

渠は又貴族的生活を喜ばず、好みて下等社会の境遇《きょうぐう》を甘んじ、衣食の美と辺幅《へんぷく》の修飾*とを求めざりき。渠の余《あま》りに平民的なる、其《その》度を放越《ほうえつ》して鉄拐《てつか》*となりぬ。往々見る所の女流の鉄拐は、都《すべ》て汚行《おこう》と、罪業《ざいごう》と、悪徳との養成にあらざる莫し。白糸の鉄拐は之《これ》を天真に発《はっ》して、極めて純潔清浄《じゅんけつしょうじょう》なるものなり。

渠は思うままに此《この》鉄拐を振舞《ふりまわ》して、天高く、地広く、此幾歳《このいくとせ》を長閑《のどか》に過《すご》したりけるが、今や乃《すなわ》ち然らざるなり。村越欣弥は渠が然諾《ぜんだく》を信じて東京に遊学せり。高岡に住める其《その》母は、箸《はし》を控《ひか》えて渠が饋餉《きしょう》を待てり。白糸は月々渠等を扶持《ふち》すべき責任ある世帯持《たいもち》の身となれり。

従来の滝の白糸は、方《まさ》に其《その》放逸を縛《ばく》し、其《その》奇骨を挫《ひし》ぎて、世話女房《にょうぼう》のお友《とも》とならざるを得ざる可《べ》きなり。渠は遂に其《その》責任の為に石を巻き、鉄を捩《ね》じ、屈す可からざる節を屈して、勤倹《きんけん》小心の婦人となりぬ。其行《そのおこない》に於ては仍且《なおかつ》滝の白糸たる活気をば有《たも》ちつつ、其《その》精神は全く村越友《とも》として経営苦労しつ。其間《そのあいだ》は実に三年《みとせ》の長きに亘《わた》れり。

或《あるい》は富山に赴《おもむ》き、高岡に買われ、将《は》た大聖寺《だいしょうじ》福井に行き、遠くは故郷の新潟に興行し、身を厭《いと》わず八方に稼廻《かせぎまわ》りて、幸いに何処《いずく》も外さざりければ、或《あるい》は血をも濺《そそ》がざる可からざる至重の責任も、其《その》収入に因りて難無く果《はた》されき。

然《さ》れども見世物の類《たぐい》は春夏の二季を黄金期とせり。秋は漸《ようや》く寂《さび》しく、冬は霜枯《しもがれ》の哀《あわれ》むべきを免《まぬ》かれざるなり。況《いわ》んや北国《ほっこく》の雪世界《せっせかい》は殆《ほとん》ど一年の三分の一を白き物の中《うち》に蟄居《ちっきょ》せざるべからざるをや。特《こと》に時候を論ぜざる見世物と異りて、渠の演芸は自《おのず》から夏炉冬扇《かろとうせん》*の嫌《きらい》あり。其喝采《そのやんや》は全く暑中に在りて、冬季は坐食《ざしょく》す。

仮《よ》し渠は糊口《ここう》に窮《きゅう》せざるも、月々十数円の工面は尋常《じんじょう》手段の及《およ》ぶべきにあらざるなり。渠は如何《いかに》してか無き袖を振りける？ 魚は木に縁《よ》りて求むべからず*、渠は他日の興行を質入《しちいれ》して前借《ぜんしゃく》したりしなり。

其《その》一年、其《その》二年は、左《と》にも右《かく》にも如此《かくのごと》き算段に由《よ》りて過《すご》しぬ。其《その》三年の後は、有繋《さすが》に八方塞《ふさが》りて、融通《ゆうずう》の道も絶えなんとせり。

翌年《よくねん》の初夏金沢の招魂祭《しょうこんさい》*を当込《あてこ》みて、白糸の水芸*は興行せられたりき。渠は例の美しき姿と妙《たえ》なる技とを以て、希有の人気を取りたりしかば、即座《そくざ》に越前《えちぜん》福井*なる某《なにがし》という金主附きて、金沢を打揚《うちあげ》次第、二箇月間《かげつかん》三百円にて雇《やと》わんとの相談は調いき。

白糸は諸方に負債《ふさい》ある旨《むね》を打明《うちあ》けて、其《その》三分の二を前借《ぜんしゃく》し、不義理なる借金を払いて、手許《てもと》に百余円を剰《あま》してけり。之《これ》を以てせば欣弥母子《おやこ》が半年の扶持に足るべしとて、渠は顰みたりし愁眉《しゅうび》を開けり。

　然《さ》れども欣弥は実際半年間《はんねんかん》の仕送《しおくり》を要せざるなり。渠の希望《のぞみ》は既に手の達《とど》くばかりに近《ちか》きて、僅《わずか》に茲《ここ》二三箇月を支うるを得ば足れり。欣弥も無頓着《むとんじゃく》なる白糸は唯其《その》健康を尋《たず》ぬるのみに安《やすん》じて、敢《あえ》て其《その》成業の期を問わず、欣弥も亦強《あなが》ち之《これ》を告げんとは為さざりき。其《その》約に負かざらんことを虞《おそ》るる者と、恩中に恩を顧《かえりみ》ざる者とは、各々其《おのおのその》務むべき所を務むるに専《もっぱら》なりき。

　恪《かく》て翌日当《まさ》に福井に向《むか》いて発足すべき三日目の夜の興行を閼《おわ》りたりしは、一時に垂《なん》なんとする比《ころ》なりき。白昼《ひるま》を欺《あざむ》くばかりなりし公園内の万燈《まんどう》は全く消えて、雨催《あまもよい》の天《そら》に月はあれども、四面滃浡《おうぼつ》として煙《けぶり》の布《し》くが如く、淡墨《うすずみ》を流せる森の彼方に、忽ち跫音の響きて、がやがやと罵《ののし》る声せるは、見世物師等が打連立《うちつれだ》ちて公園を引払《ひきはら》うにぞありける。此《この》一群の迹《あと》に残りて語《かた》合う女あり。

「ちょいと、お隣の長松《ちょうまつ》さんや、明日《あした》は何処へ行きなさる？」

　年増の抱《いだ》ける猿の頭を撫《な》でて、恪《か》く訊《たず》ねしは、猿芝居と小屋を並べし轆轤首《ろくろくび》*の因果娘なり。

「唯《はい》、明日《みょうにち》は福井まで参じます。」

　年増は猿に代《かわ》りて答えぬ。轆轤首は愛想好《あいそうよ》く、

「おおおお、それはまあ遠い所へ。」

「はい、ちと遠方でございますと言いなよ。これ、長松、此処が喃《の》、金沢の兼六園《けんろくえん》*と云《い》ッて、百万石《ひゃくまんごく》の御庭だよ。千代公《ちょんこ》の方は二度目だけれど、お前は初度《はじめて》だ。さあ能く見物しなよ。」

渠は抱《いだ》きし猿を放遣《はなちや》りぬ。

折から彼方の池の辺《あたり》に、燐枝《マッチ》の火の炳然《ぱっと》燃えたる影に、頬被《ほおかぶり》せる男の顔は赤く顕《あらわ》れぬ。黒き影法師も両三箇《ふたつみつ》其の側《かたわら》に見えたりき。因果娘は偸視《すかしみ》て、

「おや、出刃打《でばうち》の連中《れんじゅう》が彼処《あすこ》に憩んでいなさるようだ。」

「どれどれ。」と見向く年増の背後《うしろ》に声ありて、

「おい、徐々《そろそろ》出掛けようぜ。」

旅装束《たびしょうぞく》したる四五人の男は二人の側に立住《たちどま》りぬ。年増は直《すぐ》に猿を抱取《だきと》りて、

「そんなら、姉様《ねえさん》。」

「参りましょうかね。」

両箇《ふたり》の女は渠等と与に行きぬ。続きて一団又一団、大蛇《だいじゃ》を籠《かご》に入れて荷《にな》う者と、馬に跨りて行く曲馬芝居の座頭《ざがしら》とを先《さき》に立《た》てて、種々《さまざま》の動物と異形の人類が、絡繹《らくえき》として森蔭《もりかげ》に列を成せる其状《そのさま》は、実《げ》に百鬼夜行《ひゃっきやこう》*一幅の活図《かっと》なり。

良有《やや》りて渠等は皆行尽《ゆきつく》せり。公園は森邃《しんすい》として月色益々昏《くら》く、夜は今や全く其死寂《そのしじやく》に眠れる時、谺《こだま》に響き、水に鳴りて、魂消《たまぎ》る一声《ひとこえ》、

「あれえ！」

五

水は沈濁《ちんだく》して油の如き霞ケ池《かすみがいけ》＊の汀《みぎわ》に、生死も分かず仆《たお》れたる婦人あり。四肢《しし》を弛《ゆる》めて地《つち》に領伏《ひれふ》し、身動《みうごき》もせで有間横《しばらくよこた》わりたりしが、ようよう枕を返して、頽然《がっくり》と頭《かしら》を俛《た》れ、やがて草の根を力に覚束無《おぼつかな》くも立起《たちあが》りて、蹣《よろめ》く体《たい》を傍《かたわら》なる露根松《ねあがりまつ》＊に辛くも支えたり。

其《その》浴衣は所々引裂《ひきさ》け、帯は半《なかば》解けて脛《はぎ》を露《あらわ》し、高島田は面影を留めぬまでに打頽《うちくず》れたり。箇《こ》は是《これ》、盗難《とうなん》に遇《あ》えりし滝の白糸が姿なり。

渠《かれ》は此《この》夜の演芸を闋りし後、連日の疲労一時《ひろういちじ》に発《はっ》して、楽屋の涼しき所に交睫《まどろ》みたりき。一座の連中《れんじゅう》は早くも荷物を取纏《とりまと》めて、いざ引払《ひきはら》わんと、太夫の夢を喚《よ》びたりしに、渠は快眠を惜《おし》みて、一足先に行《ゆ》けと現《うつつ》に言放《いいはな》ちて、再び熟睡《じゅくすい》せり。渠等は豪放なる太夫の平常《へいぜい》を識りければ、其《その》言うままに捨置《すてお》きて立去《たちさ》りけるなり。

程経て白糸は目覚《めざま》しぬ。此《この》空小屋の内《うち》に仮寝《うたたね》せし渠の懐には、欣弥が半年の学資を

蔵《おさ》めたるなり。然れども渠は危《あやう》かりしとも思わず、昼の暑《あつさ》に引替《ひきか》えて、涼しき真夜中の幽静《しずか》なるを喜びつつ、福井の金主が待てる旅宿に赴かんとて、此《これ》まで来りけるに、ばらばらと小陰《こかげ》より躍出《おどりい》ずる人数《にんず》あり。

皆是屈竟《これくっきょう》の大男《おおおのこ》、いずれも手拭《てぬぐい》に面《おもて》を覆みたるが五人ばかり、手に手に研澄《とぎすま》したる出刃庖丁《でばぼうちょう》を提《ひさ》げて、白糸を追取《おっとり》巻きぬ。

心剛《こころたしか》なる女なれども、渠は有繫《さすが》に驚きて佇《たたず》めり。狼藉者《ろうぜきもの》の一個《ひとり》は濁声《だみごえ》を潜《ひそ》めて、

「おう、姉様《ねえさん》、懐中《ふところ》の物を出しねえ。」

「進退《じたば》反対《た》すると、是《これ》だよ、是《これ》だよ。」

恁《か》く言いつつ他《た》の一個《ひとり》は其の庖丁を白糸の前に閃《ひらめ》かせば、四挺《ちょう》の出刃も一斉に晃《きらめ》きて、女の眼《め》を脅《おびやか》せり。

白糸は既に其身《そのみ》は釜中《ふちゅう》の魚たることを覚悟せり。心は毫《いささ》かも屈せざれども、力の及ぶべからざるを奈何《いか》にせん。進みて敵す可からず、退きては遁《のが》るること難《かた》し。

渠は其の平生に於て曾《かつ》て百金を吝《おし》まざるなり。然れども今夜懐にせる百金は、尋常《じんじょう》一様の千万金に直《あたい》するものにして、渠が半身の精血とも謂《いい》つべきなり。渠は換《か》え難く吝めり。今茲《ここ》に之《これ》を失わんか、渠は殆ど再び之《これ》を獲るの道あらざるなり。然れども渠は遂に失わざる可からざる乎《か》、豪放豁達の女丈夫《じょじょうふ》も途方に暮れたりき。

「何を愚鈍《ぐず》愚鈍《ぐず》してやがるんで！　サッサと出せ、出せ。」

白糸は死守せんものと決心せり。渠の唇は黒くなりぬ。渠の声は太《いた》く震《ふる》いぬ。

「これは与《や》られないよ。」

「与《く》れなけりゃ、蹈手繰《ふんだく》るばかりだ。」

「遣つけろ、遣つけろ！」

其《その》声を聞くと斉しく、白糸は背後《うしろ》より組付《くみつ》かれぬ。振払《ふりはら》わんとする間《ま》もあらで、胸も挫ぐるばかりの翼緊《はがいじめ》に遭えり。忽ち暴《あら》くれたる四《よっ》隻の手は、乱雑に渠の帯の間《あいだ》と内懐《うちぶところ》とを捜《かきさが》せり。

「あれえ！」と叫びて援《すくい》を求めたりしは、此《この》時の血声なりき。

「在ッた、在ッた。」と一個《ひとり》の賊《ぞく》は呼びぬ。

「在ッたか、在ッたか。」と両三人の声は応《こた》えぬ。

白糸は猿轡《さるぐつわ》を吃《はま》されて、手取り足取り地上に推伏《おしふ》せられつ。然れども渠は絶えず身を悶えて、跋覆《はねかえ》さんとしたりしなり。遽《にわか》に渠等の力は弛みぬ。虚《すか》さず白糸は起復《おきかえ》る所を、礑と蹋仆《けたお》されたり。賊は其《その》隙に逃失《にげう》せて行方を知らず。

惜《おし》みても、惜《おし》みても猶余《なおあまり》ある百金は、竟《つい》に還らざるものとなりぬ。白糸の胸中は沸《わ》くが如く、焚《も》ゆるが如く、万感《ばんかん》の心《むね》を衝くに任せて、無念已《や》む方無き松の下蔭《したかげ》に立尽《たちつく》して、夜《よ》の更《ふ》くるをも知らざりき。

「嗟《ああ》、為方《しかた》が無い、何《なに》も約束だと断念《あきら》めるのだ。何《なん》の百ぐらい！　惜《おし》くはないけれど、欣様《きんさん》に済まない。さぞ欣様《きんさん》が困るだろうねえ。ええ、如何《どう》しょう、如何《どう》したら可かろう?!」

渠は緊《ひし》と我身を抱きて、松の幹に打当《うちあ》てつ。ふと傍《かたわら》を見れば、漾々《ようよう》たる霞ケ池は、霜の置きたるように微黯《ほのぐら》き月影を宿せり。

白糸の眼色《めざし》は其《その》精神の全力を鍾《あつ》めたるかと覚《おぼ》しきばかりの光を帯びて、病《や》めるに似たる水の面《おも》を屹と視たり。

「ええ、もう何《なん》とも彼《か》とも謂えない可厭《いや》な心地《こころもち》だ。此《この》水を飲《の》んだら、さぞ胸が清々するだろう！　ああ死にたい。こんな思《おもい》をするくらいなら死んだ方が勝《まし》だ。死のう！　死のう！」

渠は胸中の劇熱を消さんが為に、此万斛《このばんこく》の水をば飲尽《のみつく》さんと覚悟せるなり。渠は既に前後を忘じて、一心死を急ぎつつ、蹌踉《よろよろ》と汀に寄れば、足下《あしもと》に物ありて見きぬ。思わず渠の目は之《これ》に住《とどま》りぬ。出刃庖丁なり！　是《これ》悪漢が持てりし兇器《きょうき》なるが、渠等は白糸を手籠《てごめ》にせし時、彼是《かれこれ》悶着の間《あいだ》に取遺《とりおと》せしを、忘れて捨行《すてゆ》きたるなり。

白糸は忽ち慄然《りつぜん》として寒《さむさ》を感《おぼ》えたりしが、やがて拾取《ひろいと》りて月に翳《かざ》しつつ、

「之《これ》を証拠《しょうこ》に訴えれば手掛《てがかり》があるだろう。其内《そのうち》には又何《なん》とか都合も出来よう。……これは今死ぬのは。……」

此《この》証拠物件を獲《え》たるが為に、渠は其《その》死を思い遏《とどま》りて、逸早《いちはや》く警察署に赴かんと、心《こころ》変《かわ》れば今更忌《いまさらいま》わしき此汀《このみぎわ》を離れて、渠は推仆《おしたお》されたりし辺《あたり》を過ぎぬ。無念の情は勃然《ぼつぜん》として起《おこ》れり。繊弱《かよわ》き女子《おんな》の身なりしことの口惜《くちおし》さ！　男子《おとこ》にてあらましかばなど、言効《いいがい》も無き意気地無さを憶出《おもいい》でて、有間《しばし》は其恨《そのうら》めしき地を去るに忍びざりき。

渠は再び草の上に一物《あるもの》を見出《みいだ》せり。近《ちかづ》きて熟《とく》と視れば、浅葱地《あさぎじ*》に白く七宝繋《しっぽうつなぎ*》の、洗《あらい》晒《ざら》したる浴衣の片袖にぞありける。

亦是《またこれ》賊の遺物なるを白糸は暁《さと》りぬ。蓋し渠が狼藉を禦《ふせ》ぎし折に、引断《ひきちぎ》りたる賊の衣《きぬ》の一片《いっぺん》なるべし。渠は之《これ》をも拾取《ひろいと》り、出刃を裹《つつ》みて懐中《ふところ》に推入《おしい》れたり。

夜《よ》は益々闌《た》けて、霄《そら》は愈々曇《くも》りぬ。湿《しめ》りたる空気は重く沈《しず》みて、柳《やなぎ》の葉末も動かざりき。歩むに連れて、足下の叢《くさむら》より池に跳込《はねこ》む蛙《かわず》は、礫を打つが如く水を鳴《なら》せり。

行々《ゆくゆく》項を低れて、渠は深くも思悩《おもいなや》みぬ。

「だが、警察署へ訴えたところで、直《じき》に彼奴等《あいつら》が捕《つかま》ろうか。捕《つかま》ッたところで、易《うま》く金《か》子《ね》が戻《もど》るだろうか。未可信《あぶない》ものだ。そんな事を期《あて》にして遅々《ぐずぐず》している内《うち》には、欣様《きんさん》が

食うに窮《こま》ッて来る。私《わたし》の仕送《しおくり》を頼《たのみ》にしている身上《みのうえ》なのだから、お金が到《いか》なかッた日には、恁麼《どんな》に窮るだろう。はて喃《なあ》！　福井の金主の方は、三百円の内《うち》二百円前借《まえがり》をしたのだから、まだ百円というものは在るのだ。貸すだろうか、貸すまい。貸さない、貸さない、到底《とても》貸さない！　二百円の時でも那麼様《あんな》に渋ったのだ。けれども、恁云《こうい》う事情《け》だと悉皆打明《すつかりうちあ》けて、一番泣付《ひとつなきつ》いて見ようか知らん。駄目《だめ》な事だ、あの老爺《おやじ》だもの。一向《のべつ》に小癪《こしやく》に障る事ばッかり陳《なら》べやがッて、もうもう真箇《ほんと》に顔を見るのも可厭《いや》なんだ。その癖又持ッてるのだ！　如何《どう》したもんだろうなあ。吁《ああ》、窮ッた、窮ッた。やッぱり死ぬのか。死ぬのは可いが、それじゃ如何《どう》も欣様《きんさん》に義理が立たない。それが何より愁《つら》い！　と云ッて才覚の為様《しよう》も無《な》し。……」

陰々《いんいん》として鐘声《しようせい》の度《わた》るを聞けり。

「もう二時だ。はて喃《なあ》！」

白糸は思案に余って、歩むべき力も失《う》せつ。我にもあらで身を靠《もた》せたるは、未央柳《びおうりゆう》＊の長く垂れたる檜《ひのき》の板塀《いたべい》の下《もと》なりき。

箇《こ》は是《これ》、公園地内に六勝亭《ろくしようてい》と呼べる席貸《せきがし》にて、主翁《あるじ》は富裕の隠居《いんきよ》なれば、結構数寄《すき》を尽《つく》して、営業の旁《かたわら》其老《そのおい》を楽《たのし》む処《ところ》なり。

白糸が佇《たたず》みたるは、其《その》裏口の枝折門《しおりもん》＊の前なるが、如何《いか》にして忘れたりけん、戸を鎖《さ》さでありければ、渠が靠ると与に戸は自《おのず》から内《うち》に啓《ひら》きて、吸込《すいこ》むが如く白糸を庭の内《うち》にぞ引入《ひきい》れたる。

渠は有間惘然《しばらくぼうぜん》として佇みぬ。其《その》心には何《なに》を思うとも無く、きょろきょろと四面《あたり》を眴《みまわ》せり。幽寂《ゆうじゃく》に造られたる平庭*を前に、縁の雨戸は長く続きて、家内は全く寝鎮《ねしず》りたる気勢《けはい》なり。白糸は一歩を進め、二歩を進めて、いつしか「寂然《せきぜん》の森《しげり》」を出でて、「井《い》戸囲《どがこい》」の傍《ほとり》に抵《いた》りぬ。

此時《このとき》渠は始めて心着《こころづ》きて驚けり。かかる深夜に人目を窃《ぬす》みて他《た》の門内に侵入《しんにゅう》するは賊の挙動《ふるまい》なり。我は不図《はからず》も賊の挙動《ふるまい》をしたるなりけり。

此《ここ》に思到《おもいいた》りて、白糸は未だ嘗《かつ》て念頭に浮《うか》ばざりし盗《とう》というなる金策の手段あるを心《こころ》着《づ》きぬ。次《つい》で懐《ふところ》なる兇器に心着《こころづ》きぬ。是《これ》某等が此《この》手段に用いたりし記念《かたみ》なり。白糸は懐に手を差入《さしい》れつつ、頭を傾けたり。

良心は疾呼《しっこ》して渠を責めぬ。悪意は踴躍《ゆうやく》して渠を励《はげま》せり。渠は疾呼の譴責《けんせき》に遭いては慚悔《ざんかい》し、又踴躍の教唆《きょうさ》を受けては然諾せり。良心と悪意とは白糸の恃《たの》むべからざるを知りて、竟《つい》に迭《たがい》に闘《たたか》いたりき。

「道ならない事だ。那麼《そんな》様真似をした日には、二度と再び世の中に顔向《かおむけ》が出来ない。噫《ああ》、恐しい事だ、……けれども才覚が出来なければ、死ぬより外は無い。此《この》世に生きていない意《つもり》なら、羞汚《はじ》も顔向《かおむけ》もありはしない。大外《だいそ》れた事だけれども、金は盗《と》ろう。盗ッて而《そう》して死のう死のう！」

慥《かく》く思定《おもいさだ》めたれども、渠の良心は決して之《これ》を可《ゆる》さざりき。渠の心は激動して、渠の身は波に盪《ゆら》るる小舟《おぶね》の如く、安《やすん》じかねて行《ゆ》きつ、還《もど》りつ、塀際《へいぎわ》に低徊《ていかい》せり。良《やや》有りて渠《かれ》は鉢前《はちまえ》＊近く忍寄《しのびよ》りぬ。然《さ》れども敢《あえ》て曲事《くせごと》を行わんとは為《せ》ざりしなり。渠は再び沈吟せり。

良心に逐《おわ》れて恐惶《きょうこう》せる盗人は、発覚を予防すべき用意に遑《いとま》あらざりき。渠が塀際に徘徊《はいかい》せし時、手水口《ちょうずぐち》を啓《ひら》きて、家内の一個《ひとり》は早く業《すで》に白糸の姿を認めしに、渠は鈍《おそ》くも知らざりけり。

鉢前の雨戸は不意に啓きて、人は面《おもて》を露《あらわ》せり。白糸啊呀《あなや》と飛退《とびすさ》る遑《ひま》も無《な》く、

「偸児《どろぼう》！」と男の声は号《さけ》びぬ。

白糸の耳には百雷《ひゃくらい》の一時《いちじ》に落ちたる如く轟《とどろ》けり。精神錯乱《さくらん》したる其《その》瞬息に、懐《ふところ》なりし出刃は渠の右手《めて》に閃《ひらめ》きて、縁に立てる男の胸をば、柄《つか》も透《とお》れと貫《つらぬ》きたり。

戸を犇《ひしめ》かして、男は打僵《うちたお》れぬ。朱《あけ》に染《そ》みたる吾手《わがて》を見つつ、重傷《いたで》に唸《うめ》く声を聞ける白糸は、戸口に立竦《たちすく》みて、戦々《わなわな》と顫《ふる》いぬ。

渠は固《もと》より一点の害心だにあらざりしなり。吾《われ》は抑《そもそ》も如何《いか》にして有恁《かかる》不敵の振舞《ふるまい》を

為せし乎《か》を疑いぬ。見れば、我手は確《たしか》に出刃を握れり。其《その》出刃は確《たしか》に男の胸を刺《さ》しけるなり。胸を刺せしに因りて、男は殪れたるなり。然れば人を殺せしは吾なり、我手なりと思いぬ。然れども白糸は我心に、我手に、人を殺せしを覚《おぼ》えざりしなり。渠は夢かと疑えり。

「全く殺したのだ。こりゃ、まあ大変な事をした！　如何《どう》いう気で私《わたし》は這箇様《こんな》事を為たろう？」

白糸は心乱れて、殆ど其《その》身を忘れたる背後《うしろ》に、

「貴方、如何《どう》なすッった？」

と聞《きこ》ゆるは寝惚《ねぼ》れたる女の声なり。白糸は出刃を隠して、屹と其方を見遣りぬ。燈影《ひかげ》は縁を照《てら》して、跫音は近《ちかづ》けり。白糸は直《ひた》と雨戸に身を寄せて、何者か来ると覰いぬ。此家《このいえ》の内儀《ないぎ》なるべし。五十約《ばかり》の女は寝衣姿《ねまきすがた》の㛹《しどけな》く、真鍮《しんちゅう》の手燭《てしょく》を翳して、覚めやらぬ眼《め》を瞬《みひら》かんと面《おもて》を顰めつつ、よたよたと縁を伝いて来りぬ。死骸《しがい》に近《ちかづ》きて、其《それ》とも知らず、

「貴方、そんな所《とこ》に寝て……如何《どう》なすッ。……」

灯《あかし》を差向《さしむ》けて、未だ其《その》血に驚く遑《いとま》あらざるに、

「静《しずか》に！」と白糸は身を露《あらわ》して、庖丁を衝付《つきつ》けたり。

内儀は賊の姿を見るより、平坦《ぺったり》と膝を折敷《おりし》き、其場《その》に打俯《うちふ》して、がたがたと慄《ふる》いぬ。

白糸の度胸は既に十分定《さだま》りたり。

「おい、内君《おかみさん》、金を出しな。これさ、金を出せというのに。」

俯《ふ》して答無《いらえな》き内儀の項を、出刃にてぺたぺたと拍《たた》けり。内儀は魂魄《たましい》も身に添《そ》わず、

「は、は、唯《はい》、唯、は、唯。」

「さあ、早くしておくれ。多度《たんと》は要らないんだ。百円あれば可い。」

内儀は切《せつ》なき呼吸《いき》の下《した》より、

「金子《かね》は彼方《あちら》に在りますから。……」

「彼方《あっち》に在るなら一所に行こう。声を立てると、おい是《これ》だよ。」

出刃庖丁は内儀の頰を見舞《みま》えり。渠は益々恐怖して立つ能わざりき。

「さあ早くしないかい。」

「た、た、た、唯……今。」

渠は立たんとすれども、其《その》腰は挙《あが》らざりき。然れども渠は猶立《なおた》たんと焦りぬ。腰は弥々挙《あが》らず。立たざれば竟《つい》に殺されんと、渠はいと慌《あわ》てつ、悶えつ、辛くも立起《たちあが》りて導けり。二間を隔《へだ》つる奥に伴《ともな》いて、内儀は賊の需《もと》むる百円を出《いだ》せり。白糸は先之《まずこれ》を収めて、

「内君、色々な事を言ッて気毒《きのどく》だけれど、私《わたし》の出た迹で声を立てると不可《いけない》から、少しの間《あいだ》だ、猿轡《さるぐつわ》を箝《は》めておくれ。」

渠は内儀を縛《いまし》めんとて、其《その》細帯を解かんとせり。殆ど人心地あらざるまでに恐怖したりし主婦《あるじ》は、此時《このとき》ようよう渠の害心あらざるを知るより、幾分か心落居《こころおちい》つつ、始めて賊の姿をば認得《みとめえ》たりしなり。這抑恁麼《こはそもいかに》！　賊は暴《あら》くれたる大《だい》の男にはあらで、体度優《とりなり》しき女子《おんな》ならんとは、渠は今其《そ》の正体を見て、与《やす》し易しと思えば、

「偸児！」と呼懸《よびか》けて白糸に飛蒐《とびかか》りつ。

白糸は不意を撃《う》たれて驚きしが、虚さず庖丁の柄を返して、力任《ちからまか》せに渠の頭《あたま》を撃てり。渠は屈せず、賊の懐に手を捻込《ねじこ》みて、彼《かの》百円を奪返《うばいかえ》さんとせり。白糸は其《その》手に咬《かみ》着《つ》き、片手には庖丁振抗《ふりあ》げて、再び柄をもて渠の脾腹《ひばら》を吃《くらわ》しぬ。

「偸児！　人殺《ひとごろし》！」と地蹈鞴《じだたら》を踏みて、内儀は猶暴《なおあら》かに、猶気立《けた》たましく、

「人殺《ひとごろし》、人殺《ひとごろし》だ！」と血声《ちごえ》を絞《しぼ》りぬ。

此迄《これまで》なりと観念したる白糸は、持ちたる出刃を取直《とりなお》し、躍狂《おどりくる》う内儀の吭《のんど》を目懸《めが》けて唯一突《ひとつき》と突きたりしに、覘《ねらい》を外して肩頭《かたさき》を刎斫《はねき》りたり。

内儀は白糸の懐に出刃を裹《つつ》みし片袖を撈得《さぐりあ》てて、引摑《ひっつか》みたるまま遁《のが》れんとするを、畳懸《たたみか》けて其頭《そのかしら》に斫着《きりつ》けたり。渠は益々狂いて再び喚《わめ》かんとしたりしかば、白糸は触《あた》る

を幸い滅多斫《めったぎり》にして、弱る所を乳の下深く突込《つきこ》みぬ。是《これ》実に最後の一撃《いちげき》なりけるなり。

白糸は生《うま》れてより未だ如許《かばかり》 夥《おびただ》しき血汐《ちしお》を見ざりき。一坪《ひとつぼ》の畳は全く朱に染みて、或《あるい》は散り、或《あるい》は迸《ほとばし》り、或《あるい》は滂沱《ぽた》滂沱《ぽた》と滴《したた》りたる、其痕《そのあと》は八畳《はちじょう》の一間に遍《あまね》く、行潦《にわたずみ》*の如き唐紅《からくれない》の中に、数箇所の傷を負いたる内儀の、拳《こぶし》を握り、歯を噛緊《くいし》めて仰様《のけざま》に顚覆《うちかえ》りたるが、血塗《ちまぶれ》の額越《ひたいごし》に、半閉《なかばと》じたる眼《まなこ》を睨むが如く凝《す》えて、折もあらば勃《む》起《く》と立たんずる勢《いきおい》なり。

白糸は生《うま》れてより、未だ有恁《かかる》最期《さいご》の愴惻《あさましき》を見ざりしなり。如許《かばかり》夥しき血汐！　有恁《かかる》浅ましき最期！　這《こ》は是《これ》何者の為業《しわざ》なるぞ。此《ここ》に立てる吾身の為せし業なり。我ながら恐しき我身かな、と白糸は念えり。渠の心は再び得堪《えた》うまじく激動して、其《その》身の今や殺されんとするを免れんよりも、猶幾層の危《あやう》き、恐しき想《おもい》して、一秒も此処に在るに在られず、出刃を投棄《なげす》つるより早く、後をも見ずして一散に走出《はしりい》ずれば、心急《こころせ》くまま手水口の縁に横《よこた》わる軀《むくろ》の冷《ひやや》かなる脚に趺きて、頭顚倒《ずでんどう》と庭前に転墜《まろびお》ちぬ。渠は男の甦《よみがえ》りたるかと想いて、心も消々《きえぎえ》に枝折門まで走れり。

風稍起《おこ》りて庭の木末を鳴《なら》し、雨《あめ》は点々《ぽつり》と白糸の面《おもて》を打てり。

六

高岡石動間の乗合《のりあい》馬車は今ぞ立野より福岡迄の途中に在りて走れる。乗客《じょうかく》の一個《ひとり》は煙草火《たばこび》を乞《か》りし人に向《むか》いて、雑談の口を開きぬ。

「貴方は何方《どちら》まで？　へい、金沢へ、なるほど、御同様に共進会《きょうしんかい》＊でございますか。」

「然ようさ、共進会も見ようと思いますが、他《ほか》に少し。……」

渠は話好《はなしずき》と覚《おぼ》しく、

「へへ、何《なに》か公務《おつとめむき》の御用で。」

其《その》人は髭《ひげ》を貯《たくわ》えて、洋服を着けたるより、渠は恪《かく》言いしなるべし。官吏《かんり》？　は吸窮《すいつ》めたる巻煙草を車の外に投棄《なげす》て、次いで忙々《いそがわしく》唾《つば》吐きぬ。

「実は明日《あす》か、明後日《あさって》あたり開く筈《はず》の公判を聴こうと思いましてね。」

「へへえ、なるほど、へえ、」

渠は其《その》公判の何《なん》たるを知らざるが如し。傍《かたわら》に在《い》たる旅商人は、卒然我《われ》は顔に喙《くちばし》を容れたり。

「ああ、何《なん》でございますか。此《この》夏公園で人殺《ひとごろし》をした強盗《ごうとう》の一件？」

髭有る人は眼《まなこ》を「我は顔」に転じて、

「然う。知ッて御《お》在《いで》ですか。」

「話には聞いておりますが、詳細事《くわしいこと》は存じませんで。じゃ彼《あの》賊は逮捕《つかま》りましてすか。」

話を奪われたりし前の男も、思中る《おもいあた》節やありけん、

「あ、あ、一時《ひとしきり》そんな風説《うわさ》がございましたッけ。有福《かねもち》の夫婦《ふうふ》を斬殺《きりころ》したとかいう……其裁判があるのでございますか。」

髭は再び此方《こなた》を振向《ふりむ》きて、

「然う、一寸《ちよつと》おもしろい裁判でな。」

渠は話児《はなし》を釣《つ》るべき器械なる、渠が特有の「へへえ」と「なるほど」とを用いて、切《しきり》に其《その》顚末を聞かんとせり。乙者《おつ》も劣《おと》らず水を向けたりき。髭有る人の舌本は漸く軟《やわら》ぎぬ。

「賊は直《じき》に其晩《その》捕《や》られた。」

「可恐《こわい》ものだ！」と甲者《こう》は身《み》を反《そら》して頭《かしら》を掉りぬ。

「あの、それ、南京《なんきん》出刃打という見世物な、あの連中《れんじゆう》の仕事だというのだがね。」

乙者は直《ただち》に之《これ》に応ぜり。

「南京出刃打？　何様《いかさま》、見たことがございました。彼奴等が？　ふうむ。随分遣りかねますまいよ。」

「其《その》晩橋場の交番の前を怪《あやし》い風体の奴が通ッたので、巡査《じゆんさ》が咎《とが》めると狐鼠狐鼠《こそこそ》遁出《にげだ》したから、此奴胡散《うさん》だと引捉《ひつとら》えて見ると、着ている浴衣の片袖が無い。」

談此《だんこ》に到りて、甲《こう》と乙《おつ》とは、思わず同音に嘘《うめ》きぬ。乗合《のりあい》は弁者の顔を覩いて、其の後段を渇望《かつぼう》せり。

甲者は重《かさ》ねて感嘆《かんたん》の声を発《はっ》して、

「おもしろい！　なるほど。浴衣の片袖が無い！　天も……何とやらで、何とかして漏《も》らさず……ですな。」

弁者は此詭言《このかたこと》を可笑《おかし》がりて、

「天網恢々疎《てんもうかいかいそ》にして漏《もら》さずかい。」

甲者は聞くより手を抗げて、

「それそれ、恢々、恢々、へえ、恢々でした。」

乗合《のりあい》の過半《おおく》は此の恢々に笑えり。

「そこで、此奴を拘引《こういん》して調べると、これが出刃打の連中《れんじゅう》だ。処がね、丁度其《その》晩兼六園の席貸《せきがし》な、六勝亭、あれの主翁《あるじ》は桐田《きりた》という金満家の隠居だ。此《この》夫婦とも、何者の所業《しわざ》だか、いや、それは、実に残酷《ざんこく》に害《や》られたと謂うね。亭主は鳩尾《みぞおち》の所を突洞《つきとお》される、女房は頭部《あたま》に三箇所《さんがしょ》、肩に一箇所、左の乳の下を刳《えぐ》られて、僵れていた其《その》手に、男の片袖を摑んで居《い》たのだ。」

車中声無く、人は固唾を嚥みて、其《その》心を寒うせり。正に是《これ》弁者得意の時。

「証拠になろうという物は其《それ》ばかりでは無い。死骸の側《そば》に出刃庖丁が捨《すて》て在った。柄の所に片仮名のテの字の焼印《やきいん》のある、之《これ》を調べると、出刃打の用《つか》ッていた道具だ。それに今の片袖が其奴《そいつ》の浴衣に差違《ちがい》無いので、まず犯罪人は此奴と誰も目を着けたさ。」

旅商人は膝を進めつ。

「へえ、それじゃ其奴じゃないんでございますかい。」

弁者は忽ち手を抗げて之《これ》を抑《おさ》えぬ。

「まあお聞きなさい。処《ところ》で出刃打の白状には、いかにも賊を働きました。賊は働いたが、決して人殺《ひとごろし》をした覚《おぼえ》はございません。奪《と》りましたのは水芸の滝の白糸という者の金で、桐田の門《かど》は通過《とおり》も為《し》ませんッ。」

「はて、ねえ。」と甲者は眉を動かして、弁者を凝視《みつ》めたり、乙者は黙して考えぬ。益々其《その》後段を渇望せる乗合《のりあい》は、順繰《じゅんぐり》に席を進めて、弁者に近《ちかづ》かんとせり。渠は爾時巻《そのときまき》莨《たばこ》を取出《とりいだ》して、唇に湿《しめ》しつつ、

「話はこれからだ。」

左側《さそく》の席の前端《まえはし》に並びたる、威儀ある紳士《しんし》と其《その》老母とは、顔を見合《みあわ》せて迭《たがい》に色を動《うごか》せり。渠は質素なる黒の紋着《もんつき》の羽織に、節仙台《ふしせんだい》の袴《はかま》*を穿きて、其《その》髭は弁者より麗《うるわ》しきものなりき。渠は紳士と謂うべき服装《いでたち》にはあらざるなり。然れども其《その》相貌と其《その》髭とは、

多く得べからざる紳士の風采《ふうさい》を備《そな》えたり。

弁者は仔細らしく煙《けむり》を吹きて、

「滝の白糸というのは御存じでしょうな。」

乙者は頷き頷き、

「知ッとります段か、富山で見《み》ました大評判の美艶《うつくしい》ので。」

「然《さ》よう。そこで其の頃福井の方で興行中の彼女《あのおんな》を喚出《よびだ》して対審《たいしん》*に及んだ所が、出刃打の中立《もうしたて》には、其の片袖は、白糸の金を奪《と》る時に、大方断《ちぎ》られたのであろうが、自分は知らずに遁《に》げたので、出刃庖丁とても其《その》通り、女を脅す為に持っていたのを、慌《あわ》てて忘れて来たのであるから、設《たと》い其二品《そのふたしな》が桐田の家《うち》に在ろうとも、此方《こっち》の知ッたことではないと、理窟には合わんけれど、奴は先ず然う言張《いいは》るのだ。そこで女が、其通《そのとお》りだと言えば、人殺《ひとごろし》は出刃打じゃなくッて、他《ほか》に在るとなるのだ。」

甲者は頬杖《ほおづえ》拄きたりし面《おもて》を外して、弁者の前に差寄《さしよ》せつつ、

「へえへえ、而して女は何《なん》と申しました。」

「是非お前様《まえさま》に逢《あ》いたいと言ッたね。」

思《おもい》も寄らぬ弁者の好謔《こうぎゃく》は、大いに一場の笑《わらい》を博せり。渠も已むなく打笑《うちわら》いぬ。

「処が金子《かね》を奪られた覚《おぼえ》などは無い、と女は言うのだ。出刃打は、何《なん》でも奪ッたと言

う。偸児の方から奪ったと言うのに、奪られた方では奪られないと言張《いいは》る。何《なん》だか大《おお》
岡《おか》政談*にでも有りそうな話さ。」
「これには大分事情《わけ》がありそうです。」
乙者は首を捻《ひね》りつつ腕を拱《こまぬ》けり。例の「なるほど」は、談《はなし》の益々佳境《かきょう》に入るを楽《たのし》め
る気色にて、
「なるほど、これだから裁判は難しい！ へえ、それから如何《どう》致《いた》しました。」
傍聴者《ぼうちょうしゃ》は声を斂《おさ》めて弥々《いよいよ》耳を傾けぬ。威儀ある紳士と其《その》老母とは最《もっと》も粛然《しゅくぜん》として死《し》
黙《もく》せり。
弁者は猶も語《ことば》を継《つ》ぎぬ。
「実に此《これ》は水掛論さ。雖然《しかし》到頭《とど》の極《つまり》出刃打が殺したになッて、予審《よしん》*は終結した。今度
開くのが公判だ。予審が済んでから此《この》公判までには大分間《ひま》が有ッたのだ。此間《このあいだ》に出刃
打の弁護士*は非常な苦心で、十分弁護の方法を考えて置いて、いざ公判という日には、是《これ》
一番腕を揮ッて、是非とも出刃打を助けようと、手薬煉《てぐすね》を引いて*いるそうだから、
は裁判官もなかなか骨の折れる事件さ。」
甲者は例の「なるほど」を言わずして、不平の色を作せり。
「へえ、その何《なん》でございますか、旦那《だんな》、その弁護士という奴は出刃打の肩を持ッて、

人殺《ひとごろし》の罪を女に誣《なす》ろうという姦計《たくみ》なんでございますか。」

弁者《べんしゃ》は渠《かれ》の没分暁《ぼつぶんぎょう》＊を笑《わら》いて、

「何《なに》も姦計《たくみ》だの、肩を持つの、と云う所以《わけ》では莫い。弁護を引受《ひきう》ける以上は、其《その》者の罪を軽《かる》くするように尽力《じんりょく》するのが弁護士の職分だ。」

甲者は益々不平に堪えざりき。渠は弁者を睨《げい》して、

「職分だッて、貴方、出刃打なんぞの肩を持つてえ事があるもんですか。敵手《あいて》は女じゃありませんか。可哀《かわい》そうに。私《わたくし》なら弁護を頼まれたッて何《なん》だッて管《かま》やしません。お前が悪い、有体に白状しな、と出刃打の野郎を極付《きめつけ》てやりまさあ。」

渠の鼻息は頗る暴《あら》かなりき。

「そんな弁護士を誰が頼むものか。」

と弁者は仰《あお》ぎて笑えり。乗合《のりあい》は、威儀ある紳士と其《その》老母を除きて、尽く大笑せり。笑《わら》い寝《ころ》む比馬車は石動《いしゆう》に着きぬ。車を下らんとて弁者は席を起てり。甲と乙とは渠に向《むか》いて慇懃《いんぎん》に一揖して、

「御《お》蔭様《かげさま》で面白うございました。」

「どうも旦那難有《ありがと》う存じました。」

弁者は得々として、

「お前様方《まえさんがた》も間《ひま》が有ったら、公判を行《い》って御覧なさい。」

「こりゃ芝居より面白いでございましょう。」

　乗客は忙々《いそがわしく》下車して、思い思いに別れぬ。最後に威儀ある紳士は其《その》母の手を執《と》りて扶《たす》け下《おろ》しつつ、

「危《あぶの》うございますよ。はい、此《これ》からは腕車《くるま》でございます。」

　渠等の入りたる建場の茶屋の入口《いりくち》に、馬車会社の老いたる役員は佇めり。渠は何気無く紳士の顔を見たりしが、卒《にわか》に吾《われ》を忘れて其瞳《そのひとみ》を凝《こら》せり。

忽《たちま》ち進来《すすみきた》れる紳士は帽を脱して、鈕《ぼたん》の二所《ふたところ》失れたる茶羅紗《ちゃらしゃ》*の胴衣《チョッキ》に、水晶《すいしょう》の小印《こいん》を垂下《ぶらさ》げたる白銅鍍《ニッケルめっき》の鏁《くさり》を繋《か》けて、柱に靠《もた》れたる役員の前に頭《かしら》を下げぬ。

「其《その》後は御機嫌よろしゅう。不相変《あいかわらず》お達者で。……」

　役員は狼狽して身を正し、奪うが如く其の味噌漉《みそこし》帽子*を脱げり。

「やあ此《これ》は！　欣様《きんさま》だッたねえ。どうも向者《さっき》から消《に》ているとは思ったけれど、えらく立派になったもんだから。……雖然《しかし》お前様《まえさん》も無事で、然《そう》してまあ立派になんなすッて結構だ。あれから直《じき》に東京へ行ッて、勉強しているという事は聞いていたッけが、噫《ああ》、見上げたもんだ。而《そう》して勉強して来たのは、法律かい。法律は好《い》いね。お前様《まえさん》は好きだッた。好きこそ物の上手なりけれ、うむ、其《それ》は善かった。ああ、成程、金沢の裁判

所に……うむ、検事代理*というのかい。」

老いたる役員は我子の出世を看《み》るが如く懽《よろこ》べり。

当時盲縞《むかしめくらじま》の腹掛《はらがけ》は今日黒の三紋《みつもん》*の羽織となりぬ。金沢裁判所新任検事代理村越欣弥氏は、実に三年前《さんねんぜん》の馭者台上の金公なり。

七

公判は予定の日に於て金沢地方裁判所に開かれたり。傍聴席は人の山を成して、被告及《および》関係者水島友は弁護士、押丁《おうてい》等と与《とも》に差控《さしひか》えて、判官の着席を待てり。程無く正面の戸を颯と排《ひら》きて、軀高《たけたか》き裁判長は入来《いりきた》りぬ。二名の陪席《ばいせき》判事*と一名の書記とは之《これ》に続けり。

満廷粛《しゅく》として水を打ちたる如くなれば、其《その》靴音は四壁《しへき》に響き、天井《てんじょう》に応えて、一種の恐しき音を生《な》して、傍聴人の胸に轟きぬ。

威儀厳《おごそか》に渠等の着席せる時、正面の戸は再び啓きて、高爽《こうそう》の気を帯び、明秀《めいしゅう》の容《かたち》を具《そな》えたる法官は顕れたり。渠は其《その》麗しき髭を捻りつつ、従容として検事の席に着きたり。

謹慎《きんしん》なる聴衆を容れたる法廷は、室内の空気些《さ》も熱せずして、渠等は幽谷《ゆうこく》の木立《こだち》の如く群《むらが》りたり。制服を絡いたる判事、検事は、赤と青と被《カヴァ》を異にせる卓子《テエブル》を別ちて、一段高き所に居並びつ。

甫《はじ》め判事等が出廷せし時、白糸は徐に面《おもて》を挙《あ》げて渠等を見遣りつつ、臆《おく》せる気色もあらざりしが、最後に顕れたりし検事代理を見るや否《いな》や、渠は色蒼白《あおざ》めて戦《おのの》きぬ。這《この》俊爽《しゅんそう》なる法官は実に渠が三年《みとせ》の間《あいだ》夢寐《むび》も忘れざりし欣様《きんさん》ならずや。渠は其《その》学識と其《その》地位とに因りて、嘗て馭者たりし日の垢塵《こうじん》を洗去《あらいさ》りて、今や其面《そのおもて》は最清《いときよら》に、其《その》眉は一際《ひときわ》秀《ひい》でて、驚くばかりに見違えたれど、紛《まが》うべくもあらず、渠は村越欣弥なり。白糸は始《はじめ》不意の面会に駭《おどろ》きたりしが、再び渠を熟視《じゅくし》するに及《およ》びて己《おのれ》を忘れ、三たび渠を見て、愁然として首を低れたり。

白糸は有得《ありう》べからざるまでに意外の想《おもい》を為したりき。

渠は此《この》時まで、一箇の頼もしき馬丁として其《その》意中に渠を遇《ぐう》せしなり。未だ如此《かくのごとく》畏敬《けい》すべき者ならんとは知らざりき。或点に於ては渠を支配し得べしと思いしなり。然れども今此《この》検事代理なる村越欣弥に対しては、其の一髪《いっぱつ》をだに動《うご》かすべき力の吾に在らざるを覚《おぼ》えき。噫《ああ》、濶達豪放なる滝の白糸！　渠は此《この》時まで、己は人に対して恪《かく》まで意気地無きものとは想わざりしなり。

渠は此憤《このいきどおり》と喜《よろこび》と悲《かなしみ》とに摧《くじ》かれて、残柳《ざんりゅう》の露に俯したる如く、哀《あわれ》に萎《しお》れてぞ見えたる。

欣弥の眼《まなこ》は陰《ひそか》に始終恩人の姿に注げり。渠は果《はた》して三年《みとせ》の昔天神橋上月明の下に、臂《ひじ》を把りて壮語《そうご》し、気を吐くこと虹《にじ》の如くなりし女丈夫《じょじょうふ》なるか。其《その》面影もあらず、太《いた》くも渠は衰えたる哉《かな》。

恩人の顔は蒼白《あおざ》めたり。其《その》頬は削《こ》けたり。其《その》髪は乱れたり。乱れたる髪！　其夕《そのゆうべ》の乱れたる髪は活潑々《かっはつはつ》の鉄拐を表せしに、今は其憔悴《そのしょうすい》を増すのみなりけり。

渠は想えり。濶達豪放の女丈夫《じょじょうふ》！　渠は垂死の病蓐《びょうじょく》に横《よこた》わらんとも、決して如許衰《かくのごときすい》容《よう》を為さざるべきなり。烈々たる渠が心中の活火は既に燼《き》えたる歟《か》。何《なん》ぞ渠の甚しく冷灰《れいかい》に似たるや。

欣弥は此体《このてい》を見るより、不覚《すずろ》憐愍《あわれ》を催《もよお》して、胸も張裂《はりさ》くばかりなりき。同時に渠は己の職務に心着《こころづ》きぬ。私《わたくし》を以て公《おおやけ》に代え難しと、渠は拳を握りて眼《まなこ》を閉じぬ。

軈て裁判長は被告に向《むか》いて二三の訊問《じんもん》ありける後、弁護士は渠の冤《えん》を雪《すす》がん為に、滔々《とうとう》数千言を陳《つら》ねて、幾《ほと》ど余《あま》す所あらざりき。裁判長は事実を隠蔽《いんぺい》せざらんように白糸を諭《さと》せり。渠は飽《あ》くまで盗難に遭いし覚《おぼえ》のあらざる旨を答えて、黒白《こくびゃく》は容易に弁ずべくもあらざりけり。

検事代理は漸く閉じたりし眼《まなこ》を開くと与に、悄然《しょうぜん》として項を垂るる白糸を見たり。

渠は爾時《そのとき》声を励《はげま》して、

「水島友、村越欣弥が……本官が改めて訊問するが、裏《つつ》まず事実を申せ。」

友は纔《わずか》に面《おもて》を擡《あ》げて、額越《ひたいごし》に検事代理の色を候《うかが》いぬ。渠は峻酷《しゅんこく》なる法官の威容をもて、

「其方《そのほう》は全く金子《きんす》を奪られた覚《おぼえ》は無いのか。虚偽《いつわり》を申すな。設《たと》い虚偽《いつわり》を以て一時《いちじ》を免《のが》るるとも、天知る、地知る、我知るで*、いつがいつまで知れずには居《お》らんぞ。雖然《しかし》知れるの、知れぬのと那麼様事《そんなこと》は通常の人に言う事だ。其方《そのほう》も滝の白糸といわれては、随分名代《なだい》の芸人ではないか。それが、仮初《かりそめ》にも虚偽《いつわり》などを申しては、其《その》名に対しても実に愧《は》ずべき事だ。人は一代、名は末代だぞ。又其方《そのほう》のような名代の芸人になれば、随分多数《おおく》の贔屓《ひいき》もあろう、其《その》贔屓が、裁判所に於て其方《そのほう》が虚偽《いつわり》を申立《もうした》てて、其《それ》が為に罪無き者に罪を負わせたと聞いたならば、噫《ああ》、白糸は天晴《あっぱれ》な心掛《こころがけ》だと云《い》って誉《ほ》めるか、喜ぶかな。もし本官が其方《そのほう》の贔屓であったなら、今日限愛想《かぎりあいそ》を尽《つか》して、以来は道で遭おうとも唾も為《し》かけんな。雖然《しかし》長年の贔屓であって見れば、まず愛想《あいそ》を尽す前に十分勧告《かんこく》をして、卑怯《ひきょう》千万な虚偽《いつわり》の申立《もうしたて》などは、命に換えても為《さ》せん積《つもり》だ。」

恁《か》く諭したりし欣弥の声音《こわね》は、啻《ただ》に其平生《そのへいぜい》を識れる、傍聴席なる渠の母のみにあらずして、法官も聴衆も自《おのず》から其《その》異常なるを聞得《ききえ》たりしなり。白糸の愁《うれ》わしかりし眼《まなこ》は

卒《にわか》に清く輝きて、

「そんなら事実《ほんとう》を申しましょうか。」

裁判長は温乎《しとやか》に、

「うむ、隠《かく》さずに申せ。」

「実は奪られました。」

竟《つい》に白糸は自白せり。法の一貫目《いっかんめ》は情の一匁《いちもんめ》なる哉、渠は其《その》懐しき検事代理の為に喜びて自白せるなり。

「何《なに》？　盗られたと申すか。」

裁判長は軽《かろ》く卓を拍ちて、屹と白糸を視たり。

「はい、出刃打の連中《れんじゅう》でしょう、四五人の男が手籠《てごめ》にして、私《わたくし》の懐中の百円を奪りました。」

「聢《しか》と然ようか。」

「相違《そうい》ございません。」

之《これ》に次ぎて白糸は無雑作に其《その》重罪をも白状したりき。裁判長は直《ただち》に訊問を中止して、即刻此日《そっこくこの》の公判を終れり。

検事代理村越欣弥は私情の眼《まなこ》を掩《おお》いて具《つぶさ》に白糸の罪状を取調《とりしら》べ、大恩の上に大恩を累《かさ》ねたる至大の恩人をば、殺人犯として起訴《きそ》したりしなり。さるほどに予審終り、公判開きて、裁判長は検事代理の請求は是《ぜ》なりとして、渠に死刑《しけい》を宣告せり。

一生他人たるまじと契《ちぎ》りたる村越欣弥は、遂に幽明《ゆうめい》を隔てて、永く恩人と相見る可からざるを憂《うれ》いて、宣告の夕寓居《ゆうべぐうきょ》の二階に自殺してけり。

夜《や》行巡査《こうじゅんさ》

一

「こう*爺様《じいさん》、お前何処《めえどこ》だ。」と職人体《てい》の壮佼《わかもの》は、其傍《そのかたわら》なる車夫《しゃふ》の老人に向《むか》いて問懸《といか》けたり。車夫の老人は年紀《とし》既《すで》に五十を越えて、六十にも間《ま》はあらじと思わる。餓《う》えてや弱々しき声の然《しか》も寒さにおののきつつ、

「何卒真平御免《どうぞまっぴらごめん》なすって、向後屹《こうごきっ》と気を着けまする。へいへい。」

と、どきまぎして慌《あわ》て居《お》れり。

「爺様慌《あわ》てなさんな。こう己《おり》ゃ巡査《じゅんさ》じゃねえぜ。え、おい、可《か》哀相《あいそう》に余程面食《よっぽどめんくら》ったと見える、全体お前《めえ》、気が小さ過《す》ぎらあ。なんの縛《しば》ろうとは謂《い》やしめえし、彼様《あんな》に怯気《びく》怯気《びく》しねえでものことさ。俺片《おらあ》一方で聞《き》いてせえ少肝癪《すこかんしゃく》に障《さわ》って堪《こた》えられなかったよ。え、爺様、聞きゃお前《めえ》の扮装《みなり》が悪いとって咎《とが》めた様だっけが、それにしちゃあ咎め様《よう》が激しいや、他《ほか》にお前何《めえなん》ぞ仕損《しぞこな》いでもしなすったのか、ええ、爺様。」

問われて老車夫は吐息《といき》をつき、

「へい、誠《まこと》に吃驚《びっくり》いたしました。巡査様《おまわりさん》に咎められましたのは、親父《おやじ》今が最初《はじめて》で、はい、もう何《ど》うなりまするとやらと、人心地《ひとごこち》もございませなんだ。いやもうから意気地《いくじ》がございません代《かわり》にや、決して後暗《うしろぐら》いことはいたしません。唯今《ただいま》とても別に不調法《ぶちょうほう》のあった訳ではございませんが、股引《ももひき》が破れまして、膝《ひざ》から下が露出《むきだし》でございますので、見苦しいと、こんなにおっしゃります、へい、御規則《ごきそく》*も心得ないではございませんが、つい届きませんもんで、へい、唐突《だしぬけ》にこら！ッて喚《わめ》かれましたのに驚《おどろ》きまして、未《いま》だに胸がどきどきいたしまする。」

壮佼は頻《しきり》に頷《うなず》けり。

「むむ、左様《そう》だろう。気の小さい維新前《むかし》の者*は得《え》て巡的《じゅんてき》を恐《こわ》がる奴《やつ》よ。何《なん》だ、高《たか》がこれ股引が無《ね》えからとって、仰山《ぎょうさん》に咎立《とがめだて》をするにゃあ当《あた》らねえ。主《ぬし》の抱車《かかえぐるま》じゃあるめえし、ふむ、余計なおせっかいよ、喃爺様《なあじいさん》、向《むこ》うから謂《い》わねえたって、此《この》寒いのに股引は此方《こっち》で穿《は》きてえや、其処《そこ》が各々《めいめい》の内証《ないしょう》*で穿けねえから、穿けねえのだ。何《なに》も穿かねえというんじゃやねえ。然《しか》もお提灯《ちょうちん》より見ッこのねえ闇夜《やみ》だろうじゃねえか、風俗も糸瓜《へちま》もあるもんか。汝《うぬ》が商売で寒い思《おも》いをするからたって、何《なに》も人民にあたるにゃあ及《およ》ばねえ。ん！　寒鴉《かんがらす》*め。彼様奴《あんな》も滅多《めった》にゃねえよ、往来の少ない処《ところ》なら、昼だってひよぐる位《ぐらい》*は大目に見てくれらあ。業腹《ごうばら》な。我《おら》あ別に人の褌襠《ふんどし》で相撲《すもう》を取るにもあたらねえが、これが若いものでもあることか、可哀相によぼよぼの爺様だ。こう、腹あ立てめえよ、真個《ほんに》さ、此状《このざま》で腕車《くるま》を曳《ひ》くなあ、よくよくのことだと思いねえ。チョッ、べら棒め。*洋刀《サーベル》がなけりゃ袋叩《ふくろだたき》にして遣《や》ろうものを、威張《いば》るのも可《いい》加減にして置けえ。へん、お堀端《ほりばた》あ此方人等《こちとら》のお成筋《なりすじ》*だぞ、罷間違《まかりまちが》やあ胴上《どうあ》げして鴨《かも》のあしらいにしてやらあ。」

口を極《きわ》めて既に立去《たちさ》りし巡査を罵《ののし》り、満腔《まんくう》の熱気を吐《は》きつつ、思わず腕《うで》を擦《さす》りしが、四谷《よつや》組合と記したる煤《すす》け提灯《ちょうちん》の蠟燭《ろうそく》を今継足《つぎた》して、力無げに梶棒《かじぼう》を取上《とりあ》ぐる老車夫の風采《ふうさい》を見て、壮佼は打悄《うちしお》るるまで哀《あわれ》を催《もよお》し、「而《そう》して爺様稼人《じいさんかせぎにん》はお前《めえ》ばかりか、孫《まご》子はねえのかい。」

優しく謂《い》われて、老車夫は涙《なみだ》ぐみぬ。

「へい、難有《ありがと》う存《ぞん》じます、いやも幸《さいわい》と孝行な悴《せがれ》が一人居《お》りまして、能《よ》う稼《かせ》いでくれまして、お前様《まえさん》、此《こん》様な晩にゃ、行火《あんか》を抱《だ》いて寝て居《い》られる勿体《もったい》ない身分でございましたが、悴はな、お前様、此《この》秋兵隊に取られましたので、後《あと》には嫁《よめ》と孫が二人皆《ふたりみん》な快う世話をしてくれますが、何分活計《なにぶんくらし》が立ち兼《かね》ますので、蛙《かえる》の子《こ》は蛙になる、親仁《おやじ》も旧《もと》は此《この》家業をいたして居《お》りましたから、年紀《とし》は取っても些少《ちっと》は呼吸《こきゅう》がわかりますので、悴の腕車《くるま》を斯《こ》うやって曳きますが、何《なに》が、達者で、奇麗《きれい》で、安いという、三拍子《さんびょうし》も揃《そろ》ったのが、競争をいたしますのに、私《わたし》の様《よう》な腕車《くるま》には、それこそお茶人《ちゃじん》か、余程後生《よっぽどごしょう》の善《い》いお客*でなければ、とても乗ってはくれませんで、稼ぐに追着《おいつ》く貧乏なしとはいいまするが、何《ど》うしていくら稼いでも其日《その》を越すことが出来悪《できにく》うございますから、自然装《なり》なんぞも構うことは出来ませんので、つい巡査様《おまわりさん》に、はい、お手数《てかず》を懸《か》けるようにもなりまする。」

最長々《いとながなが》しき繰言《くりごと》をまだるしとも思わで聞きたる壮佼は一方《ひとかた》ならず心を動《うご》かし、

「爺様《じいさん》、否《いや》たあ謂《い》われねえ、むむ、道理《もっとも》だ。聞きゃ一人《ひとり》息子が兵隊になっているというじゃねぇか、大方《おおかた》戦争にも出るんだろう、そんなことなら黙って居《い》ないで、どしどし言籠《いいこ》めて隙《ひま》あ潰《つぶ》さした埋合《うめあわ》せに、酒代《さかて》でもふんだくってやれば可《い》いに。」

「ええ、滅相《めっそう》な。しかし申訳《もうしわけ》のためばかりに、其事《その》も申しましたなれど、一向お肯入《ききいれ》がございませんので。」

壮佼はますます憤《いきどお》り、一入憐《ひとしおあわれ》みて、

「何《なん》という木念参《ぼくねんじん》だろう、因業《いんごう》な寒鴉《かんがらす》め。トいった処《ところ》で仕方もないかい。時に爺様《じいさん》、手間は取らさねえから其処等《そこいら》まで一処《いっしょ》に歩《あゆ》びねえ。股火鉢《またひばち》で五合《ごんつく》とやらかそう。ナニ遠慮《えんりょ》しなさんな、些《ちと》相談もあるんだからよ。はて、可《い》いわな。お前稼業《めえかぎょう》にも似合わねえ。馬鹿《ばか》め、こんな爺様《じいさん》を掴《つか》めえて、権突《けんつく》も凄《すさ》まじいや、何《なん》だと思って居《い》やがんでえ、こう指一本でも指して見ろ、今じゃ己《おいら》が後見だ。」

憤慨《ふんがい》と、軽侮《けいぶ》と、怨恨《えんこん》とを満たしたる、視線の趣《おもむ》く処、麴町一番町《こうじまちいちばんちょう》英国公使館の土塀《どべい》のあたりを、柳《やなぎ》の木立に隠見《いんけん》して、角燈《かくとう》あり、南をさして行《ゆ》く。其《その》光は暗夜《あんや》に怪《かい》獣《じゅう》の眼《まなこ》の如《ごと》し。

二

公使館の辺《あたり》を行《ゆ》く其《その》怪獣は八田義延《はったよしのぶ》という巡査《じゅんさ》なり。渠《かれ》は明治二十七年十二月十日の午後零時《れいじ》を以《も》て某町《なにがしまち》の交番を発し、一時間交替の巡回の途《と》に就《つ》けるなりき。

其歩行《そのあゆむ》や、此巡査《このじゅんさ》には一定の法則ありて存するが如く、晩《おそ》からず、早からず、着々歩《ほ》を進めて路《みち》を行《ゆ》くに、身体《からだ》は屹《きっ》として立ちて左右に寸毫《すんごう》も傾《かたむ》かず、決然自若《じじゃく》たる態度には一種犯《おか》すべからざる威厳を備えつ。

制帽《せいぼう》の庇《ひさし》の下に物凄《ものすご》く潜《ひそ》める眼光は、機敏《きびん》と、鋭利《えいり》と厳酷《げんこく》とを混じたる、異様の光に輝《かがや》けり。

渠は左右の物を見、上下のものを視《なが》むる時、更《さら》に其《その》顔を動かし、首を掉《ふ》ることをせざれども、瞳《ひとみ》は自在に回転して、随意《ずいい》に其《その》用を弁ずるなり。

然《さ》れば路《みち》すがらの事々《じじ》物々《ぶつぶつ》、譬《たと》えばお堀端《ほりばた》の芝生《しばふ》の一面に白く仄見《ほのみ》ゆるに、幾条《いくじょう》の蛇《くちなわ》の這《は》えるが如《ごと》き人の踏《ふみ》しだきたる痕《あと》を印《いん》せること、英国公使館の二階なる硝子《ガラス》窓の一面に赤黒き燈火《ともしび》の影のさせること、其《その》門前なる二柱の瓦斯《ガス》燈《とう》の昨夜《さくや》よりも少しく暗きこと、往来の真中《まんなか》に脱捨《ぬぎす》てたる草鞋《わらじ》の片足の霜《しも》に凍《い》て附《つ》きて堅くなりたること、路傍《みちばた》にすくすくと立併《たちなら》べる枯柳《かれやなぎ》の、一陣《いちじん》の北風に颯《さ》と音《おと》して一斉《いっせい》に南に靡《なび》くこと、遥《はる》か彼方《あなた》にぬっくと立てる電燈局の煙筒《えんとう》より一縷《いちる》の煙の立騰《たちのぼ》ること等《とう》、凡《およ》そ這般《このはん》の些細《ささい》なる事柄《ことがら》と雖《いえど》も一《ひとつ》として件《くだん》の巡査《じゅんさ》の視線以外に免《のが》るることを得《え》ざりしなり。

然《しか》も渠《かれ》は交番を出《い》でて、路《みち》に一個の老車夫を叱責《しっせき》し、而《しか》して後此処《のちこのところ》に来《きた》れるまで、ただに一回も背後《うしろ》を振返《ふりかえ》りしことあらず。

渠は前途に向《むか》いて着眼の鋭《するど》く、細かに、厳しきほど、背後《うしろ》には全く放心せるものの如《ごと》し。如何《いかに》となれば背後《うしろ》は既に一旦我《いったんわ》が眼《まなこ》に検察して、異状なしと認めてこれを放免したるものなればなり。

兇徒《きょうと》あり、白刃《はくじん》を揮《ふる》いて背後《うしろ》より渠を刺《さ》さんか、巡査《じゅんさ》は其呼吸《そのいき》の根の留《と》まらんまでは、背後《うしろ》に人あるということに、思い到《いた》ることはなかるべし。他《た》なし、渠は己《おの》が眼《まなこ》の観察の一度達したる処《ところ》には、譬《たと》い藕糸《ぐうし》の孔中《こうちゅう》*と雖《いえど》も一点の懸念《けねん》をだに遺《のこ》し置かざるを信ずるに因《よ》れり。

故《ゆえ》に渠は泰然《たいぜん》と威厳を存して、他意なく、懸念なく、悠々《ゆうゆう》として唯《ただ》前途をのみ志すを得《う》るなりけり。

其靴《その》は霜《しも》のいと夜深《よふか》きに、空谷《くうこく》を鳴らして遠く跫音《きようおん》を送りつつ、*行《ゆ》く行く一番町の曲角《まがりかど》の良此方《ややこなた》まで進みける時、右側の唯《と》ある冠木門《かぶきもん》*の下に踞《うずく》まれる物体ありて、我が跫音《あしおと》に蠢《うご》めけるを、例の眼《まなこ》にて屹《きつ》と見たり。

八田巡査は屹と見るに、こは最寠々《いとやつやつ》しき*婦人《おんな》なりき。

一個《ひとり》の幼児《おさなご》を抱《いだ》きたるが、夜深《よふか》の人目無きに心を許しけん、帯を解きて其《その》幼児を膚《はだ》に引緊《ひきし》め、着たる襤褸《らんる》の綿入《わたいれ》を衾《ふすま》となして、少しにても多量の暖を与《あた》えんとせる、母の心《こころ》はいかなるべき。よしや其母子《そのおやこ》に一銭《いっせん》の恵《めぐみ》を垂れずとも、誰《たれ》か憐《あわれ》と思わざらん。

然《しか》るに巡査は二《ふた》つ三《み》つ婦人《おんな》の枕頭《まくらもと》に足踏《あしぶみ》して、

「おいこら、起きんか、起きんか。」

と沈みたる、然《しか》も力を籠《こ》めたる声にて謂《い》えり。

婦人《おんな》は慌《あわただ》しく蹶起《はねお》きて、急に居住居《いずまい》を繕《つくろ》いながら、

「はい、」と答うる歯の音《ね》も合わず、其《その》まま土に頭《こうべ》を埋《うず》めぬ。

巡査は重々しき語気を以《も》て、

「はいでは無い、こんな処《ところ》に寝て居《い》ちゃあ不可《いか》ん、疾《はや》く行《ゆ》け、何《なん》という醜態《しゅうたい》だ。」

と鋭き音調。婦人《おんな》は恥じて呼吸《いき》の下《した》にて、

「はい、恐入《おそれい》りましてございます。」

恪《か》く打謝《うちわ》罪《ぶ》る時しも、幼児《おさなご》は夢を破りて、睡眠の中《うち》に忘れたる、饑《うえ》と寒さとを思出《おもいだ》し、あと泣出《なきいだ》す声も疲労《ひろう》のために裏涸《うらが》れたり。母は見るより人目も恥じず、慌てて乳《ち》房《ぶさ》を含ませながら、

「夜分のことでございますから、何卒《どうぞ》旦那様お慈悲でございます、大眼《おおめ》に御覧遊ばして。」

巡査《じゅんさ》は冷然として、

「規則に夜昼《よるひる》は無い。寝ちゃあ不可《いか》ん、軒下《のきした》で。」

折から一陣荒《ひとしきりすさ》ぶ風は冷《れい》を極めて、手足も露《あら》わなる婦人《おんな》の膚《はだ》を裂《さ》きて寸断せんとせり。渠《かれ》はぶるぶると身を震わせ、鞠《まり》の如くに悚《すく》みつつ、

「堪《たま》りません、もし旦那、何卒《どうぞ》、後生《ごしょう》でございます。少時此処《しばらくここ》にお置き遊ばして下さいまし。此《この》寒さにお堀端《ほりばた》の吹曝《ふきさらし》へ出ましては、こ、この子が可哀相でございます。種々《いろいろ》災難に逢《あ》いまして、俄《にわ》かの物貰《ものもらい》で勝手は分《わか》りませず……」といいかけて婦人《おんな》は咽《むせ》びぬ。

これを此軒《このの き》の主人《あるじ》に請《こ》わば、其諾否《そのだくひ》未《いま》だ計《はか》り誰《がた》し。然《しか》るに巡査《じゅんさ》は肯入《ききい》れざりき。

「不可《いかん》、我《おれ》が一旦不可《いったんいかん》といったら何《なん》といっても不可《いか》んのだ。譬《たと》い汝《きさま》が、観音様《かんのんさま》の化身《けしん》

でも、寝ちゃならない、こら、行《ゆ》けというに。」

三

「伯父様《おじさん》お危《あぶの》うございますよ。」

半蔵門《はんぞうもん》＊の方《かた》より来《きた》りて、今や堀端に曲《まが》らんとする時、一個《いっこ》の年紀《とし》少《わか》き美人は其同伴《そのつれ》なる老人の蹣跚《まんさん》たる酔歩《すいほ》に向《むか》いて注意せり。渠《かれ》は編物の手袋を嵌《は》めたる左の手にぶら提灯を携《たずさ》えたり。片手は老人を導きつつ。

伯父様と謂《い》われたる老人は、ぐらつく足を蹈占《ふみし》めながら、

「なに、大丈夫《だいじょうぶ》だ。あれんばかしの酒《さけ》にたべ酔《よ》って堪《たま》るものかい。時にもう何時《なんどき》だろう。」

夜《よ》は更《ふ》けたり。天色沈々《てんしょくちんちん》として風騒がず。＊見渡《みわた》すお堀端の往来は三宅坂《みやけざか》にて一度尽《ひとたびつ》き、更《さら》に一帯の樹立《こだち》と相連《あいつらな》る煉瓦屋《れんがおく》にて東京の其《その》局部を限れる、この小天地寂《しょうてんちせき》として、星のみ冷《ひやや》かに冴《さ》え渡《わた》れり。美人は人欲《ひとほ》しげに振返《ふりかえ》りぬ。百歩《ひゃくほ》を隔《へだ》てて黒影《こくえい》あり、靴を鳴らして徐《おもむろ》に来《きた》る。

「あら、巡査《おまわり》さんが来ましたよ。」

伯父なる人は顧《かえり》みて角燈《かくとう》の影を認むるより、直ちに不快なる音調を帯び、

「巡査《じゅんさ》が何《ど》うした、お前何《なん》だか、嬉しそうだな。」

と女《むすめ》の顔を瞻《みま》もれる、一眼盲《いちがんし》いて片眼《へんがん》鋭し、女《むすめ》はギックリとしたる様《さま》なり。

「ひどく淋《さび》しゅうございますから、もう一時《いちじ》前《まえ》でもございましょうか。」

「うむ、そんなものかも知れない、ちっとも腕車《くるま》が見えんからな。」

「ようございますわね、もう近いんですもの。」

良《やや》無言にて歩《ほ》を運びぬ、酔える足は捗取《はかど》らで、靴音は早《は》や近づきつ。老人は声高《こわだか》に、

「お香《こう》、今夜の婚礼は何《ど》うだった。」と少しく笑《えみ》を含みて問いぬ。

女《むすめ》は軽《かろ》くうけて、

「大層《たいそう》お見事でございました。」

「いや、お見事ばかりじゃあない、お前は彼《あれ》を見て何《なん》と思った。」

女《むすめ》は老人の顔を見たり。

「何《なん》ですか。」

「嘸《さぞ》、羨《うらや》ましかったろうの。」という声は嘲《あざけ》る如《ごと》し。

女《むすめ》は答えざりき。渠はこの一冷語《いちれいご》のために太く苦痛《いた》を感じたる状《さま》見えつ。

老人は然《さ》こそあらめと思える見得《みえ》にて、

「何《ど》うだ、羨しかったろう。おい、お香、己《おれ》が今夜彼家《あすこ》の婚礼の席へお前を連れて行

った主意を知っとるか。ナニ、はいだ。はいじゃない。其主意《そのしゆい》を知ってるかよ。」

女《むすめ》は黙《もく》しぬ。首を低《こうべ》れ《た》ぬ、老夫はますます高調子、

「解《わか》るまい、こりゃ恐らく解るまいて。何も儀式を見習わせようためでもなし、別に御馳走を喰《く》わせたいと思いもせずさ。ただ羨《うらやま》しがらせて、情《なさけ》なく思わせて、お前が心に泣いて居《い》る、其顔《そのかお》を見たいばっかりよ。ははは。」

口気酒芬《こうきしゆふん》*を吐《は》きて面《おもて》をも向くべからず、女《むすめ》は悄然《しようぜん》として横に背《そむ》けり、老夫は其肩《その》に手を懸《か》けて、

「何《ど》うだお香、あの縁女《えんじよ》は美しいの、さすがは一生の大礼だ。あのまた白《あか》と紅との三枚襲《さんまいがさね》*で、ト羞《はずか》しそうに坐《すわ》った恰好《かつこう》というものは、ありゃ婦人《おんな》が二度とないお晴《はれ》だな。縁女《えんじよ》もさ、美しいは美しいが、お前《まえ》にゃ九目《せいもく》だ。*婿《むこ》も立派な男だが、あの巡査にゃ一段劣《おと》る。もしこれがお前と巡査とであって見ろ。嘸《さぞ》目の覚《さ》むることだろう。喃《なあ》、お香、過日《いつぞや》巡査がお前をくれろと申込《もうしこ》んで来た時に、吾《おれ》さえアイと合点《がつてん》すりゃ、あべこべに人を羨《うらや》ましがらせて遣《や》られる処《ところ》よ。然《しか》もお前が（生命《いのち》かけても）という男だもの、どんなにおめでたかったかも知れやアしない。しかし何《ど》うもそれ随意《まま》にならないのが浮世《うきよ》ってな、よくしたものさ。我《おれ》という邪魔者《じやまもの》が居《お》って、小気味《こきみ》よく断った。彼奴《あいつ》も飛んだ恥を掻《か》いたな、はじめから出来る相談か、出来ないことか、見当をつけて懸《かか》れば

よいのに、何も、八田も目先の見えない奴だ。馬鹿巡査！」

「あれ伯父様《おじさん》。」

と声ふるえて、後《うしろ》の巡査に聞こえやせんと、心を置きて振返《ふりかえ》れる、眼《まなこ》に映ずる其《その》人は、……夜目《よめ》にもいかで見紛《みまが》うべき。

「おや！」と一言《ひとこと》我知らず、口よりもれて愕然《がくぜん》たり。

八田巡査《じゅんさ》は一注《いっちゅう》の電気*に感ぜし如《ごと》くなりき。

四

老人は吐嗟《とっさ》の間《あいだ》に演《えん》ぜられたる、このキッカケにも心着《こころつ》かでや、更《さら》に気に懸《か》くる様子も無く、

「喃《なあ》、お香、嘸《さぞ》吾《おれ》がことを無慈悲な奴《やつ》と怨《うら》んで居《い》よう。吾《おれ》やお前に怨まれるのが、本《ほん》望《もう》だ。いくらでも怨んでくれ。何《ど》うせ、吾《おれ》もこう因業《いんごう》じゃ、良《い》い死様《しにさま》もしやアしまいが、何《なに》、そりゃ固《もと》より覚悟の前《まえ》だ。」

真顔《まがお》になりて謂う風情《ふぜい》、酒の業《わざ》とも思われざりき。女《むすめ》はようよう口を開き、

「伯父様《おじさん》、貴下《あなた》まあ往来で、何をおっしゃるのでございます。早く帰《かえ》ろうじゃございませんか。」

と老夫の袂《たもと》を曳《ひき》動かし急ぎ巡査を避《さ》けんとするは、聞くに堪《た》えざる伯父の言《ことば》を渠《かれ》の耳に入れじとなるを、伯父は少しも頓着《とんじゃく》せで、平気に、寧《むし》ろ聞《きこ》えよがしに、

「彼《あれ》もさ、巡査だから、我《おれ》が承知しなかったと思われると、何か身分のいい官員か、金満《かねもち》でも択《えら》んで居《い》て、月給八円におぞ毛をふるった様《よう》だが、そんな賤《いや》しい了簡《りょうけん》じゃない。お前《まえ》の嫌《きらい》な、一所《いっしょ》になると生血《いきち》を吸われる様な人間でな、譬《たと》えば癩病坊《かったいぼう》だとか、高利貸《こうりかし》だとか、再犯《さいはん》の盗人《ぬすっと》とでもいう様な者だったら、吾《おれ》は喜んで、くれて遣《や》るのだ。乞食《こじき》ででもあって見ろ、それこそ吾《おれ》が乞食をして吾《おれ》の財産を皆《みん》な其奴《そいつ》に譲って、夫婦《めおと》にしてやる。え、お香、而《そう》してお前の苦《くる》しむのを見て楽《たのし》むさ。けれども彼《あ》の巡査はお前が心《しん》からすいてた男だろう。あれと添《そ》われなけれりゃ生きてる効《かい》がないとまでに執《しゅう》心《しん》の男だ。其処《そこ》を吾《おれ》がちゃんと心得てるから、きれいさっぱりと断った。何《なん》と慾《よく》の無いもんじゃあるまいか。其処で一旦吾《いったんおれ》が断った上は何《なん》でもあきらめてくれなければならないと、普通《なみ》の人間ならいう処《ところ》だが、吾《おれ》がのは然《そ》うじゃない。伯父《おじ》さんが不可《いけない》とおっしゃったから、まあ、私も仕方がないと、お前にわけもなく断念《あきら》めて貰《もら》った日にゃあ、吾《おれ》が志《こころざし》も水の泡《あわ》さ、形《かた》なしになる。処《ところ》で、恋というものは、そんな浅薄《あさはか》なもんじゃあない。何《なん》でも剛胆《ごうたん》な奴が危険《けんのん》な目に逢《あ》えば逢うほど、一層《いっそ》剛胆になる様《よう》で、何《なに》か知ら邪魔が入れば、なおさら恋しゅうなるものでな、とても思切《おもいき》れないものだとい

うことを知っているから、ここで愉快《おもしろ》いのだ。何《ど》うだい、お前は思《おも》い切《き》れるかい、うむ、お香、今じゃもう彼《あ》の男を忘れたか。」

女《むすめ》は良少時黙《ややしばらくもく》したるが、

「い……い……え。」とぎれとぎれに答えたり。

老夫《ろうふ》は心地好《よ》げに高く笑い、

「むむ、道理《もっとも》だ。そうやすっぽくあきらめられる様《よう》では、吾《おれ》が因業《いんごう》も価値《ねうち》がねえわい。これ、後生だからあきらめてくれるな。まだまだ足りない、もっと其《その》巡査を慕《した》うて貰《もら》いたいものだ。」

女《むすめ》は堪《こら》えかねて顔を振上《ふりあ》げ、

「伯父様《おじさん》、何がお気に入りませんで、そんな情《なさけ》ないことをおっしゃいます、私《わたし》は、……」

と声を飲む。

老夫は空嘯《そらうそぶ》き、

「なんだ、何がお気に入りません？　謂《い》うな、勿体《もったい》ない。何《なん》だってまた恐らくお前ほど吾《おれ》が気に入ったものはあるまい。第一容色《きりょう》は可《よ》し、気立《きだて》は可《よ》し、優しくはある、することなすこと、お前のことといったら飯《めし》のくい様《よう》まで気に入るて。しかしそんなことで何、巡査を何《ど》うするの、斯《こ》うするのという理屈はない。譬《たと》いお前が何かの折に、我《おれ》の生命《いのち》を助けてくれてさ、生命《いのち》の親と思えばとても、決して巡査にゃあ遣《や》らないのだ。お前が憎《にく》い女なら吾《おれ》もなに、邪魔をしやあしねえが、可愛いから、ああしたものさ。気に入るの入らないのと、そんなこたあ言ってくれるな。」

女《むすめ》は少し屹《きっ》となり、

「それでは貴下《あなた》、あのお方に何《なん》ぞお悪いことでもございますの。」

恪《かく》言い懸けて振返《ふりかえ》りぬ。巡査は此時《このとき》囁《ささや》く声をも聞くべき距離に着々として歩《ほ》し居《お》れり。

老夫は頭《こうべ》を打掉《うちふ》りて、

「う、んや、吾《おれ》や彼奴《あいつ》も大好《だいすき》さ。八円を大事《だいじ》にかけて世の中に巡査ほどのものはないと澄《す》まして居《い》るのが妙《みょう》だ。あまり職掌《しょくしょう》を重んじて、苛酷《かこく》だ、思遣《おもいや》りがなさすぎると、評判の悪いのにも頓着なく、すべ一本《いっぽん》*でも見免《みのが》さない、アノ邪慳《じゃけん》非道な処《ところ》が、馬鹿に吾《おれ》は気に入ってる。まず八円の価値《ねうち》はあるな。八円じゃ高くない、禄盗人《ろくぬすびと》とはいわれない、まことに立派な八円様だ。」

女《むすめ》は堪《たま》らず顧《かえり》みて、小腰《こごし》を屈《かが》め、片手をあげてソと巡査を拝みぬ。いかにお香はこの振舞《ふるまい》を伯父に認められじと勉《つと》めけん。瞬間にまた頭《こうべ》を返して、八田が何等《なんら》の挙動を以《もっ》て我に答えしやを知らざりき。

五

「ええと、八円様に不足はないが、何《ど》うしてもお前を遣《や》ることは出来ないのだ。それも彼奴《あいつ》が浮気もので、ちょいと色に迷ったばかり、お嫌《いや》ならよしなさい、他所《よそ》を聞いて見ますという、お手軽な処《ところ》だと、吾《おれ》も承知をしたかも知れんが、何《ど》うして己《おれ》が探《さぐ》って見ると義延《よしのぶ》（巡査の名）という男はそんな男と男が違う。何《なん》でも思込《おもいこ》んだら何《ど》うしても忘れることの出来ない質《たち》で、矢張《やっぱり》お前と同一様《おなじよう》に、自殺でもしたいという風だ。ここで愉快《おもしろ》いて、はははははは。」と冷笑《あざわら》えり。

女《むすめ》は声をふるわして、

「そんなら伯父様《おじさん》、まあ何《ど》うすりゃいいのでございます。」と思詰《おもいつ》めたる体《てい》にて問いぬ。

伯父は事もなげに、

「何《ど》うしても不可《いけな》いのだ。何《ど》んなにしても不可いのだ。とても駄目だ、何《なん》にもいうな、譬《たと》い何《ど》うしても肯《き》きゃあしないから、お香、まあ、然《そ》う思ってくれ。」

女《むすめ》はわっと泣出《なきいだ》しぬ、渠《かれ》は途中なることも忘れたるなり。

伯父は少《すこ》しも意に介せず、

「これ、一生のうちに唯《ただ》一度いおうと思って、今までお前にも誰にもほのめかしたことも無いが、次手《ついで》だから謂《い》って聞かす。可《い》いか、亡《な》くなったお前の母様《おっかさん》はな。」

母という名を聞くや否《いな》や女《むすめ》は俄《にわか》に聞耳《ききみみ》立てて、

「え、母様が。」

「むむ、亡くなった。お前の母様には、吾《おれ》が、すっかり惚《ほ》れて居《い》たのだ。」

「あら、まあ伯父様。」

「うんや、驚くことあない。また疑うにも及ばない。其《それ》を、其《その》母様をお前の父様《おとっさん》に奪《と》られたのだ。な、解ったか。勿論《もちろん》お前の母様は、吾《おれ》が何《なん》だということも知らず、弟《おとと》もやっぱり知らない。吾《おれ》もまた、口へ出したことはないが、心では、心では、実に吾《おれ》やもう、お香、お前は其《そ》の思遣《おもいやり》があるだろう。巡査というものを知ってるから。婚礼の席に連なった時や、明暮其《あけくれその》なかの好《い》いのを見て居《い》た吾《おれ》は、ええ、これ、何《ど》んな気がしたとお前は思う。」

という声濁《にご》りて、痘痕《とうこん》の充《み》てる頬骨《ほおぼね》高き老顔《ろうがん》の酒気を帯びたるに、一眼《いちがん》の盲《し》いたるが最《いと》もの凄《すご》きものとなりて、拉《とりひし》ぐばかり力を籠《こ》めて、お香の肩を摑《つか》み動かし、

「未《いま》だに忘れない。何《ど》うしても其《その》残念さが消え失《う》せない、其為《そのため》に吾《おれ》はもう総《すべ》ての事業を打棄《うちす》てた。名誉も棄てた。家も棄てた。つまりお前の母親が、己《おれ》の生涯の幸福と、

希望とを皆奪《みなうば》ったものだ。吾《おれ》はもう世の中《なか》に生きてる望《のぞみ》はなくなったが、唯何《ただなん》とぞしてしかえしがしたかった、トいって寝刃《ねたば》を合わせるじゃあ無い、*恋に失望したものの其苦痛《そのくるしみ》というものは、凡《およ》そ、何《ど》の位《くらい》であるということを、思知《おもいし》らせたいばっかりに、要《い》らざる生命《いのち》をながらえたが、慕《した》い合って望《のぞみ》が合《かの》うた、お前の両親《ふたおや》に対しては、何《ど》うしても其味《その》を知らせよう手段がなかった。もうちっと長生《ながいき》をして居《い》りゃ、其内《その》には吾《おれ》が仕方《しかた》を考えて思知《おもいし》らせてやろうものを、不幸《ふしあわせ》だか、幸《しあわせ》だか、二人《ふたり》ともなくなって、残ったのはお前《まえ》ばかり、親身《しんみ》といって他《ほか》にはないから、其処《そこ》でおいらが引取《ひきと》って、これだけの女にしたのも、三代祟《たた》る執念で、親のかわりに、なあ、お香、汝《きさま》に思知《おもいし》らせたさ。幸い八田という意中人《おもいもの》が、お前の胸に出来たから、吾《おれ》も望《のぞみ》が遂げられるんだ。さ、斯《こ》ういう因縁《いんねん》があるんだから、譬《たと》い世界の金満《かねもち》に己《おれ》をしてくれるといったって、とても謂《い》うこたあ肯《き》かれない。覚悟《かくご》しろ！　所詮《しょせん》駄目だ。や、此奴《こいつ》、耳に蓋《ふた》をして居《い》るな。」

眼《め》に一杯《いっぱい》の涙を湛《たた》えて、お香はわなわなふるえながら、両袖《りょうそで》を耳にあてて、せめて死刑の宣告を聞くまじと勤めたるを、老夫は残酷にも引放《ひきはな》ちて、

「あれ！」と背《そむ》くる耳に口、

「何《ど》うだ、解ったか。何《なん》でも、少しでもお前が失望の苦痛《くるしみ》を余計に思知《おもいし》る様《よう》にする。

其内《その》巡査《じゆんさ》のことをちっとでも忘れると、それ今夜のように人の婚礼を見せびらかしたり、気の悪くなる談話《はなし》をしたり、あらゆることをして苛《いじ》めてやる。」

「あれ、伯父様《おじさん》、もう私は、もう、ど、どうぞ堪忍《かんにん》して下さいまし。お放しなすって、え、何《ど》うしょうねえ。」

とおぼえず、声を放ちたり。

少距離《しようきより》を隔《へだ》てて巡行《じゆんこう》せる八田巡査は思わず一足《ひとあし》前に進みぬ。渠《かれ》は其処《そこ》を通過《とおりす》ぎんと思いしならん、さりながら得《え》進《すす》まざりき。渠は立留《たちどま》りて、しばらくして、たじたじと後《あと》に退《さが》りぬ。巡査は此処《このところ》を避けんとせしなり。されども渠は退《しりぞ》かざりき。造次《ぞうじ》の間《あいだ》*八田巡査は、木像の如《ごと》く突立《つった》ちぬ。更《さら》に冷然として一定の足並《あしなみ》を以《も》て粛々《しゆくしゆく》と歩出《あゆみいだ》せり。

ああ、恋は命なり。間接に我をして死せしめんとする老人の談話《はなし》を聞くことの、いかに巡査には絶痛《ぜつつう》なりしよ。一度歩《ひとたびほ》を急《きゆう》にせんか、八田は疾《とく》に渠等《かれら》を通越《とおりこ》し得《え》たりしならん、或《ある》は故《ことさ》らに歩《ほ》を緩《ゆる》うせんか、眼界《がんかい》の外《そと》に渠等を送遣《そうけん》し得《え》たりしならん。然《さ》れども渠は其《その》職掌を堅守《けんしゆ》するため、自家《じか》が確定せし平時に於《お》ける一式の法則あり、交番を出《い》でて幾曲《いくまがり》の道を巡《めぐ》り、再び駐在所に帰るまで、歩数約三万八千九百六十二と。情のために道を迂回《うかい》し、或《あるい》は疾走し、緩歩《かんぽ》し、立停《りゆうてい》するは職務に尽《つく》すべき責任に対して、渠が屑《いさぎよし》とせざりし処なり。

六

老人はなお女《むすめ》の耳を捉《とら》えて放《はな》たず、負われ懸《かか》るが如《ごと》くにして歩行《ある》きながら
「お香、斯《こ》うは謂《い》うもののな、吾《おれ》はお前が憎《にく》かあない、死んだ母親にそっくりで可愛くってならないのだ。憎い奴なら何も吾《おれ》が仕返《しかえし》をする価値《ねうち》は無いのよ。だからな、食うことも衣《き》ることも、何《なん》でもお前の好《すき》な通り、吾《おり》ゃ衣《き》ないでもお前《まえ》には衣せる。我《わが》まま一杯さして遣《や》るが唯《ただ》あればかりは何《どん》なにしても許さんのだから然《そ》う思え。吾《おれ》ももう取る年だし、死んだあとでと思うであろうが、そううまくはさせやあしない、吾が死ぬ時は汝《きさま》も一所《いっしょ》だ。」

恐ろしき声を以《も》て老人が語れる其《その》最後の言《ことば》を聞くと斉《ひと》しく、お香は最早《もはや》忍びかねけん、力を極《きわ》めて老人が押《おさ》えたる肩を振放《ふりはな》し、ばたばたと駈出《かけいだ》して、あわやと見る間《ま》に堀端《ほりばた》の土手へひたりと飛乗《とびの》りたり。コハ身を投ぐる！ と老人は狼狽《うろた》えて、引戻《ひきもど》さんとて飛行《とびゆ》きしが、酔眼《すいがん》に足場をあやまり、身を横ざまに霜を辷《すべ》りて、水にざんぶと落ち込みたり。

此《この》時疾《はや》く救護のために一躍《いちやく》して馳来《はせきた》れる、八田巡査を見るよりも、

「義《よし》さん。」と呼吸《いき》せわしく、お香は一声呼懸《ひとこえよびか》けて、巡査の胸に額《ひたい》を埋《うず》め我をも人を

も忘れし如《ごと》く、犇《ひし》とばかりに縋《すが》り着きぬ。蔦《つた》を其身《そのみ》に絡《から》めたるまま枯木《こぼく》は冷然として答えもなさず、堤防の上に衝《つ》と立ちて、角燈《かくとう》片手に振翳《ふりかざ》し、堀を屹《きっ》と瞰下《みおろ》したる、時に寒冷謂《い》うべからず、見渡す限り霜白く墨より黒き水面に烈《はげ》しき泡の吹出《ふきい》ずるは老夫の沈める処《ところ》と覚《おぼ》しく、薄氷《はくひょう》は亀裂し居《お》れり。

八田巡査はこれを見て、躊躇《ちゅうちょ》するもの一秒時《いっセコンド》、手なる角燈を差置《さしお》きつ、唯《と》見れば一枝《ひとえだ》の花簪《はなかんざし》の、徽章《きしょう》の如《ごと》く我《わが》胸に懸《かか》れるが、ゆらぐばかりに動悸《どうき》烈《はげ》しき、お香の胸とおのが胸とは、ひたと合いてぞ放れがたき。両手を静《しず》かにふり払《はら》いて、

「お退《の》き。」

「え、何《ど》うするの。」

とお香は下より巡査の顔を見上げたり。

「助けて遣《や》る。」

「伯父様《おじさん》を？」

「伯父でなくって誰が落ちた。」

「でも、貴下《あなた》。」

巡査は儼然《げんぜん》として、

「職務だ。」

「だって貴下。」

巡査は冷《ひやや》かに。「職掌だ。」

お香は俄《にわか》に心着《こころづ》き、また更に蒼《あお》くなりて、

「おお、そしてまあ貴下、貴下はちっとも泳《およぎ》を知らないじゃありませんか。」

「職掌だ。」

「それだって。」

「不可《いか》ん、駄目だもう、僕も殺したいほどの老爺《おやじ》だが、職務だ！　断《あき》めろ。」

と突遣《つきや》る手に喰附《くいつ》くばかり、

「不可《いけ》ませんよう、不可ませんよう。あれ、誰《だれ》ぞ来て下さいな。助けて、助けて。」

と呼び立つれど、土塀石垣《どべいいしがき》寂《せき》として、前後十町に行人《こうじん》絶えたり。

八田巡査は声をはげまし、

「放さんか！」

決然として振払《ふりはら》えば、力かなわで手を放てる、吐嗟《とっさ》に巡査は一躍《いちやく》して、棄《す》つるが如《ごと》く身を投《とう》ぜり。お香はハッと絶入《たえい》りぬ。あわれ八田は警官として、社会より荷《にな》える負債を消却せんがため、あくまで其《その》死せんことを、寧《むし》ろ殺さんことを欲《ほっ》しつつありし悪魔を救わんとて、氷点の冷《れい》、水凍《みずこお》る夜半《よわ》に泳《およぎ》を知らざる身の、生命《いのち》とともに愛を棄てぬ。後日《ごじつ》社会は一般に八田巡査を仁《じん》なりと称《しょう》せり。ああ果《はた》して仁なりや、然《しか》も一人《いちにん》の渠《かれ》が残忍苛酷にして、恕《じょ》すべき老車夫を懲罰《ちょうばつ》し、憐《あわれ》むべき母と子を厳責《げんせき》したりし尽瘁《じんすい》を、讃歎《さんたん》するもの無きはいかん。

外《げ》科《か》室《しつ》

上

実は好奇心《こうきしん》の故《ゆえ》に、然《しか》れども予《よ》は予が画師《えし》たるを利器《りき》として、兎《と》も角《かく》も口実を設けつつ、予と兄弟もただならざる医学士*高峰《たかみね》を強《し》いて、某《それ》の日《ひ》東京府下*の一《ある》病院に於《おい》て、渠《かれ》が刀《とう》を下すべき、貴船伯爵《きふねはくしゃく》*夫人の手術をば予をして見せしむることを余儀《よぎ》なくしたり。

其日《そのひ》午前九時過ぐる頃《ころ》家を出《い》でて病院に腕車《わんしゃ》*を飛ばしつ。直《ただ》ちに外科室の方《かた》に赴《おもむ》く時、先方《むこう》より戸を排《はい》してすらすらと出来《いでき》たれる華族《かぞく》の小間使《こまづかい》とも見ゆる容目妍《みめよ》き婦人《おんな》二三人と、廊下《ろうか》の半ばに行違《ゆきちが》えり。見れば渠等《かれら》の間《あいだ》には、被布《ひふ》*着たる一個《いっこ》七八才の娘を擁《よう》しつ、見送るほどに見えずなれり。これのみならず玄関《げんかん》より外科室、外科室より二階なる病室に通うあいだの長き廊下には、フロックコート*着たる紳士、制服着けたる武官、或《あるい》は羽織袴《はおりはかま》の扮装《いでたち》の人物、其他《そのた》、貴夫人令嬢等《とう》いずれも尋常《ただ》ならず気高きが、彼方《あなた》に行違《ゆきちが》い、此方《こなた》に落合《おちあ》い、或《あるい》は歩《ほ》し、或《あるい》は停《てい》し、往復恰《あたか》も織るが如《ごと》し。予は今門前に於て見たる数台の馬車に思い合《あわ》せて、密《ひそ》かに心に頷《うなず》けり。渠等《かれら》の或者《あるもの》は沈痛に、或者は憂慮《きづかわ》しげに、はた或者は慌《あわただ》しげに、いずれも顔色 穏《おだやか》ならで、忙《せわ》しげなる小刻《こきざみ》の靴の音、草履《ぞうり》の響《ひびき》、一種寂莫《せきばく》たる病院の高き天井《てんじょう》と、広き建具と、長き廊下との間《あいだ》にて、異様の跫音《きょうおん》*を響かしつつ、転《うた》た*陰惨《いんさん》の趣《おもむき》をなせり。

予はしばらくして外科室に入《い》りぬ。

時に予と相目《あいもく》して、唇辺《しんぺん》に微笑を浮《うか》べたる医学士は、両手を組みて良《やや》あおむけに椅子に凭《よ》れり。今にはじめぬことながら、殆《ほとん》ど我国《わがくに》の上流社会全体の喜憂《きゆう》に関すべき、この大《おおい》なる責任を荷《にな》える身の、恰《あだか》も晩餐《ばんさん》の筵《むしろ》に望みたる如く、平然として冷《ひやや》かなること、恐《おそ》らく渠の如きは稀《まれ》なるべし。助手三人と、立会《たちあい》の医博士一人《いはかせいちにん》と、別に赤十字*の看護婦五名あり。看護婦其者《そのもの》にして、胸に勲章帯びたるも見受けたるが、あるやんごとなきあたりより特に下《くだ》し給《たま》えるもありぞと思わる。他《た》に女性《にょしょう》とてはあらざりし。なにがし公と、*なにがし侯《こう》と、*なにがし伯と、皆立会《みなたちあい》の親族なり。然《しか》して一種形容すべからざる面色《おももち》にて、愁然《しゅうぜん》として立《た》ちたるこそ、病者《びょうしゃ》の夫の伯爵なれ。

室内のこの人々に瞻《みまも》られ、室外の彼《か》の方々に憂慮《きづか》われて、塵《ちり》をも数《かぞ》うべく、明るくして、しかも何《なん》となく凄《すさ》まじく侵すべからざる如き観ある処《ところ》の外科室の中央に据《す》えられたる、手術台なる伯爵夫人は、純潔なる白衣《びゃくえ》を絡《まと》いて、死骸の如く横《よこた》われる、顔の色飽《あ》くまで白く、鼻高く、頤《おとがい》細《ほそ》りて、手足は綾羅《りょうら》*にだも堪《た》えざるべし。唇の色少しく褪《あ》せたるに、玉の如き前歯幽《かす》かに見え、眼《め》は固く閉《と》ざしたるが、眉は思いなしか顰《ひそ》みて見られつ。纔《わず》かに束《つか》ねたる頭髪は、ふさふさと枕に乱れて、台の上にこぼれたり。

其《その》かよわげに、且《か》つ気高く、清く、貴《とうと》く、美《うる》わしき病者の俤《おもかげ》を一目《ひとめ》見るより、予は慄然《りつぜん》*として寒さを感じぬ。

医学士はと、不図《ふと》見れば、渠は露ほどの感情をも動かし居《お》らざるものの如く、虚心《きょしん》に平然たる状露《さまあらわ》れて、椅子に坐《すわ》りたるは室内に唯《ただ》渠のみなり。其太《そのいた》く落着《おちつ》きたる、これを頼母《たのも》しと謂わば謂え、伯爵夫人の爾《しか》き容体《ようだい》*を見たる予が眼よりは、寧《むし》ろ心憎《こころにく》きばかりなりしなり。

折からしとやかに戸を排《はい》して静かにここに入来《いりきた》れるは、先刻《さき》に廊下にて行逢《ゆきあ》いたりし三人の腰元《こしもと》*の中に、一際《ひときわ》目立ちし婦人《おんな》なり。

そと貴船伯に打向《うちむか》いて、沈みたる音調以《も》て、

「御前《ごぜん》、姫様《ひいさま》はようようお泣き止《や》み遊ばして、別室《あちら》に大人しゅう在《い》らっしゃいます。」

伯はものいわで頷《うなず》けり。

看護婦は吾《わ》が医学士の前に進みて、

「それでは、貴下《あなた》。」

「宜《よろ》しい。」

と一言答えたる医学士の声は、此時《このとき》少しく震《ふるい》を帯びてぞ予が耳には達したる、其顔《そのかお》色は如何《いか》にしけん、俄《にわか》に少しく変《かわ》りたり。

さては如何《いか》なる医学士も、驚破《すわ》という場合に望みては、さすがに懸念《けねん》のなからんやと、予は同情を表《ひょう》したりき。

看護婦は医学士の旨《むね》を領《りょう》して後《のち》、彼《か》の腰元に立向《たちむか》いて、

「もう、何《なん》ですから、彼《あ》のことを、一寸《ちょっと》、貴下から。」

腰元は其《その》意を得て、手術台に擦寄《すりよ》りつ。優に膝の辺《あたり》まで両手を下げて、しとやかに立礼し、

「夫人《おくさま》、唯今《ただ》、お薬を差上《さしあ》げます。何《ど》うぞ其《それ》を、お聞き遊ばして、いろはでも、数字でも、お算《かぞ》え遊ばしますように。」

伯爵夫人は答《こたえ》なし。

腰元は恐《おそ》る恐る繰返《くりかえ》して、

「お聞済《ききずみ》でございましょうか。」

「ああ。」とばかり答え給う。

念を推《お》して、

「それでは宜しゅうございますね。」

「何かい、魔酔剤《ねむりぐすり》をかい。」

「唯《はい》、手術の済みますまで、ちょっとの間《あいだ》でございますが、御寝《げし》なりませんと、不可《いけ》ませんそうです。」

夫人は黙《もく》して考えたるが、

「いや、よそうよ。」と謂《い》える声は判然として聞《きこ》えたり。一同顔を見合《みあわ》せぬ。

腰元は諭《さと》すが如《ごと》く、

「それでは夫人《おくさま》、御療治《ごりょうじ》が出来ません。」

「はあ、出来なくッても可《い》いよ。」

腰元は言葉は無くて、顧《かえり》みて伯爵の色を伺《うかが》えり。伯爵は前に進み、

「奥《おく》、そんな無理を謂っては不可《いけ》ません。出来なくッても可《い》いということがあるものか。我儘《わがまま》を謂《い》ってはなりません。」

侯爵はまた傍《かたわら》より口を挟《はさ》めり。

「余り、無理をお謂《い》やったら、姫《ひい》を連れて来て見せるが可《い》いの。疾《はや》く快《よ》くならんで何《ど》

うするものか。」

「はい。」

「それでは御得心《ごとくしん》でございますか。」

腰元は其間《そのあいだ》に周旋《しゅうせん》せり＊。夫人は重げなる頭《かぶり》を掉《ふ》りぬ。看護婦の一人《いちにん》は優しき声にて、

「何故《なぜ》、其様《そんな》にお嫌い遊ばすの、ちっとも厭《いや》なもんじゃございませんよ、うとうと遊ばすと、直《す》ぐ済《す》んでしまいます。」

此時《このとき》夫人の眉は動き、口は曲《ゆが》みて、瞬間苦痛に堪《た》えざる如くなりし。半《なか》ば目を瞬《みひら》きて、

「そんなに強《し》いるなら仕方がない。私《わたし》はね、心に一つ秘密がある。魔酔剤《ねむりぐすり》は譫言《うわこと》を謂《い》うと申《もう》すから、それが恐《こわ》くってなりません。何卒《どうぞ》もう、眠らずにお療治が出来ないようなら、もうもう快《なお》らんでも可《い》い、よして下さい。」

聞くが如くんば、伯爵夫人は、意中の秘密を夢現《むげん》の間《あいだ》に人に呟《つぶや》かんことを恐れて、死を以《も》てこれを守ろうとするなり。良人《おっと》たる者がこれを聞ける胸中いかん。此言《このこと》をしてもし平生《へいぜい》にあらしめば必ず一条の粉紜《ふんぬん》を惹起《ひきおこ》すに相違《そうい》なきも、病者に対して看護の地位に立てる者は何等《なんら》のことも之《これ》を不問に帰せざるべからず＊。然《しか》も吾《わ》が口よりして、夫人のあからさまに秘密ありて人に聞かしむることを得ずと、断乎《だんこ》として謂出《いいだ》せる、夫人の

胸中を推《すい》すれば。

伯爵は温乎《おんこ》として、＊

「私《わし》にも、聞かされぬことなンか。え、奥。」

「はい、誰《たれ》にも聞かすことはなりません。」

夫人は決然たるものありき。

「何《なに》も魔酔剤《ますいざい》を嗅《か》いだからって、譫言《うわこと》を謂うという、極《きま》ったこともなさそうじゃの。」

「否《いいえ》、このくらい思って居《い》れば、屹《きっ》と謂いますに違いありません。」

「そんな、また、無理を謂う。」

「もう、御免下さいまし。」

投棄《なげすつ》るが如く恪《かく》謂いつつ、伯爵夫人は寝返りして、横に背《そむ》かんとしたりしが、病める身のままならで、歯を鳴らす音聞《きこ》えたり。

ために顔の色の動かざる者は、唯《ただ》彼《か》の医学士一人《いちにん》あるのみ。渠《かれ》は先刻《さき》に如何《いか》にしけん、一度《ひとたび》其《その》平生を失《しっ》せしが、今やまた自若《じじゃく》となりたり。

侯爵は渋面《じゅうめん》造りて、

「貴船、こりゃ何《なん》でも姫《ひい》を連れて来て、見せることじゃの、なんぼでも児《こ》の可愛《かわい》さには我《が》折れよう。」

伯爵は頷きて、

「これ、綾《あや》。」

「は。」と腰元は振返《ふりかえ》る。

「何《なに》を、姫《ひい》を連れて来い。」

夫人は堪《たま》らず遮《さえぎ》りて、

「綾、連れて来んでも可《い》い。何故《なぜ》、眠らなけりゃ、療治は出来ないか。」

看護婦は窮《きゅう》したる＊微笑《えみ》を含みて、

「お胸を少し切りますので、お動き遊ばしちゃあ、危険《けんのん》でございます。」

「なに、私《わたし》や、じっとして居《い》る、動きゃあしないから、切っておくれ。」

予は其《その》余りの無邪気さに、覚えず森寒《しんかん》を禁じ得ざりき。＊恐らく今日の切開術は、眼《まなこ》を開きてこれを見るものあらじとぞ思えるをや。

看護婦はまた謂えり。

「それは夫人《おくさま》、いくら何《な》んでも些少《ちっと》はお痛み遊ばしましょうから、爪《つめ》をお取り遊ばすとは違いますよ。」

夫人はここに於てぱっちりと眼《め》を睜《ひら》けり。気もたしかになりけん、声は凜《りん》として、

「刀《とう》を取る先生は、高峰様だろうね！」

「はい、外科科長です。いくら高峰様でも痛くなくお切り申すことは出来ません。」

「可《い》いよ、痛かあないよ。」

「夫人《ふじん》、貴下《あなた》の御病気は其様《そん》な手軽いのではありません。肉を殺《そ》いで、骨を削るのです。ちっとの間御辛抱《あいだごしんぼう》なさい。」

臨検*の医博士はいまはじめて慅謂《かく》えり。これ到底関雲長《とうていかんうんちょう》*にあらざるよりは、堪《た》え得《う》べきことにあらず。然《しか》るに夫人は驚く色なし。

「其事《そのこと》は存じて居《お》ります。でもちっともかまいません。」

「あんまり大病《たいびょう》なんで、何《ど》うかしおったと思われる。」

と伯爵は愁然《しゅうぜん》たり。侯爵は傍《かたわら》より、

「兎《と》も角《かく》、今日はまあ見合《みあわ》すとしたら何《ど》うじゃの。後《あと》でゆっくりと、謂聞《いいき》かすが可《よ》かろう。」

伯爵は一議もなく、衆皆《しゅうみな》これに同ずるを見て、彼《か》の医博士は遮りぬ。

「一時後《ひとときおく》れては、取返《とりかえ》しがなりません。一体、あなた方は病を軽蔑して居《い》らるるから埒《らち》あかん。感情をとやかくいうのは姑息《こそく》です。看護婦一寸《ちょつと》お押《おさ》え申せ。」

いと厳《おごそか》なる命《めい》の下《もと》に五名の看護婦はバラバラと夫人を囲みて、其手《その》と足とを押《おさ》えんとせり。渠等《かれら》は服従を以《もっ》て責任とす。単に、医師の命《めい》をだに奉《ほう》ずれば可《よ》し、敢《あえ》て他《た》の感情を顧《かえり》みることを要せざるなり。

「綾！　来ておくれ。あれ！」

と夫人は絶入《たえい》る呼吸《いき》にて、腰元を呼び給えば、慌《あわ》てて看護婦を遮りて、

「まあ、一寸《ちょっと》待って下さい。夫人《おくさま》、何《ど》うぞ、御堪忍《ごかんにん》遊ばして。」と優しき腰元はおろおろ声。

夫人の面《おもて》は蒼然《そうぜん》として、

「何《ど》うしても肯《き》きませんか。それじゃ全快《なお》っても死《し》んでしまいます。可《い》いから此儘《このまま》で手術をなさいと申すのに。」

と真白く細き手を動かし、辛《かろ》うじて衣紋《えもん》を少し寛《くつろ》げつつ、玉の如き胸部を顕《あらわ》し、

「さ、殺されても痛かあない。ちっとも動きやしないから、大丈夫《だいじょうぶ》だよ。切っても可《い》い。」

決然として言放《いいはな》てる、辞色《じしょく》ともに*動かすべからず。さすが高位の御身《おんみ》とて、威厳《いげん》あたりを払《はら》うにぞ、満堂斉《ひと》しく声を呑《の》み、高き咳《しわぶき》をも漏らさずして、寂然《せきぜん》たりし其《その》瞬間、先刻《さき》より些《ち》との身動きだもせで、死灰《しかい》*の如く、見えたる高峰、軽《かる》く身を起《おこ》して椅子を離れ、

「看護婦、刀《メス》を。」

「ええ。」と看護婦の一人《いちにん》は、目を瞬《みは》りて猶予《ためら》えり。一同斉しく愕然《がくぜん》として、医学士の面《おもて》を瞻《みまも》る時、他《た》の一人《いちにん》の看護婦は少しく震《ふる》えながら、消毒したる刀《メス》を取りてこれを高峰に渡したり。

医学士は取ると其《その》まま、靴音軽《かる》く歩《ほ》を移して、衝《つ》と手術台に近接せり。

看護婦はおどおどしながら、

「先生、このままでいいんですか。」

「ああ、可《い》いだろう。」

「じゃあ、お押《おさ》え申しましょう。」

医学士は一寸《ちょっと》手を挙げて、軽《かる》く押留《おしとど》め、

「なに、それにも及ぶまい。」

謂《い》う時疾《はや》く其手《そのて》は既《すで》に病者の胸を掻開《かきあ》けたり。夫人は両手を肩に組みて身動きだもせず。

恁《かか》りし時医学士は、誓うが如く、深重厳粛《しんちょうげんしゅく》なる音調《おんちょう》もて、

「夫人、責任を負って手術します。」

時に高峰の風采《ふうさい》は一種神聖にして犯《おか》すべからざる異様のものにてありしなり。

「何《ど》うぞ。」と一言《ひとこと》答《いら》えたる、夫人が蒼白《そうはく》なる両の頬《ほお》に刷《は》けるが如き紅《くれない》を潮《ちょう》しつ。じ

っと高峰を見詰《みつ》めたるまま、胸に臨《のぞ》める鋭刀《ナイフ》にも眼《まなこ》を塞《ふさ》がんとはなさざりき。

唯《と》見《み》れば雪の寒紅梅《かんこうばい》、血汐《ちしお》は胸よりつと流れて、さと白衣《びゃくえ》を染むるとともに、夫人の顔は旧《もと》の如く、いと蒼白《あおじろ》くなりけるが、果《はた》せるかな自若《じじゃく》*として、足の指をも動かさざりき。

ことのここに及べるまで、医学士の挙動脱兎《だっと》の如く神速にして聊《いささ》か間《かん》なく、伯爵夫人の胸を割《さ》くや、一同は素《もと》より彼《か》の医博士に到《いた》るまで、言《ことば》を挟《さしはさ》むべき寸隙《すんげき》とてもなかりしなるが、ここに於てか、わななくあり、面《おもて》を蔽《おお》うあり、背向《そがい》になるあり、或《あるい》は首《こうべ》を低《た》るるあり、予の如き、我を忘れて、殆《ほとん》ど心臓まで寒くなりぬ。

三秒《セコンド》にして渠《かれ》が手術は、ハヤ其佳境《そのかきょう》に進みつつ、刀《メス》骨に達すと覚《おぼ》しき時、

「あ。」と深刻なる声を絞《しぼ》りて、二十日《はつか》以来寝返りさえも得《え》せずと聞きたる、夫人は俄然《がぜん》器械の如く、其《その》半身を跳起《はねお》きつつ、刀《とう》取れる高峰が右手《めて》の腕《かいな》に両手を確《しか》と取縋《とりすが》りぬ。

「痛《いた》みますか。」

「否《いいえ》、貴下《あなた》だから、貴下だから。」

恁言懸《かくいいか》けて伯爵夫人は、がっくりと仰向《あおむ》きつつ、凄冷極《せいれいきわま》り無き最後の眼《まなこ》に、国手《こくしゅ》*をじっと瞻《みま》もりて、

「でも、貴下は、貴下は、私《わたくし》を知りますまい！」

謂ふ時晩《おそ》し、高峰が手にせる刀《メス》に片手を添えて、乳《ち》の下深く掻切《かきき》りぬ。医学士は真《まっ》蒼《さお》になりて戦《おのの》きつつ、

「忘れません。」

其《その》声、其《その》呼吸《いき》、其《その》姿、其声、其呼吸、其姿。伯爵夫人は嬉しげに、いとあどけなき微笑《えみ》を含みて高峰の手より手をはなし、ばったり、枕に伏《ふ》すとぞ見えし、唇の色変《かわ》りたり。

其《その》時の二人《ふたり》が状《さま》、恰《あだか》も二人《ふたり》の身辺には、天なく、地なく、社会なく、全く人なきが如くなりし。

下

数《かぞ》うれば、はや九年前《ぜん》なり。高峰が其頃《そのころ》は未《いま》だ医科大学に学生なりし砌《みぎり》なりき。一日《あるひ》予《よ》は渠《かれ》とともに、小石川《こいしかわ》なる植物園に散策しつ。五月五日躑躅《つつじ》の花盛《さかん》なりし。渠とともに手《て》を携《たずさ》え、芳草《ほうそう》の間《あいだ》を出《で》つ、入《い》りつ。園内の公園なる池を繞《めぐ》りて、咲揃《さきそろ》いたる藤を見つ。

歩《ほ》を転じて彼処《かしこ》なる躑躅の丘に上《のぼ》らんとて、池に添いつつ歩める時、彼方《かなた》より来《きた》り

たる、一群《ひとむれ》の観客あり。

一個《ひとり》洋服の扮装《いでたち》にて煙突帽《えんとつぼう》*を戴《いただ》きたる蓄髯《ちくぜん》の漢《おとこ》前衛して、中に三人の婦人《ふじん》を囲みて、後《あと》よりもまた同一様《おなじさま》なる漢来《きた》れり。渠等《かれら》は貴族の御者《ぎよしゃ》なりし。中なる三人の婦人等《おんなたち》は、一様に深張《ふかばり》の涼傘《ひがさ》を指翳《さしかざ》して、裾捌《すそさばき》の音最冴《いとさや》かに、するすると練来《ねりきた》れる、ト行違《ゆきちが》いざま高峰は、思わず後を見返りたり。

「見たか。」

高峰は頷《うなず》きぬ。「むむ。」

恁《かく》て丘に上りて躑躅を見たり。躑躅は美《び》なりしなり。されど唯《ただ》赤かりしのみ。

傍《かたわら》のベンチに腰懸《か》けたる、商人体《あきゅうどてい》の壮佼《わかもの》あり。

「吉《きっ》さん、今日は好《い》いことをしたぜなあ。」

「そうさね、偶《たま》にゃお前《まえ》の謂《い》うことを聞くも可《い》いかな。浅草《あさくさ》へ行って此処《ここ》へ来なかったろうもんなら、拝まれるんじゃなかったっけ。」

「何《なん》しろ、三人とも揃ってらあ、どれが桃やら桜やらだ。」

「一人《ひとり》は丸髷《まるまげ》*じゃあないか。」

「何《ど》の道はや御相談になるんじゃあなし、丸髷でも、束髪《そくはつ》*でも、乃至《ないし》しゃぐまでも*何《なん》でも可《い》い。」

「ところでと、あの風《ふう》じゃあ、是非、高島田《ぶんきん》*と来る処《ところ》を、銀杏《いちょう》*と出たなあ何《ど》ういう気だろう。」

「銀杏、合点《がてん》がいかぬかい。」

「ええ、わりい洒落《しゃれ》*だ。」

「何《なん》でも貴姑方《あなたがた》がお忍びで、目立たぬようにという肚《はら》だ。ね、それ、真中《まんなか》のに水際《みずぎわ》が立ってたろう。いま一人《ひとり》が影武《かげむ》者《しゃ》というのだ。」

「そこでお召物《めしもの》は何《なん》と踏《ふん》だ。」

「藤色と踏んだよ。」

「え、藤色とばかりじゃ、本読《ほんよみ》*が納《おさ》まらねえぜ。足下《そこ》のようでもないじゃないか。*」

「眩《まばゆ》くってうなだれたね、おのずと天窓《あたま》が上《あが》らなかった。」

「そこで帯から下へ目をつけたろう。」

「馬鹿をいわっし、勿体《もったい》ない。見しやそれとも分かぬ間《ま》*だったよ。ああ、残惜《のこりおし》い。」

「あのまた、歩行振《あるきぶり》といったらなかったよ。唯《ただ》もう、すうッとこう霞《かすみ》に乗って行《ゆ》くようだっけ。裾捌《すそさばき》、褄《つま》はずれ*なんということを、なるほどと見たは今日が最初《はじめ》てよ。何《ど》うもお育柄《そだちがら》はまた格別違ったもんだ。ありゃもう自然、天然と雲上《うんじょう》*になったんだな。何《ど》うして下界《げかい》の奴儕《やっぱら》が真似《まね》ようたって出来るものか。」

「酷《ひど》くいうな。」

「ほんのこッたが私《わっし》ゃそれ御存じの通り、北廓《なか》*を三年が間《あいだ》、金毘羅様《こんぴらさま》*に断《た》ったというもんだ。処《ところ》が、何《なん》のことあない、肌守《はだまもり》を懸《か》けて、*夜中に土堤《どて》*を通ろうじゃあないか。罰《ばち》のあたらないのが不思議さね。もうもう今日という今日は発心《ほっしん》切った。*あの醜婦《すべった》ども何《ど》うするものか、見なさい、アレアレちらほらとこう其処《そこ》いらに、赤いものがちらつくが、何《ど》うだ。まるでそら、芥塵《ごみ》か、蛆《うじ》が、蠢《うご》めいて居《い》るように見えるじゃあないか。馬鹿馬鹿しい。」

「これはきびしいね。」

「串戯《じょうだん》じゃあない。あれ見な、やっぱりそれ、手があって、足で立って、着物も羽織もぞろりとお召《めし》で、おんなじ様《よう》な蝙蝠傘《こうもりがさ》で立ってる処《ところ》は、憚《はばか》りながらこれ人間の女だ、然《しか》も女の新造《しんぞ》だ。女の新造に違いはないが、今拝んだのと較《くら》べて、何《ど》うだい。まるでもって、くすぶって、何《なん》といって可《い》いか汚《よご》れ切って居《い》らあ。あれでもおなじい女だっさ、へん、聞いて呆《あき》れらい。」

「おやおや、何《ど》うした大変なことを謂出《いいだ》したぜ。しかし全くだよ。私《わっし》もさ、今まではこう、ちょいとした女を見ると、ついそのなんだ。一所《いっしょ》に歩くお前《めえ》にも、随分《ずいぶん》迷惑を懸《か》けたっけが、今のを見てからもうもう胸がすっきりした。何《なん》だかせいせいとする、以来女はふッつりだ。」

「それじゃあ生涯ありつけまいぜ、源吉《げんきち》とやら、みずからは、とあの姫様《ひいさま》が、言いそうもないからね。」

「罰があたらあ、あてこともない。」

「でも、あなたやあ、と来たら何《ど》うする。」

「正直な処、私《わっし》は遁《に》げるよ。」

「足下《そこ》もか。」

「え、君は。」

「私《わっし》も遁げるよ。」と目を合《あわ》せつ。しばらく言途絶《ことばとだ》えたり。

「高峰、ちっと歩《ある》こうか。」

予は高峰と共に立上《たちあが》りて、遠く彼《か》の壮佼《わかもの》を離れし時、高峰はさも感じたる面色《おももち》にて、

「ああ、真《しん》の美《び》の人を動かすことあの通りさ、君はお手のものだ、勉強し給え。」

予は画師《えし》たるが故に動かされぬ。行《ゆ》くこと数百歩、彼《か》の樟《くす》の大樹《たいじゅ》の鬱蓊《うつおう》たる木《こ》の下蔭《したかげ》の、稍《やや》薄暗きあたりを行《ゆ》く藤色の衣《きぬ》の端《はし》を遠くよりちらとぞ見たる。

園を出《い》ずれば丈《たけ》高く肥えたる馬二頭立ちて、磨硝子《すりガラス》入《い》りたる馬車に、三個《みたり》の馬丁休《べっとうやす》らいたりき。其後《そののち》九年を経て病院の彼《か》のことありしまで、高峰は彼《か》の婦人《ふじん》のことにつ

きて、予にすら一言《ひとこと》をも語らざりしかど、年齢に於ても、地位に於ても、高峰は室《しっ》あらざるべからざる身なるにも関《かかわ》らず、家を納むる夫人なく、然《しか》も渠《かれ》は学生たりし時代より品行一層謹厳《きんげん》にてありしなり。予は多くを謂わざるべし。

青山の墓地と、谷中《やなか》の墓地と、所こそは変《かわ》りたれ、同一日《おなじひ》に前後して相逝《あいゆ》けり。

語を寄す、天下の宗教家、渠等《かれら》二人《ふたり》は罪悪ありて、天に行《ゆ》くことを得ざるべきか。

高野聖《こうやひじり》

一

「参謀《さんぼう》本部編纂《へんさん》の地図*を又繰開《またくりひら》いて見るでもなかろう、と思ったけれども、余《あま》りの道じゃから、手を触《さわ》るさえ暑くるしい、旅の法衣《ころも》の袖《そで》をかかげて、表紙を附《つ》けた折本《おりほん》になってるのを引張《ひっぱ》り出した。

飛騨《ひだ》から信州《しんしゅう》へ越《こ》える深山《みやま》の間道《かんどう》で、丁度立休《たちやす》らおうという一本の樹立《こだち》も無い、右も左も山ばかりじゃ、手を伸《の》ばすと達《とど》きそうな峰《みね》があると、其《そ》の峰へ峰が乗り、巓《いただき》が被《かぶ》さって、飛ぶ鳥も見えず、雲の形も見えぬ。

道と空との間《あいだ》に唯《ただ》一人《ひとり》我《われ》ばかり、凡《およ》そ正午と覚《おぼ》しい極熱《ごくねつ》の太陽の色も白いほどに冴《さ》え返った光線を、深々と戴《いただ》いた一重《ひとえ》の檜笠《ひのきがさ》に凌《しの》いで、恁《こ》う図面を見た。」

旅僧《たびそう》は然《そ》ういって、握拳《にぎりこぶし》を両方枕《まくら》に乗せ、其《それ》で額《ひたい》を支えながら俯向《うつむ》いた。

道連《みちづれ》になった上人《しょうにん》は、名古屋《なごや》から此《こ》の越前敦賀《えちぜんつるが》の旅籠屋《はたごや》に来て、今しがた枕に就《つ》いた時まで、私《わたし》が知ってる限り余り仰向《あおむ》けになったことのない、詰《つま》り傲然《ごうぜん》として物を見ない質《たち》の人物である。

一体東海道掛川《とうかいどうかけがわ》の宿《しゅく》から同じ汽車に乗り組んだと覚えて居《い》る、腰掛《こしかけ》の隅《すみ》に頭《こうべ》を垂れて、死灰《しかい》の如《ごと》く＊控《ひか》えたから別段目にも留まらなかった。

尾張《おわり》の停車場《ステーション》＊で他《ほか》の乗組員《のりくみいん》は言合《いいあ》わせたように、不残《のこらず》下りたので、函《はこ》の中には唯上《ただ》人と私と二人になった。

此《こ》の汽車は新橋《しんばし》を昨夜《さくや》九時半に発《た》って、今夕《こんせき》敦賀に入《はい》ろうという、名古屋では正午《ひる》だったから、飯に一折《ひとおり》の鮨《すし》を買った。旅僧も私と同じく其《そ》の鮨を求めたのであるが、蓋《ふた》を開けると、ばらばらと海苔《のり》が懸《かか》った、五目飯《ちらし》の下等なので。

（やあ、人参《にんじん》と干瓢《かんぴょう》ばかりだ。）と踈匆《そそ》ッかしく絶叫《ぜっきょう》した。私の顔を見て旅僧は耐《こら》え兼《か》ねたものと見える、吃々《くつくつ》と笑い出した、固《もと》より二人ばかりなり、知己《ちかづき》にはそれから成《な》ったのだが、聞けば之《これ》から越前へ行って、派は違《ちが》うが永平寺《えいへいじ》＊に訪ねるものがある、但《ただ》し敦賀に一泊《いっぱく》とのこと。

若狭《わかさ》へ帰省する私もおなじ処《ところ》で泊《とま》らねばならないのであるから、其処《そこ》で同行の約束が出来た。

渠《かれ》は高野山《こうやさん》＊に籍《せき》を置くものだといった、年配四十五六、柔和《にゅうわ》な何等《なんら》の奇《き》も見えぬ、可懐《なつか》しい、おとなしやかな風采《とりなり》で、羅紗《らしゃ》*の角袖《かくそで》の外套《がいとう》*を着て、白のふらんねるの*襟巻《えりまき》をしめ、土耳古形《トルコがた》の帽《ぼう》*を冠《かぶ》り、毛糸の手袋《てぶくろ》を嵌《は》め、白足袋《しろたび》に日和下駄《ひよりげた》で、一見、僧侶《そうりょ》よりは世の中の宗匠《そうしょう》*というものに、其《それ》よりも寧《むし》ろ俗歟《ぞくか》。

(お泊《とま》りは何方《どちら》じゃな)といって聞かれたから、私《わたし》は一人旅の旅宿《りょしゅく》の詰《つま》らなさを、染々歎息《しみじみたんそく》した、第一盆《ぼん》を持って女中が坐睡《いねむり》をする、番頭が空世辞《そらせじ》をいう、廊下を歩行《ある》くとじろじろ目をつける、何《なに》より最も耐《た》え難《がた》いのは晩飯の支度《したく》が済むと、忽《たちま》ち灯《あかり》を行燈《あんどん》に換《か》えて、薄暗《うすぐら》い処でお休みなさいと命令されるが、私は夜《よ》が更《ふ》けるまで寐《ね》ることが出来ないから、其間《そのあいだ》の心持《こころもち》といったらない、殊《こと》に此頃《このごろ》の夜《よ》は長し、東京を出る時から一晩の泊《とまり》が気になってならない位《くらい》、差支《さしつか》えがなくば御僧《おんそう》と御一所《ごいっしょ》に。

快く頷《うなず》いて、北陸地方を行脚《あんぎゃ》の節はいつでも杖《つえ》を休める香取屋《かとりや》というのがある、旧《もと》は一軒の旅店《りょてん》であったが、一人女《ひとりむすめ》の評判なのがなくなってからは看板を外《はず》した、けれども昔から懇意《こんい》な者は断らず泊めて、老人《としより》夫婦が内端《うちわ》に世話をして呉《く》れる、宜《よろ》しくば其《それ》へ、其代《そのかわり》といいかけて、折《おり》を下に置いて、

(御馳走《ごちそう》は人参と干瓢ばかりじゃ。)

と呵々《からから》と笑った、慎《つつし》み深そうな打見《うちみ》よりは気の軽い。

二

岐阜《ぎふ》では未《ま》だ蒼空《あおぞら》が見えたけれども、後《あと》は名にし負う北国空《ほっこくぞら》、米原《まいばら》、長浜《ながはま》は薄曇《うすぐもり》、幽《かすか》に日が射《さ》して、寒さが身に染みると思ったが、柳ヶ瀬《やながせ》*では雨、汽車の窓が暗くなるに従《したご》うて、白いものがちらちら交《まじ》って来た。

(雪ですよ。)

(然《さ》ようじゃな。)といったばかりで別に気に留めず、仰《あお》いで空を見ようともしない、此時《このとき》に限らず、賤ヶ岳《しずがたけ》*が、といって、古戦場を指した時も、琵琶湖《びわこ》の風景を語った時も、旅僧は唯頷《ただうなず》いたばかりである。

敦賀で悚毛《おぞけ》の立つほど煩《わずら》わしいのは宿引《やどひき》の悪弊《あくへい》で、其日《そのひ》も期《き》したる如《ごと》く、汽車を下りると停車場《ステーション》の出口から町端《まちはな》へかけて招きの提灯《ちょうちん》、印傘《しるしがさ》の堤《つつみ》を築き、潜抜《くぐりぬ》ける隙《すき》もあらなく旅人を取囲《とりかこ》んで、手《て》ン手《で》に喧《かまびす》しく己《おの》*が家号を呼立《よびた》てる、中にも烈《はげ》しいのは、素早く手荷物を引手繰《ひったく》って、へい難有《ありがと》う様《さま》で、を喰《くら》わす、頭痛持《ずつうもち》は血が上《のぼ》るほど耐え切れないのが、例の下を向いて悠々《ゆうゆう》と小取廻《ことりまわ》しに通抜《とおりぬ》ける旅僧は、誰《たれ》も袖を曳《ひ》かなかったから、幸い其後《そのあと》に跟《つ》いて町へ入って、吻《ほっ》という息を吐《つ》いた。

雪は小止《おやみ》なく、今は雨も交らず乾いた軽いのがさらさらと面《おもて》を打ち、宵《よい》ながら門を鎖《とざ》した敦賀の通《とおり》はひっそりして一条二条縦横《たてよこ》に、辻《つじ》の角《かど》は広々と、白く積《つも》った中を、道の程《ほど》八町ばかりで、唯《と》ある軒下《のきした》に辿《たど》り着いたのが名指《なざし》の香取屋。

床《とこ》にも座敷《ざしき》にも飾《かざり》といっては無いが、柱立《はしらだち》の見事な、畳《たたみ》の堅《かた》い、炉《ろ》の大《おお》いなる、自在鍵《じざいかぎ》*の鯉《こい》は鱗《うろこ》が黄金造《こがねづくり》であるかと思わるる艶《つや》を持った、素ばらしい竈《へっつい》*を二ツ並べて一斗飯《とめし》は焚《た》けそうな目覚《めざま》しい釜《かま》の懸《かか》った古家《ふるいえ》で。

亭主《ていしゅ》は法然天窓《ほうねんあたま》*、木綿《もめん》の筒袖《つつそで》の中へ両手の先《さき》を竦《すく》まして、火鉢《ひばち》の前でも手を出さぬ、ぬうとした親仁《おやじ》、女房《にょうぼう》の方《ほう》は愛嬌《あいきょう》のある、一寸《ちょっと》世辞の可《い》い婆《ばあ》さん、件《くだん》の人参と干瓢の話を旅僧が打出《うちだ》すと、莞爾莞爾《にこにこ》笑いながら、縮緬雑魚《ちりめんざこ》と、鰈《かれい》の干物《ひもの》と、とろろ昆布《こんぶ》の味噌汁《みそしる》とで膳《ぜん》を出した、物の言振取成《いいぶりとりなし》なんど、如何《いか》にも、上人とは別懇《べっこん》の間《あいだ》と見えて、連《つれ》の私の居心《いごころ》の可《よ》いと謂《い》ったらない。

軈《やが》て二階に寝床《ねどこ》を拵《こしら》えてくれた、天井《てんじょう》は低いが、梁《うつばり》は丸太で二抱《ふたかかえ》もあろう、屋《や》の棟《むね》から斜《なな》めに渡って座敷の果《はて》の廂《ひさし》の処《ところ》では天窓《あたま》に支《つか》えそうになって居《い》る、巌乗《がんじょう》な屋造《やづくり》、是《これ》なら裏《うら》の山から雪崩《なだれ》が来てもびくともせぬ。

特に炬燵《こたつ》が出来て居《い》たから私は其《その》まま嬉《うれ》しく入《はい》った。寝床は最《も》う一組同《おな》じ炬燵に敷いてあったが、旅僧は之には来《きた》らず、横に枕を並べて、火の気のない臥床《ねどこ》に寝た。

寝る時、上人は帯を解かぬ、勿論《もちろん》衣服も脱がぬ、着たまま円《まる》くなって俯向形《うつむきなり》に腰からすっぽりと入《はい》って、肩に夜具《やぐ》の袖を掛けると手を突《つ》いて畏《かしこま》った、其《そ》の様子は我々と反対で、顔に枕をするのである。

程なく寂然《ひっそり》として寐《ね》に就《つ》きそうだから、汽車の中でもくれぐれいったのは此処《ここ》のこと、私は夜《よ》が更《ふ》けるまで寐ることが出来ない、あわれと思って最《も》う暫《しばら》くつきあって、而《そ》して諸国を行脚《あんぎゃ》なすった内《うち》のおもしろい談《はなし》をといって打解《うちと》けて幼《おさな》らしくねだった。

すると上人は頷《うなず》いて、私《わし》は中年から仰向けに枕に就かぬのが癖《くせ》で、寝るにも此儘《このまま》ではあるけれども目は未《ま》だなかなか冴えて居《い》る、急に寐就かれないのはお前様と同一《おんなじ》であろう。出家のいうことでも、教《おしえ》だの、戒《いましめ》だの、説法とばかりは限らぬ、若いの、聞かっしゃい、と言って語り出した。後《あと》で聞くと宗門名誉《めいよ》の説教師で、六明寺《りくみんじ》の宗朝《しゅうちょう》という大和尚《だいおしょう》であったそうな。

三

「今に最《も》う一人此処《ここ》へ来て寝るそうじゃが、お前様と同国じゃの、若狭《わかさ》の者で塗物《ぬりもの》の旅商人《たびあきんど》。いや此《こ》の男なぞは若いが感心に実体《じってい》な好《よ》い男。

私《わたし》が今《いま》話の序開《じょびらき》をした其《そ》の飛驒《ひだ》の山越《やまごえ》を遣《や》った時の、麓《ふもと》の茶屋で一緒になった富山《とやま》の売薬《ばいやく》という奴《やつ》あ、けたいの悪い＊、ねじねじした厭《いや》な壮佼《わかいもの》で。

先《ま》ずこれから峠《とうげ》に掛《かか》ろうという日の、朝早く、尤《もっと》も先《せん》の泊《とまり》はものの三時位《ぐらい》には発《た》って来たので、涼《すず》しい内《うち》に六里ばかり、其《そ》の茶屋までのしたのじゃが朝晴《あさばれ》でじりじり暑いわ。

慾張抜《よくばりぬ》いて大急ぎで歩いたから咽《のど》が渇《かわ》いて為様《しよう》があるまい、早速茶を飲もうと思うたが、まだ湯が沸《わ》いて居《お》らぬという。

何《ど》うして其時《その》分じゃからというて、滅多《めった》に人通《ひとどお》りのない山道、朝顔の咲《さ》いてる内に煙《けむり》が立つ道理もなし。

床几《しょうぎ》*の前には冷たそうな小流《こながれ》があったから手桶《ておけ》の水を汲《く》もうとして一寸《ちょいと》気がついた。

其《それ》というのが、時節柄《じせつがら》暑さのため、可恐《おそろし》い悪い病《やまい》が流行《はや》って、先《さき》に通った辻《つじ》などという村は、から一面に石灰《いしばい》*だらけじゃあるまいか。

(もし、姉《ねえ》さん。)といって茶店の女に、

(此水《このみず》はこりゃ井戸のでござりますか。)と、極《きま》りも悪し、もじもじ聞くとの。

(いんね川のでございす。)という、はて面妖《めんよう》*なと思った。

(山したの方《ほう》には大分《だいぶ》流行病《はやりやまい》がございますが、此水《このみず》は何から、辻の方《ほう》から流れて来るのではありませんか。)

(然《そ》うでねえ。)と女は何気《なにげ》なく答えた、先《ま》ず嬉しやと思うと、お聞きなさいよ。

此処《ここ》に居て先刻《さっき》から休んでござったのが、右の売薬じゃ。此《こ》の又万金丹《まんきんたん》*の下廻《したまわり》と来た日には、御存じの通り、千筋の単衣《ひとえ》*に小倉《こくら》の帯、当節は時計を挟《はさ》んで居ます、脚絆《きゃはん》、股引《ももひき》、之《これ》は勿論《もちろん》、草鞋《わらじ》がけ、千草木綿《ちぐさもめん》*の風呂敷包《ふろしきづつみ》の角《かど》ばったのを首に結《ゆわ》えて、桐油合羽《とうゆがっぱ》*を小さく畳《たた》んで此奴《こいつ》を真田紐《さなだひも》*で右の包《つつみ》につけるか、小弁慶《こべんけい》*の木綿の蝙蝠傘《こうもりがさ》を一本、お極《きまり》だね。一寸《ちょいと》見ると、いやどれもこれも克明《こくめい》で、分別のありそうな顔をして。

これが泊《とまり》に着くと、大形《おおがた》の浴衣《ゆかた》に変《かわ》って、帯広解《おびひろげ》で焼酎《しょうちゅう》をちびりちびり遣《や》りながら、旅籠屋《はたごや》の女のふとった膝《ひざ》へ脛《すね》を上げようという輩《やから》じゃ。

（これや、法界坊《ほうかいぼう》*。）

なんて、天窓《あたま》から嘗《な》めて居《い》ら。

（異《おつ》なことをいうようだが何《なに》かね、世の中の女が出来ねえと相場が極《きま》って、すっぺら*坊主《ぼうず》になっても矢張《やっぱ》り生命《いのち》は欲《ほ》しいのかね、不思議じゃあねえか、争われねえもんだ、姉さん見ねえ、彼《あれ》で未《ま》だ未練のある内《うち》が可《い》いじゃあねえか、）といって顔を見合《みあわ》せて二人で呵々《からから》と笑《わら》った。

年紀《とし》は若《わか》し、お前様《まえさん》、私《わし》は真赤《まっか》になった、手に汲《く》んだ川の水を飲みかねて猶予《ためら》って居《い》るとね。

ポンと煙管《きせる》を払《はた》いて、

(何《なに》、遠慮《えんりよ》をしねえで浴びるほどやんなせえ、生命《いのち》が危《あやう》くなりゃ、薬を遣《や》らあ、其為《そのため》に私《わし》がついてるんだぜ、喃《なあ》姉さん。おい、其《それ》だっても無銭《ただ》じゃあ不可《いけ》えよ、憚《はばか》りながら神方《しんぽう》*万金丹《まんきんたん》、一貼《いっちょう》三百*だ、欲しくば買いな、未《ま》だ坊主に報捨《ほうしゃ》をするような罪は造らねえ、其《それ》とも何《ど》うだお前《まえ》いうことを肯《き》くか。)といって茶店の女の背中を叩いた。

私《わし》は匆々《そうそう》に遁出《にげだ》した。

いや、膝だの、女の背中だのといって、いけ年《とし》を仕《つかまつ》った*和尚が業体《ぎょうてい》で恐入《おそれい》るが、話が、話じゃから其処《そこ》は宜しく。」

四

「私《わし》も腹立紛《はらだちまぎ》れじゃ、無暗《むやみ》と急いで、それからどんどん山の裾《すそ》を田圃道《たんぼみち》へかかる。

半町ばかり行《ゆ》くと、路《みち》が恁《こ》う急に高くなって、上《のぼ》りが一ケ処、横から能《よ》く見えた、弓形《ゆみなり》で宛《まる》で土で勅使橋《ちょくしばし》*がかかってるような。上を見ながら、之《これ》へ足を踏懸《ふみか》けた時、以前の薬売《くすりうり》がすたすた遣って来て追着《おいつ》いたが。

別に言葉も交《かわ》さず、又ものをいったからというて、返事をする気は此方《こっち》にもない。何処《どこ》までも人を凌《しの》いだ仕打《しうち》な薬売は流眄《しりめ》にかけて故《わざ》とらしゅう私《わし》を通越《とおりこ》して、すたすた前へ出て、ぬっと小山《こやま》のような路《みち》の突先《とっさき》へ蝙蝠傘《こうもりがさ》を差して立ったが、其《その》まま向《むこ》うへ下りて見えなくなる。

其後《そのあと》から爪先上《つまさきあが》り、軈《やが》てまた太鼓《たいこ》の胴《どう》のような路の上《うえ》へ体が乗った、其《それ》なりに又下《くだ》りじゃ。

売薬は先へ下《お》りたが立停《たちどま》って頻《しき》に四辺《あたり》を眴《みまわ》して居《い》る様子、執念深《しゅうねんぶか》く何《なに》か巧《たく》んだかと、快からず続いたが、さてよく見ると仔細《しさい》があるわい。

路は此処《ここ》で二条《ふたすじ》になって、一条《いちじょう》はこれから直《すぐ》に坂になって上りも急なり、草も両方から生茂《おいしげ》ったのが、路傍《みちばた》の其《そ》の角《かど》の処《ところ》にある、其《それ》こそ四抱《よかかえ》、そうさな、五抱《いつかかえ》もあろうという一本の檜《ひのき》の、背後《うしろ》へ蜿《うね》って切出《きりだ》したような大巌《おおいわ》が二ツ三ツ四ツと並んで、上の方《ほう》へ層《かさ》なって其《そ》の背後《うしろ》へ通じて居《い》るが、私《わし》が見当をつけて、心組《こころぐ》んだのは此方《こっち》ではないので、矢張《やっぱり》今まで歩行《ある》いて来た其《そ》の幅《はば》の広いなだらかな方《ほう》が正《まさ》しく本道《ほんどう》、あと二里足らず行《ゆ》けば山になって、其《それ》からが峠になる筈《はず》。

唯《と》見《み》ると、何《ど》うしたことかさ、今いう其《その》檜じゃが、其処《そこ》らに何《なん》にもない路を横断《よこぎ》って見《み》果《はて》のつかぬ田圃《たんぼ》の中空《なかぞら》へ虹のように突出《つきで》て居《い》る、見事な。根方《ねがた》の処《ところ》の土が壊《くず》れて大《おお》鰻《うなぎ》を捏《こ》ねたような根が幾筋《いくすじ》ともなく露《あらわ》れた、其《その》根から一筋の水が颯《さっ》と落ちて、地《ち》の上《うえ》へ流れるのが、取って進もうとする道の真中《まんなか》に流出《ながれだ》してあたりは一面。

田圃が湖にならぬが不思議で、どうどうと瀬《せ》になって、前途《ゆくて》に一叢《ひとむら》の藪《やぶ》が見える、其《それ》を境《さかい》にして凡《およ》そ二町ばかりの間宛《あいだまる》で川じゃ。礫《こいし》はばらばら、飛石《とびいし》のようにひょいひょいと大跨《おおまた》で伝えそうにずっと見ごたえのあるのが、それでも人の手で並べたに違いはない。

尤も衣服《きもの》を脱いで渡るほどの大事《だいじ》なのではないが、本街道《ほんかいどう》には些《ち》と難儀《なんぎ》過ぎて、なかなか馬などが歩行《ある》かれる訳のものではないので。

売薬もこれで迷《まよ》ったのであろうと思う内、切放《きれはな》れよく向《むき》を変えて右の坂をすたすたと上《のぼ》りはじめた。見る間《ま》に檜を後《うしろ》に潜《くぐ》り抜《ぬ》けると、私《わし》が体の上あたりへ出て下を向き、(おいおい、松本《まつもと》へ出る路は此方《こっち》だよ。)といって無雑作にまた五六歩。

岩の頭へ半身を乗出《のりだ》して、

(茫然《ぼんやり》してると、木精《こだま》が攫《さら》うぜ、昼間だって容赦はねえよ。)と嘲《あざけ》るが如く言い棄《す》てたが、軈《やが》て岩の陰に入って高い処の草に隠れた。

暫《しばら》くすると見上げるほどな辺《あたり》へ蝙蝠傘の先が出たが、木の枝とすれすれになって茂《しげみ》の中に見えなくなった。

(どッこいしょ、)と暢気《のんき》なかけ声で、其《そ》の流《ながれ》の石の上を飛々《とびとび》に伝《つた》って来たのは、茣《ご》蓙《ざ》の尻当《しりあて》をした、何《なん》にもつけない天秤棒《てんびんぼう》を片手で担《かつ》いだ百姓じゃ。」

五

「先刻《さっき》の茶店から此処《ここ》へ来るまで、売薬《ばいやく》の外《ほか》は誰《たれ》にも逢《あ》わなんだことは申上《もうしあ》げるまでもない。

今別れ際《ぎわ》に声を懸《か》けられたので、先方《むこう》は道中の商売人と見ただけに、まさかと思っても気迷《きまよい》がするので、今朝《けさ》も立ちぎわによく見て来た、前《まえ》にも申す、其《そ》の図面をな、此処《ここ》でも開《あ》けて見ようとして居《い》た処《ところ》。

(一寸伺《ちょいとうかが》いとう存じますが、)

(これは、何《なん》でござりまする、)と山国《やまぐに》の人などは殊《こと》に出家と見ると丁寧《ていねい》にいってくれる。

(いえ、お伺い申しますまでもございませんが、道は矢張《やっぱり》これを素直《まっすぐ》に参るのでございましょうな。)

(松本へ行《ゆ》かっしゃる？　ああああ本道じゃ、何ね、此間《このあいだ》の梅雨《つゆ》に水が出て、とてつもない川さ出来たでがすよ。)

(未《ま》だずっと何処《どこ》までも此水《このみず》でございましょうか。)

(何《なん》のお前様、見たばかりじゃ、訳はござりませぬ、水になったのは向《むこ》うの那《あ》の藪までで、後《あと》は矢張《やっぱり》これと同一《おなじ》道筋で山までは荷車が並んで通るでがす。藪のあるのは旧《もと》大《おお》きいお邸《やしき》の医者様の跡《あと》でな、此処等《ここいら》はこれでも一ッの村でがした、十三年前の大水の時、から一面に野良《のら》になりましたよ、人死《ひとじに》もいけえこと。御坊様《ごぼうさま》歩行《ある》きながらお念仏でも唱《とな》えて遣《や》ってくれさっしゃい。）と問わぬことまで深切《しんせつ》に話します。其《それ》で能《よ》く仔細が解《わか》って確《たし》かになりはなったけれども、現《げん》に一人踏迷《ふみまよ》った者がある。

（此方《こちら》の道はこりゃ何処《どこ》へ行《ゆ》くので。）といって売薬の入《はい》った左手《ゆんで》の坂を尋《たず》ねて見た。

（はい、これは五十年ばかり前《まえ》までは人が歩行《ある》いた旧道でがす。矢張《やっぱり》信州へ出まする、先は一つで七里ばかり総体近《そうたいちこ》うござりますが、いや今時《いまどき》往来の出来るのじゃあござりませぬ。去年も御坊様《おぼうさま》、親子連《おやこづれ》の順礼《じゅんれい》が間違えて入《はい》ったというで、はれ大変な、乞食《こじき》を見たような者じゃというて、人命に代《かわ》りはねえ、追《おっ》かけて助けべいと、巡査様《おまわりさま》が三人、村の者が十二人、一組になって之《これ》から押登《おしのぼ》って、やっと連れて戻った位《くらい》でがす。御坊様《おぼうさま》も血気に逸《はや》って近道をしてはなりましねえぞ、草臥《くたび》れて野宿をしてからが此処《ここ》を行《ゆ》かっしゃるよりは増《まし》でござるに。はい、気を付けて行《ゆ》かっしゃれ。）

此処《ここ》で百姓に別れて其《そ》の川の石の上を行《ゆ》こうとしたが弗《ふ》と猶予《ためら》ったのは売薬の身の上で。

まさかに聞いたほどでもあるまいが、其《それ》が本当ならば見殺《みごろし》じゃ、何《ど》の道私《わたし》は出家の体、日が暮れるまでに宿へ着いて屋根の下に寝るには及ばぬ、追着《おっつ》いて引戻《ひきもど》して遣《や》ろう。罷違《まかりちご》うて旧道を皆歩行《みなある》いても怪《け》しゅうはあるまい、恁《こ》ういう時候じゃ、狼《おおかみ》の旬《しゅん》でもなく、魑魅魍魎《ちみもうりょう》*の汐《しお》*さきでもない、ままよ、と思うて、見送ると早《は》や深切な百姓の姿も見えぬ。

(可《よ》し。)

思切《おもいき》って坂道を取って懸《かか》った、侠気《おとこぎ》があったのではござらぬ、血気に逸ったでは固《もと》よりない、今申したようではずっと最《も》う悟《さと》ったようじゃが、いやなかなかの憶病者《おくびょうもの》、川の水を飲むのさえ気が怯《ひ》けたほど生命《いのち》が大事で、何故《なぜ》又と謂《い》わっしゃるか。

唯《ただ》挨拶をしたばかりの男なら、私《わし》は実の処《ところ》、打棄《うっちゃ》って置いたに違いはないが、快からぬ人と思ったから、其《その》ままに見棄てるのが、故《わざ》とするようで、気が責めてならなんだから、」

と宗朝は矢張俯向《やっぱりうつむ》けに床《とこ》に入ったまま合掌《がっしょう》していった。

「其《それ》では口でいう念仏にも済まぬと思うてさ。」

六

「さて、聞かっしゃい、私《わし》はそれから檜の裏を抜けた、岩の下から岩の上へ出た、樹《き》の中を潜《くぐ》って草深い径《こみち》を何処《どこ》までも、何処《どこ》までも。

するとは何時《いつ》の間《ま》にか今上《のぼ》った山は過ぎて又一ッ山が近づいて来た、此辺《このあたり》暫《しばら》くの間《あいだ》は野が広々として、先刻《さっき》通った本街道より最《も》っと幅の広い、なだらかな一筋道《ひとすじみち》。心持《こころもち》西と、東と、真中《まんなか》に山を一ッ置いて二条《ふたすじ》並んだ路《みち》のような、いかさまこれならば鎗《やり》を立てても行列が通ったであろう。

此《こ》の広《ひろ》ッ場《ぱ》でも目の及ぶ限《かぎり》芥子《けし》粒《つぶ》ほどの大《おお》きさの売薬の姿も見ないで、時々焼けるような空を小さな虫が飛び歩行《ある》いた。

歩行《ある》くには此《こ》の方《ほう》が心細い、あたりがぱッとして居《い》ると便《たより》がないよ。勿論《もちろん》飛驒《ひだ》越《ごえ》と銘《めい》を打った日には、七里に一軒十里に五軒という相場、其処《そこ》で粟《あわ》の飯《めし》にありつけば都合も上《じょう》の方《ほう》ということになって居《お》ります。其《それ》を覚悟《かくご》のことで、足は相応に達者、いや屈せずに進んだ進んだ。すると、段々又山が両方から逼《せま》って来て、肩に支《つか》えそうな狭《せま》いことになった、直《すぐ》に上《のぼり》。

さあ、之《これ》からが名代《なだい》の天生峠《あもうとうげ》*と心得たから、此方《こっち》も其気《そのき》になって、何しろ暑いので、喘《あえ》ぎながら先《ま》ず草鞋《わらじ》の紐を緊直《しめなお》した。

丁度此《こ》の上口《のぼりぐち》の辺《あたり》に美濃《みの》の蓮大寺《れんたいじ》の本堂の床下《ゆかした》まで吹抜《ふきぬ》けの風穴があるということを年経《とした》ってから聞きましたが、なかなか其処《そこ》どころの沙汰《さた》ではない、一生懸命《いっしょうけんめい》、景色も奇跡もあるものかい、お天気さえ晴れたか曇ったか訳が解《わか》らず、目《ま》まじろぎもしないですたすたと捏《こ》ねて上《のぼ》る。

とお前様お聞かせ申す話は、これからじゃが、最初に申す通り路《みち》がいかにも悪い、宛然《まるで》人が通いそうでない上に、恐しいのは、蛇《へび》で。両方の叢《くさむら》に尾《お》と頭とを突込《つっこ》んで、のたりと橋を渡して居《い》るではあるまいか。

私《わし》は真先《まっさき》に出会《でっくわ》した時は笠を被《かぶ》って竹杖《たけづえ》を突いたまま、はッと息を引いて膝を折って坐《すわ》ったて。

いやもう生得大嫌《しょうとくだいきらい》、嫌《きらい》というより恐怖《こわ》いのでな。

其時《そのとき》は先《ま》ず人助けにずるずると尾を引いて、向《むこ》うで鎌首《かまくび》を上げたと思うと草をさらさらと渡った。

漸《ようよ》う起上《おきあが》って道の五六町も行《ゆ》くと又同一《おなじ》ように、胴中《どうなか》を乾《かわ》かして尾も首も見えぬが、ぬたり！

あッというて飛退《とびの》いたが、其《それ》も隠れた。三度目に出会《であ》ったのが、いや急には動かず、然《しか》も胴体の太さ、譬《たと》い這出《はいだ》した処《ところ》でぬらぬらと遣《や》られては凡《およ》そ五分間位尾を出すまでに間《ま》があろうと思う長虫《ながむし》と見えたので、已《や》むことを得ず私《わし》は跨《また》ぎ越した、途端《とたん》に下腹が突張《つっぱ》ってぞッと身の毛、毛穴が不残《のこらず》鱗《かわ》に変って、顔の色も其《そ》の蛇のようになったろうと目を塞《ふさ》いだ位。

絞《しぼ》るような冷汗《ひやあせ》になる気味の悪さ、足が竦《すく》んだというて立って居《い》られる数《すう》ではないからびくびくしながら路《みち》を急ぐと又しても居《い》たよ。

然《しか》も今度のは半分に引切《ひっき》ってある胴から尾ばかりの虫じゃ、切口《きりくち》が蒼《あおみ》を帯びて其《それ》で恁《こ》う黄色な汁《しる》が流れてぴくぴくと動いたわ。

我《われ》を忘れてばらばらとあとへ遁帰《にげかえ》ったが、気が付けば例のが未《ま》だ居《い》るであろう、譬《たと》い殺されるまでも二度とは彼《あれ》を跨ぐ気はせぬ。ああ先刻《さっき》のお百姓がものの間違《まちがい》でも故《ふる》道《みち》には蛇が恁《こ》うといってくれたら、地獄へ落ちても来なかったにと照りつけられて、涙が流れた、南無阿弥陀仏《なむあみだぶつ》、今でも悚然《ぞっ》とする。」と額《ひたい》に手を。

七

「果《はてし》が無いから肝《きも》を据《す》えた、固《もと》より引返《ひきかえ》す分《ぶん》ではない。旧《もと》の処《ところ》には矢張丈足《やっぱりじょうた》らずの骸《むくろ》がある、遠くへ避《さ》けて草の中へ駈《か》け抜けたが、今にもあとの半分が絡《まと》いつきそうで耐《たま》らぬから気臆《きおくれ》がして足が筋張《すじば》ると石に躓《つまず》いて転んだ、其時膝節《そのときひざぶし》を痛めましたものと見える。

それからがくがくして歩行《ある》くのが少し難渋《なんじゅう》になったけれども、此処《ここ》で倒れては温気《うんき》で蒸殺《むしころ》されるばかりじゃと、我身《わがみ》で我身を激《はげ》まして首筋を取って引立《ひきた》てるようにして峠の方《ほう》へ。

何しろ路傍《みちばた》の草いきれが可恐《おそろ》しい、大鳥《おおとり》の卵見たようなものなんぞ足許《あしもと》にごろごろして居《い》る茂《しげ》り塩梅《あんばい》。

又二里ばかり大蛇《おろち》の蜿《うね》るような坂を、山懐《やまぶところ》に突当《つきあた》って岩角《いわかど》を曲《まが》って、木の根を繞《めぐ》って参《まい》ったが此処《ここ》のことで余りの道じゃったから、参謀本部の絵図面を開《ひら》いて見ました。

何矢張道《なにやっぱりみち》は同一《おんなじ》で聞いたにも見たのにも変《かわ》はない、旧道は此方《こちら》に相違《そうい》はないから心《こころ》遣《や》りにも何《なん》にもならず、固《もと》より歴《れっき》とした図面というて、描《えが》いてある道は唯栗《ただくり》の毬《いが》の上へ赤い筋が引張《ひっぱ》ってあるばかり。

難儀さも、蛇も、毛虫も、鳥の卵も、草いきれも、記してある筈《はず》はないのじゃから、薩張《さっぱり》と畳《たた》んで懐に入れて、うむと此《こ》の乳《ちち》の下へ念仏を唱え込んで立直《たちなお》ったは可《よ》いが、息も引かぬ内に情無《なさけな》い長虫が路を切った。

其処《そこ》でもう所詮叶《しょせんかな》わぬと思ったなり、これは此《こ》の山の霊《れい》であろうと考えて、杖を棄てて膝を曲げ、じりじりする地《つち》に両手をついて、

（誠《まこと》に済みませぬがお通しなすって下さりまし、成《なる》たけお午睡《ひるね》の邪魔になりませぬように密《そっ》と通行いたしまする。

御覧《ごらん》の通り杖も棄てました。）と我折《がお》れ染々《しみじみ》と頼《たの》んで額を上げるとざっという凄《すさまじ》い音で。

心持余《こころもちよ》程《ほど》の大蛇《だいじゃ》と思った、三尺、四尺、五尺四方、一丈余《いちじょうよ》、段々と草の動くのが広がって、傍《かたえ》の渓《たに》へ一文字に颯《さつ》と靡《なび》いた、果《はて》は峰も山も一斉《いっせい》に揺《ゆら》いだ、恐毛《おぞけ》を震《ふる》って立《たち》竦《すく》むと涼《すず》しさが身に染みて気が付くと山颪《やまおろし》*よ。

此《こ》の折《おり》から聞《きこ》えはじめたのは哄《どっ》という山彦《こだま》に伝わる響《ひびき》、丁度山の奥に風が渦巻《うずま》いて其処《そこ》から吹起《ふきおこ》る穴があいたように感じられる。

何《なに》しろ山霊感応《さんれいかんのう》あったか、蛇は見えなくなり暑さも凌《しの》ぎよくなったので、気も勇み足も捗取《はかど》ったが、程《ほど》なく急に風が冷たくなった理由を会得《えとく》することが出来た。

というのは目の前に大森林があらわれたので。

世の譬《たとえ》にも天生峠は蒼空《あおぞら》に雨が降るという、人の話にも神代《かみよ》から杣《そま》が手を入れぬ森があると聞いたのに、今までは余り樹《き》がなさ過ぎた。

今度は蛇のかわりに蟹《かに》が歩きそうで草鞋が冷えた。暫《しばら》くすると暗くなった、杉《すぎ》、松、榎《えのき》と処々《ところどころ》見分けが出来るばかりに遠い処から幽《かすか》に日の光の射《さ》すあたりでは、土の色が皆黒い。中には光線が森を射通《いとお》す工合であろう、青だの、赤だの、ひだが入《い》って美しい処があった。

時々爪尖《つまさき》に絡《から》まるのは葉の雫《しずく》の落溜《おちたま》った糸のような流《ながれ》で、これは枝を打って高い処を走るので。ともすると又常盤木《ときわぎ》が落葉《おちば》する、何《なん》の樹とも知れずばらばらと鳴り、かさかさと音がしてぱっと檜笠《ひのきがさ》にかかることもある、或《あるい》は行過《ゆきす》ぎた背後《うしろ》へこぼれるのもある、其等《それら》は枝から枝に溜《たま》って居《い》て何十年ぶりではじめて地《つち》の上まで落《おち》るのか分《わか》らぬ。」

八

「心細さは申すまでもなかったが、卑怯《ひきよう》な様《よう》でも修行《しゆぎよう》の積まぬ身には、恁《こ》う云《い》う暗い処《ところ》の方《ほう》が却《かえ》って観念に便《たより》が宜《よ》い。何しろ体が凌《しの》ぎよくなったために足の弱《よわり》も忘れたので、道も大きに捗取《はかど》って、先《ま》ずこれで七分《しちぶ》は森の中を越したろうと思う処《ところ》で、五六尺天窓《あたま》の上らしかった樹の枝から、ぼたりと笠の上《うえ》へ落ち留まったものがある。

鉛《なまり》の重《おもり》かとおもう心持《こころもち》、何か木《き》の実《み》ででもあるか知らんと、二三度振《ふ》って見たが附着《くっつ》いて居《い》て其《その》ままには取れないから、何心《なにごころ》なく手をやって摑《つか》むと、滑《なめ》らかに冷《ひや》りと来た。

見ると海鼠《なまこ》を裂《さ》いたような目も口もない者じゃが、動物には違いない。不気味で投《なげ》出《だ》そうとするとずるずると辷《すべ》って指の尖《さき》へ吸《すい》ついてぶらりと下《さが》った、其《そ》の放《はな》れた指の尖《さき》から真赤《まっか》な美しい血が垂々《たらたら》と出たから、吃驚《びっくり》して目の下へ指をつけてじっと見ると、今折曲《いまおりま》げた肱《ひじ》の処へつるりと垂懸《たれかか》って居《い》るのは同形《おなじかたち》をした、幅が五分、丈《たけ》が三寸ばかりの山海鼠《やまなまこ》＊。

呆気《あっけ》に取られて見る見る内に、下の方《ほう》から縮みながら、ぶくぶくと太って行《ゆ》くのは生血《いきち》をしたたかに吸込《すいこ》む所為《せい》で、濁《にご》った黒い滑らかな肌《はだ》に茶褐色《ちゃかっしょく》の縞《しま》をもった、痣胡瓜《いぼきゅうり》のような血を取る動物、此奴《こいつ》は蛭《ひる》じゃよ。

誰《た》が目にも見違えるわけのものではないが図抜《ずぬ》けて余り大きいから一寸《ちょっと》は気がつかぬであった、何《なん》の畠《はたけ》でも、甚麼履歴《どんなりれき》のある沼《ぬま》でも、此位《このくらい》な蛭はあろうとは思われぬ。

肱《ひじ》をばさりと振《ふ》ったけれども、よく喰込《くいこ》んだと見えてなかなか放れそうにしないから不気味ながら手で抓《つま》んで引切《ひっき》ると、ぶつりといってようよう取れる、暫時《しばらく》も耐《たま》ったものではない、突然《いきなり》取って大地《だいち》へ叩きつけると、これほどの奴等《やつら》が何万となく巣をくって我《わが》ものにして居《い》ようという処《ところ》、予《かね》て其《そ》の用意はして居《い》ると思われるばかり、日のあたらぬ森の中の土は柔《やわらか》い、潰《つぶ》れそうにもないのじゃ。

と最《も》早《は》や領《えり》のあたりがむずむずして来た、平手《ひらて》で扱《こい》て見ると横撫《よこなで》に蛭の背《せな》をぬるぬるとすべるという、やあ、乳《ちち》の下へ潜《ひそ》んで帯の間《あいだ》にも一疋《ぴき》、蒼《あお》くなってそッと見ると肩の上にも一筋《ひとすじ》。

思わず飛上《とびあが》って総身《そうしん》を震いながら此《この》大枝の下を一散にかけぬけて、走りながら先《ま》ず心覚《こころおぼ》えの奴だけは夢中でもぎ取った。

何《なに》にしても恐《おそろ》しい今の枝には蛭が生《な》って居《い》るのであろうと余《あまり》の事に思《おも》って振返《ふりかえ》ると、見返った樹の何《なん》の枝か知らず矢張《やっぱり》幾ツということもない蛭の皮じゃ。

これはと思う、右も、左も前《まえ》の枝も、何《なん》の事はないまるで充満《いっぱい》。

私《わし》は思わず恐怖の声を立てて叫んだ、すると何《なん》と？　此時《このとき》は目に見えて、上からぼたりぼたりと真黒《まっくろ》な瘠《や》せた筋《すじ》の入った雨が体へ降《ふり》かかって来たではないか。

草鞋《わらじ》を穿《は》いた足の甲《こう》へも落ちた上へ又累《かさな》り、並んだ傍《わき》へ又附着《くっつ》いて爪先《つまさき》も分《わか》らなくなった、然《そ》うして活《い》きてると思うだけ脈を打って血を吸うような、思いなしか一ッ一ッ伸縮《のびちぢみ》をするようなのを見るから気が遠くなって、其時《そのとき》不思議な考えが起きた。

此《こ》の恐しい山蛭《やまびる》は神代《かみよ》の古《いにしえ》から此処《ここ》に屯《たむろ》をして居《い》て、人の来るのを待ちつけて、永い久しい間《あいだ》に何《ど》の位何斛《なんごく》*かの血を吸うと、其処《そこ》でこの虫の望《のぞみ》が叶う、其《そ》の時はありったけの蛭が不残《のこらず》吸ったただけの人間の血を吐出《はきだ》すと、其《それ》がために土がとけて山一ッ一面に血と泥《どろ》との大沼にかわるであろう、其《それ》と同時に此処《ここ》に日の光を遮って昼もなお暗い大木が切々《きれぎれ》に一ッ一ッ蛭になって了《しま》うのに相違ないと、いや、全《まった》くの事で。」

九

「凡《およ》そ人間が滅《ほろ》びるのは、地球の薄皮が破れて空から火が降るのでもなければ、大海《たいかい》が押被《おっかぶ》さるのでもない、飛騨国の樹林《きはやし》が蛭になるのが最初で、しまいには皆《みんな》血と泥の中に筋の黒い虫が泳ぐ、其《それ》が代《だい》がわりの世界であろうと、ぼんやり。

なるほど此《こ》の森も入口では何《なん》の事もなかったのに、中へ来ると此通《このとお》り、もっと奥深く進んだら早《は》や不残立樹《のこらずたちき》の根の方《ほう》から朽《く》ちて山蛭になって居《い》よう、助かるまい、此処《ここ》で取殺《とりころ》される因縁《いんねん》らしい、取留《とりと》めのない考えが浮《うか》んだのも人が知死期《ちしご》に近《ちか》づいたからだと弗《ふ》と気が付いた。

何《ど》の道死ぬるものなら一足でも前へ進んで、世間の者が夢にも知らぬ血と泥の大沼の片端《かたはし》でも見て置こうと、然《そ》う覚悟が極《きま》っては気味の悪いも何もあったものじゃない、体中珠数《じゅず》生《なり》になったのを手当次第《てあたりしだい》に搔《か》い除《の》け毟《むし》り棄て、抜き取りなどして、手を挙げ足を踏んで、宛《まる》で躍り狂う形で歩行出《あるきだ》した。

はじめの中《うち》は一廻《ひとまわり》も太ったように思われて痒《かゆ》さが耐《たま》らなかったが、しまいにはげっそり痩《や》せたと、感じられてずきずき痛んでならぬ、其上《そのうえ》を容赦なく歩行《ある》く内《うち》にも入交《いりまじ》りに襲《おそ》いおった。

既《すで》に目も眩《くら》んで倒れそうになると、禍《わざわい》は此辺《このへん》が絶頂であったと見えて、隧道《トンネル》を抜けたように遥《はるか》に一輪のかすれた月を拝《おが》んだのは、蛭の林の出口なので。

いや蒼空《あおそら》の下《した》へ出た時には、何《なん》のことも忘れて、砕《くだ》けろ、微塵《みじん》になれと横なぐりに体を山路《やまじ》へ打倒《うちたお》した。それでからもう砂利《じゃり》でも針でもあれと地《つち》へこすりつけて、十余《とう》りも蛭の死骸《しがい》を引《ひっ》くりかえした上《うえ》から、五六間向《む》こうへ飛んで身顫《みぶるい》をして突立《つった》った。

人を馬鹿《ばか》にして居《い》るではありませんか。あたりの山では処々茅蜩殿《ところどころひぐらしどの》、血と泥の大沼になろうという森を控《ひか》えて鳴いて居《い》る、日は斜《ななめ》、渓底《たにそこ》はもう暗い。

先《ま》ずこれならば狼の餌食《えじき》になっても其《それ》は一思《ひとおもい》に死なれるからと、路《みち》は丁度だらだら下《お》りなり、小僧《こぞう》さん、調子はずれに竹の杖を肩にかついで、すたこら遁《に》げたわ。

これで蛭に悩まされて痛いのか、痒《かゆ》いのか、それとも擽《くすぐ》ったいのか得《え》もいわれぬ苦しみさえなかったら、嬉しさに独《ひと》り飛騨山越《ひだやまごえ》の間道《かんどう》で、御経《おきょう》に節《ふし》をつけて外道踊《げどうおどり》をったであろう、一寸清心丹《ちょっとせいしんたん》*でも噛砕《かみくだ》いて疵口《きずぐち》へつけたら何《ど》うだと、大分《だいぶ》世の中の事に気がついて来たわ。抓《つね》っても確《たしか》に活返《いきかえ》ったのじゃが、夫《それ》にしても富山の薬売《くすりうり》は何《ど》うしたろう、那《あ》の様子では疾《とう》に血になって泥沼《どろぬま》に。皮ばかりの死骸《しがい》は森の中の暗い処《ところ》、おまけに意地の汚い下司《げす》な動物が骨までしゃぶろうと何百という数《すう》でのしかかって居《い》た日には、酢《す》をぶちまけても分《わか》る気遣《きづかい》はあるまい。

恁《こ》う思って居《い》る間《あいだ》、件《くだん》のだらだら坂は大分《だいぶ》長かった。

其《それ》を下《くだ》り切ると流《ながれ》が聞《きこ》えて、飛んだ処《ところ》に長さ一間ばかりの土橋《どばし》がかかって居《い》る。

はや其《そ》の谷川《たにがわ》の音を聞くと我身《わがみ》で持余《もてあま》す蛭《ひる》の吸殻《すいがら》を真逆《まっさかさま》に投込《なげこ》んで、水に浸《ひた》したら嘸《さぞ》可《い》い心地であろうと思う位、何《なん》の渡りかけて壊れたら夫《それ》なりけり。

危《あぶな》いとも思わずにずっと懸《かか》る、少しぐらぐらとしたが難なく越した。向《む》うから又《また》坂じゃ、今度は上《のぼ》りさ、御苦労千万《せんばん》。」

十

「到底《とて》も此《こ》の疲《つか》れようでは、坂を上《のぼ》るわけには行《ゆ》くまいと思ったが、ふと前途《ゆくて》に、ヒイインと馬の嘶《いなな》くのが谺《こだま》して聞《きこ》えた。

馬士《まご》が戻《もど》るのか小荷駄《こにだ》が通るか、今朝一人の百姓に別れてから時の経ったは僅《わずか》じゃが、三年も五年も同一《おんなじ》ものをいう人間とは中を隔《へだ》てた。馬が居《い》るようでは左《と》も右《かく》も人里に縁《えん》があると、之《これ》がために気が勇んで、ええやっと今一揉《ひともみ》。

一軒の山家《やまが》の前へ来たのには、然《さ》まで難儀は感じなかった、夏のことで戸《と》障子《しょうじ》のしまりもせず、殊《こと》に一軒家、あけ開《ひら》いたなり門というてもない、突然破縁《いきなりやれえん》になって男が一人、私《わし》はもう何《なん》の見境もなく、

（頼《たの》みます、頼みます、）というさえ助《たすけ》を呼ぶような調子で、取縋《とりすが》らぬばかりにした。

（御免《ごめん》なさいまし、）といったがものもいわない、首筋をぐったりと、耳を肩で塞《ふさ》ぐほど顔を横にしたまま小児《こども》らしい、意味のない、然《しか》もぼっちりした目で、じろじろと門に立ったものを瞻《みつ》める、其《そ》の瞳《ひとみ》を動かすさえ、おっくうらしい、気の抜けた身の持《もち》方《かた》。裾短《すそみじか》かで袖は肱《ひじ》より少《すく》い、糊気《のりけ》のある、ちゃんちゃん*を着て、胸のあたりで紐で結《ゆわ》えたが、一ツ身のものを着たように出《で》ッ腹《ぱら》の太《ふと》り肉《じし》、太鼓《たいこ》を張ったくらいに、すべすべとふくれて然《しか》も出臍《でべそ》という奴、南瓜《かぼちゃ》の蔕《へた》ほどな異形《いぎょう》な者を片手でいじくりながら幽霊の手つきで、片手を宙にぶらり。

　足は忘れたか投出《なげだ》した、腰がなくば暖簾《のれん》を立てたように畳まれそうな、年紀《とし》が其《それ》で居て二十二三、口をあんぐりやった上唇《うわくちびる》で巻込《まきこ》めよう、鼻の低さ、出額《でびたい》。五分刈《ごぶがり》の伸びたのが前は鶏冠《とさか》の如くになって、領脚《えりあし》へ撥《は》ねて耳に被《かぶさ》った、唖《おし》か、白痴《ばか》か、これから蛙《かえる》になろうとするような少年。私《わし》は驚いた、此方《こっち》の生命《いのち》に別条はないが、先方様《さきさま》の形相《ぎょうそう》。いや、大《おお》別条。*

（一寸《ちょいと》お願い申します。）

　それでも為方《しかた》がないから又《また》言葉をかけたが少しも通ぜず、ばたりというと僅《わずか》に首の位置をかえて今度は左の肩を枕にした、口の開《あ》いてること旧《もと》の如し。

恁云《こうい》うのは、悪くすると突然《いきなり》ふんづかまえて臍を捻《ひね》りながら返事のかわりに嘗《な》めようも知れぬ。

私《わし》は一足退《すさ》ったがいかに深山《しんざん》だといっても是《これ》を一人で置くという法はあるまい、と足を爪立《つまだ》てて少し声高《こわだか》に、

(何方《どなた》ぞ、御免なさい。)といった。

背戸《せど》と思うあたりで再び馬の嘶《いなな》く声。

(何方《どなた》。)と納戸《なんど》の方《ほう》でいったのは女じゃから、南無三宝《なむさんぼう》*、此《こ》の白い首には鱗が生えて、体は床を這って尾をずるずると引いて出ようと、又退《すさ》った。

(おお、御坊様《おぼうさま》。)と立顕《たちあらわ》れたのは小造《こづくり》の美しい、声も清《すず》しい、ものやさしい。

私《わし》は大息《おおいき》を吐《つ》いて、何《なん》にもいわず、

(はい。)と頭《つむり》を下げましたよ。

婦人《おんな》は膝をついて坐《すわ》ったが、前へ伸上《のびあが》るようにして、黄昏《たそがれ》にしょんぼり立った私《わし》が姿を透《す》かし見て、

(何《なに》か用でござんすかい。)

休《やす》めともいわずはじめから宿《やど》の常世《つねよ》は留主《るす》らしい、人を泊《と》めないと極《き》めたもののように見える。

いい後《おく》れては却《かえ》って出そびれて頼むにも頼まれぬ仕誼《しぎ》にもなることと、つかつかと前《まえ》へ出た。

丁寧に腰を屈《かが》めて、

(私《わし》は、山越《やまごえ》で信州へ参ります者ですが旅籠《はたご》のございます処《ところ》までは未《ま》だ何《ど》の位でございましょう。)」

十一

(貴方《あなた》まだ八里余《あまり》でございますよ。)

(其他《そのほか》に別に泊《と》めてくれます家《うち》もないのでしょうか。)

(其《それ》はございません。)といいながら目《ま》たたきもしないで清《すず》しい目で私《わし》の顔をつくづく見て居《い》た。

(いえもう何《なん》でございます、実は此先《このさき》一町行《ゆ》け、然《そ》うすれば上段の室《へや》に寝かして一晩扇《あお》いで居《い》て其《それ》で功徳《くどく》のためにする家《うち》があると承《うけたまわ》りましても、全くの処《ところ》一足も歩行《ある》けますのではございません、何処《どこ》の物置《ものおき》でも馬小屋の隅《すみ》でも宜《よ》いのでございますから後生《しょう》でございます。)と先刻《さっき》馬の断いたのは此家《ここ》より外《ほか》にはないと思ったから言った。

婦人《おんな》は暫《しばら》く考えて居《い》たが、弗《ふ》と傍《わき》を向いて布の袋を取って、膝のあたりに置いた桶《おけ》

の中へざらざらと一幅《ひとはば》、水を溢《こぼ》すようにあけて縁《ふち》をおさえて、手で掬《すく》って俯向《うつむ》いて見たが、

（ああ、お泊《と》め申しましょう、丁度炊《た》いてあげますほどお米もございますから、其《それ》に夏のことで、山家は冷えましても夜《よる》のものに御不自由もござんすまい。さあ、左《と》も右《かく》もあなたお上《あが》り遊ばして。）

というと言葉の切れぬ先にどっかり腰を落《おと》した。婦人《おんな》は衝《つ》と身を起《おこ》して立って来て、

（御坊様《おぼうさま》、それでござんすが一寸御断《ちょっとおことわ》り申して置かねばなりません。）

判然《はっきり》いわれたので私《わし》はびくびくもので、

（唯《はい》、はい。）

（否《いいえ》、別のことじゃござんせぬが、私《わたし》は癖として都の話を聞くのが病《やまい》でございます、口に蓋《ふた》をしておいでなさいましても無理やりに聞こうといたしますが、あなた忘れても其時《そのとき》聞かして下さいますな、可《よ》うござんすかい、私《わたし》は無理にお尋ね申します、あなたは何《ど》うしてもお話しなさいませぬ、其《それ》を是非にと申しましても断《た》って仰有《おっしゃ》らないように屹《きっ》と念を入れて置きますよ。）

と仔細ありげなことをいった。

山の高さも谷の深さも底の知れない一軒家の婦人《おんな》の言葉とは思うたが、保つにむず

かしい戒《かい》でもなし、私《わし》は唯領《ただうなず》くばかり。

（唯《はい》、宜しゅうございます、何事《なにごと》も仰有《おっしゃ》りつけは背《そむ》きますまい。）

婦人《おんな》は言下《ごんか》に打解《うちと》けて、

（さあさあ汚《きた》のうございますが早く此方《こちら》へ、お寛《くつろ》ぎなさいまし、然《そ》うしてお洗足《せんそく》*を上げましょうかえ。）

（いえ、其《それ》には及びませぬ、雑巾《ぞうきん》をお貸し下さいまし。ああ、それからもし其《そ》のお雑巾次手《ついで》にずッぷりお絞《しぼ》んなすって下さると助《たす》ります、途中で大変な目に逢いましたので体を打棄《うっちゃ》りたいほど気味が悪うございますので、一ッ背中を拭《ふ》こうと存じますが、恐入《おそれい》りますな。）

（然《そ》う、汗におなりなさいました、嘸《さ》ぞまあ、お暑うござんしたでしょう、お待ちなさいまし、旅籠へお着き遊ばして湯にお入りなさいますのが、旅するお方には何《なに》より御馳走《ごちそう》だと申しますね、湯どころか、お茶さえ碌《ろく》におもてなしもいたされませんが、那《あ》の、此《こ》の裏の崖《がけ》を下《お》りますと、綺麗《きれい》な流《ながれ》がございますから一層《いっそ》其《それ》へ行らっしゃってお流しが宜《よろし》うございましょう、）

聞いただけでも飛《と》んでも行《ゆ》きたい。

（ええ、其《それ》は何《なに》より結構でございますな。）

（さあ、其《それ》では御案内申しましょう、どれ、丁度私《わたし》も米を磨ぎに参ります。）と件《くだん》の桶を小脇《こわき》に抱えて、縁側から、藁草履《わらぞうり》を穿いて出たが、屈んで板縁の下を覗《のぞ》いて、引《ひき》出《だ》したのは一足の古下駄で、かちりと合《あわ》して埃《ほこり》を払《はた》いて揃《そろ》えて呉《く》れた。

（お穿きなさいまし、草鞋《わらじ》は此処《ここ》にお置きなすって、）

私《わし》は手をあげて、一礼して、

（恐入《おそれい》ります、これは何《ど》うも、）

（お泊《と》め申すとなりましたら、あの、他生《たしょう》の縁《えん》とやらでござんす、あなた御遠慮を遊ばしますなよ。）先ず恐《おそろ》しく調子が可《い》いじゃて。」

十二

（さあ、私《わたし》に跟《つ》いて此方《こちら》へ、）と件の米磨桶《こめとぎおけ》を引抱《ひっかか》えて手拭《てぬぐい》を細い帯に挟んで立った。

髪は房《ふっさ》りとするのを束《たば》ねてな、櫛《くし》をはさんで笄《かんざし》で留《と》めて居《い》る、其《そ》の姿の佳《よ》さというてはなかった。

私《わし》も手早く草鞋を解《と》いたから、早速古下駄を頂戴して、縁から立つ時一寸《ちょいと》見ると、それ例の白痴殿《ばかどの》じゃ。

同じく私《わし》が方《かた》をじろりと見たっけよ、舌不足《したたらず》が饒舌《しゃべ》るような、愚《ぐ》にもつかぬ声を出

して、

（姉《ねえ》や、こえ、こえ。）といいながら、気《き》だるそうに手を持上《もちあ》げて其《そ》の蓬々《ぼうぼう》と生えた天窓《あたま》を撫でた。

（坊さま、坊さま？）

するとと婦人《おんな》が、下ぶくれな顔にえくぼを刻《きざ》んで、三ツばかりはきはきと続けて頷《うなず》いた。

少年はうむといったが、ぐたりとして又臍《へそ》をくりくりくり。

私《わし》は余り気の毒さに顔も上げられないで密《そ》っと盗《ぬす》むようにして見ると、婦人《おんな》は何事《なにごと》も別に気に懸けては居《お》らぬ様子、其《その》まま後《あと》へ跟《つ》いて出ようとする時、紫陽花《あじさい》の花の蔭《かげ》からぬいと出た一名の親仁《おやじ》がある。

背戸《せど》から廻《まわ》って来たらしい、草鞋を穿いたなりで、胴乱《どうらん》の根付《ねつけ》*を紐長《ひもなが》にぶらりと提《さ》げ、啣煙管《くわえぎせる》をしながら並んで立停《たちどま》った。

（和尚様《おしょう》おいでなさい。）

婦人《おんな》は其方《そなた》を振向《ふりむ》いて、

（おじ様何《ど》うでござんした。）

（然《さ》ればさの、頓馬《とんま》で間の抜けたというのは那《あ》のことかい。根ッから早《は》や狐《きつね》でなければ乗せ得そうにもない奴じゃが、其処《そこ》はおらが口じゃ、うまく仲人《なこうど》して、二月《ふたつき》や三月《みつき》はお嬢様が御不自由のねえように、翌日《あす》はものにして沢山《うん》と此処《ここ》へ担《かつ》ぎ込みます。）

（お頼み申しますよ。）

（承知、承知、おお、嬢様何処《どこ》さ行《ゆ》かっしゃる。）

（崖の水まで一寸《ちょいと》。）

（若い坊様連れて川へ落っこちさっしゃるな。おら此処《ここ》に眼張《がんば》って待っ居《と》るに、）と横様《よこざま》に縁にのさり。

（貴僧《あなた》、あんなことを申しますよ。）と顔を見て微笑《ほほえ》んだ。

（一人で参りましょう、）と傍《わき》へ退《の》くと、親仁は吃々《くっくっ》と笑《わら》って、

（はははは、さあ、早くいってござらっせえ。）

（おじ様、今日はお前、珍しいお客がお二方《ふたかた》ござんした、恁《こ》う云《い》う時《とき》はあとから又見えようも知れません、次郎《じろう》さんばかりでは来た者が弱んなさろう、私《わたし》が帰るまで其処《そこ》に休《やす》んで居《い》ておくれでないか。）

（可《い》いとものう。）といいかけて、親仁は少年の傍《そば》へにじり寄って、鉄挺《かなてこ》を見たような拳《こぶし》で、背中をどんとくらわした、白痴《ばか》の腹はだぶりとして、べそをかくような口つきで、にやりと笑う。

私《わし》は悚気《ぞっ》として面《おもて》を背《そむ》けたが婦人《おんな》は何気《なにげ》ない体《てい》であった。

親仁は大口を開《あ》いて、

(留主《るす》におらが此《こ》の亭主を盗《ぬす》むぞよ。)

(はい、ならば手柄《てがら》でござんす、さあ、貴僧《あなた》参りましょうか。)

背後《うしろ》から親仁が見るように思ったが、導かるるままに壁について、彼《か》の紫陽花のある方《ほう》ではない。

軈《やが》て脊戸《せど》と思う処《ところ》で左に馬小屋を見た、ことことという音は羽目《はめ》を蹴《け》るのであろう、もう其辺《そのへん》から薄暗くなって来る。

(貴僧《あなた》、ここから下りるのでございます、辷《すべ》りはいたしませぬが、道が酷《ひど》うございますからお静《しずか》に。)という。」

十三

「其処《そこ》から下りるのだと思われる、松の木の細くッて度外《どはず》れに背《せ》の高い、ひょろひょろした凡《およ》そ五六間《けん》上までは小枝一ツもないのがある。其中《そのなか》を潜《くぐ》ったが、仰《あお》ぐと梢《こずえ》に出て白い、月の形は此処《ここ》でも別にかわりは無かった、浮世《うきよ》は何処《どこ》にあるか十三夜《じゅうさんや》*で。

先《さき》へ立った婦人《おんな》の姿が目さきを放《はな》れたから、松の幹に摑《つか》まって覗《のぞ》くと、つい下に居《い》た。

仰向《あおむ》いて、

(急に低くなりますから気をつけて。こりゃ貴僧《あなた》には足駄《あしだ》では無理でございましたか不知《しら》、宜《よろ》しくば草履とお取交《とりか》え申しましょう。)

立後《たちおく》れたのを歩行《あるき》悩んだと察した様子、何《なに》が扨《さて》転げ落ちても早く行って蛭《ひる》の垢《あか》を落《おと》したさ。

(何《なに》、いけませんければ跣足《はだし》になります分《ぶん》のこと、何卒《どうぞ》お構いなく、嬢様に御心配をかけては済みません。)

(あれ、嬢様ですって、)と稍《やや》調子を高めて、艶麗《あでやか》に笑った。

(唯《はい》、唯今《ただいま》あの爺様《じいさん》が、然《さ》よう申しましたように存じますが、夫人《おくさま》でございますか。)

(何《なん》にしても貴僧《あなた》には叔母《おば》さん位《くらい》な年紀《とし》ですよ。まあ、お早くいらっしゃい、草履も可《よ》うござんすけれど、刺《とげ》がささりますと不可《いけ》ません、それにじくじく湿《ぬ》れて居てお気味が悪《わる》うございましょうから)と向《むこ》う向《むき》でいいながら衣服《きもの》の片褄《かたつま》をぐいとあげた。真《まっ》白《しろ》なのが暗《やみ》まぎれ、歩行《ある》くと霜《しも》が消えて行《ゆ》くような。

ずんずんずんと道を下りる、傍《かたわ》らの叢《くさむら》から、のさのさと出たのは蟇《ひき》で。

(あれ、気味が悪いよ。)というと婦人《おんな》は背後《うしろ》へ高々と踵《かがと》を上げて向《むこ》うへ飛んだ。

（お客様が被在《いらっ》しゃるではないかね、人の足になんか搦《から》まって、贅沢《ぜいたく》じゃあないか、お前達《まえだち》は虫を吸《す》って居《い》れば沢山《たくさん》だよ。

貴僧《あなた》ずんずん入《い》らっしゃいましな、何《ど》うもしはしません。恁云《こうい》う処ですからあんなものまで人懐《ひとなつ》かしゅうございます、厭《いや》じゃないかね、お前達《まえだち》と友達を見たようで可愧《はずかし》い、あれ可《い》けませんよ。）

蟇《ひき》はのさのさと又草を分けて入《はい》った、婦人《おんな》はむこうへずいと。

（さあ此《こ》の上《うえ》へ乗るんです、土が柔《やわら》かで壊《く》えますから地面は歩行《ある》かれません。）

いかにも大木の僵《たお》れたのが草がくれに其《そ》の幹をあらわして居《い》る、乗ると足駄穿《あしだばき》で差支《さしつか》えがない、丸木だけれども可恐《おそろ》しく太いので、尤もこれを渡り果てると忽《たちま》ち流《ながれ》の音が耳に激《げき》した、それまでには余程の間《あいだ》。

仰《あお》いで見ると松の樹はもう影も見えない、十三夜の月はずっと低《ひく》うなったが、今下りた山の頂に半ばかかって、手が届きそうにあざやかだけれども、高さは凡そ計り知られぬ。

（貴僧《あなた》、此方《こちら》へ。）

といった婦人《おんな》はもう一息、目の下に立って待って居た。

其処《そこ》は早《は》や一面の岩で、岩の上《うえ》へ谷川《たにがわ》の水がかかって此処《ここ》によどみを作って居る、川幅は一間《いっけん》ばかり、水に臨《のぞ》めば音は然《さ》までにもないが、美しさは玉を解いて流したよう、却って遠くの方《ほう》で凄《すさま》じく岩に砕ける響《ひびき》がする。向《むこ》う岸は又一座《いちざ》の山の裾《すそ》で、頂の方《ほう》は真暗《まっくら》だが、山の端《は》から其《その》山腹を射る月の光に照《てら》し出された辺《あたり》からは大石小石、栄螺《さざえ》のようなの、六尺角《ろくしゃくかく》に切出《きりだ》したの、剣《つるぎ》のようなのやら、鞠《まり》の形をしたのやら、目の届く限り不残岩《のこらず》で、次第に大《おお》きく水に浸ったのは唯小山《ただこやま》のよう。」

十四

「(可塩梅《いいあんばい》に今日は水がふえて居《お》りますから、中に入《はい》りませんでも此上《このうえ》で可《よ》うございます。)と甲を浸して爪先《つまさき》を屈《かが》めながら、雪のような素足で石の盤《ばん》の上《うえ》に立って居た。自分達《たち》が立った側《かわ》は、却《かえ》って此方《こっち》の山の裾が水に迫って、丁度切穴《きりあな》の形になって、其処《そこ》へ此《こ》の石を嵌《は》めたような誂《あつらえ》。川上も下流も見えぬが、向《むこ》うの彼《あ》の岩山、九十九折《つづらおり》のような形、流《ながれ》は五尺、三尺、一間ばかりずつ上流の方《ほう》が段々遠く、飛々《とびとび》に岩をかがったように隠見《いんけん》して、いずれも月光を浴びた、銀《ぎん》の鎧《よろい》の姿、目《ま》のあたり近いのはゆるぎ糸を捌《さば》くが如く真白《まっしろ》に飜《ひるがえ》って。

(結構な流《ながれ》でございますな。)

（はい、此《こ》の水は源《みなもと》が滝でございます、此山《このやま》を旅するお方は皆《み》な大風《おおかぜ》のような音を何処《どこ》かで聞きます。貴僧《あなた》は此方《こちら》へ被入《いら》っしゃる道でお心着《こころづ》きはなさいませんかい。）

然《さ》ればこそ山蛭の大藪へ入ろうという少し前から其《そ》の音を。

（彼《あれ》は林へ風の当《あた》るのではございませんので？）

（否《いえ》、誰《たれ》でも然《そ》う申します、那《あ》の森から三里ばかり傍道《わきみち》へ入《はい》りました処に大滝があるのでございます、其《そ》れは其れは日本一だそうですが、路《みち》が嶮《けわ》しゅうござんすので、十人に一人参ったものはございません。其《そ》の滝が荒れましたと申しまして、丁度今から十三年前《まえ》、可恐《おそろ》しい洪水《おおみず》がございました、恁麼《こんな》高い処まで川の底になりましてね、麓《ふもと》の村も山の家も不残《のこらず》流れて了《しま》いました。此《こ》の上《かみ》の洞《ほら》も、はじめは二十軒ばかりあったのでござんす、此《こ》の流れも其時《そのとき》から出来ました、御覧なさいましな、此《こ》の通り皆《み》な石が流れたのでございますよ。）

婦人《おんな》は何時《いつ》かもう米を精《しら》げ果てて、衣紋《えもん》の乱れた、乳《ちち》の端《はし》もほの見ゆる、膨《ふく》らかな胸を反《そら》して立《た》った、鼻高く口を結んで目を恍惚《うっとり》と上を向いて頂を仰いだが、月はなお半腹の其《そ》の累々《るいるい》たる巌《いわお》を照《てら》すばかり。

（今でも恁《こ》うやって見ますと恐いようでございます。）と屈んで二の腕の処を洗って居《い》ると。

（あれ、貴僧《あなた》、那様《そんな》行儀の可《い》いことをして被在《いら》しってはお召《めし》が濡《ぬ》れます、気味が悪《わる》うございますよ、すっぱり裸体《はだか》になってお洗いなさいまし、私《わたし》が流して上げましょう。）

（否《いえ》、）

（否じゃあござんせぬ、それ、それ、お法衣《ころも》の袖が浸るではありませんか、）というと突然《いきなり》背後《うしろ》から帯に手をかけて、身悶《みもだえ》をして縮むのを、邪慳《じゃけん》らしくすっぱり脱いで取った。

私《わし》は師匠が厳《きびし》かったし、経を読む身体《からだ》じゃ、肌さえ脱いだことはついぞ覚えぬ。然《しか》も婦人《おんな》の前《まえ》、蝸牛《まいまいつぶろ》が城を明け渡したようで、口を利《き》くさえ、況《ま》して手足のあがきも出来ず、背中を丸くして、膝を合《あわ》せて、縮かまると、婦人《おんな》は脱がした法衣《ころも》を傍《かたわ》らの枝へふわりとかけた。

（お召《めし》は恁《こ》うやって置きましょう、さあお背《せな》を、あれさ、じっとして。お嬢様と有仰《おっしゃ》って下さいましたお礼に、叔母さんが世話を焼くのでござんす、お人の悪い、）といって片袖を前歯で引上《ひきあ》げ、

玉のような二の腕をあからさまに背中に乗せたが、熟《じっ》と見て、

（まあ、）

（何《ど》うかいたしておりますか。）

（痣《あざ》のようになって、一面に。）

（ええ、それでございます、酷《ひど》い目に逢いました。）

思い出しても悚然《ぞっ》とするて。」

十五

「婦人《おんな》は驚いた顔をして、

（それでは森の中で、大変でございますこと。旅をする人が、飛騨の山では蛭《ひる》が降るというのは彼処《あすこ》でござんす。貴僧《あなた》は抜道《ぬけみち》を御存じないから正面《まとも》に蛭の巣をお通りなさいましたのでございますよ。お生命《いのち》も冥加《みょうが》な位《くらい》、馬でも牛でも吸《す》い殺《ころ》すのでございますもの。然《しか》し疼《うず》くようにお痒《かゆ》いのでござんしょうね。）

（唯今《ただいま》では最《も》う痛みますばかりになりました。）

（それでは恁麼《こんな》ものでこすりましては柔《やわらか》いお肌が擦剝《すりむ》けましょう、）というと手が綿のように障《さわ》った。

それから両方の肩から、背《せ》、横腹、臀《いしき》、さらさら水をかけてはさすってくれる。

それがさ、骨に通《とお》って冷《つめ》たいかというと然《そ》うではなかった。暑い時分じゃが、理屈《りくつ》をいうと怙《こ》うではあるまい、私《わし》の血が湧《わ》いたせいか、婦人《おんな》の温気《ぬくみ》か、手で洗ってくれる水が可《い》い工《ぐ》合《あい》に身に染みる、尤も質《たち》の佳《い》い水は柔《やわら》かじゃそうな。

其《そ》の心地の得《え》もいわれなさで、眠気《ねむけ》がさしたでもあるまいが、うとうとする様子で、疵《きず》の痛みがなくなって気が遠くなって、ひたと附《くっ》ついて居《い》る婦人《おんな》の身体《からだ》で、私《わし》は花びらの中へ包まれたような工合。

山家《やまが》の者には肖合《にあ》わぬ、都にも希《まれ》な器量はいうに及ばぬが弱々しそうな風采《ふう》じゃ、背中を流す中《うち》にもはッはッと内証《ないしょ》で呼吸《いき》がはずむから、最《も》う断ろう断ろうと思いながら、例の恍惚《うっとり》で、気はつきながら洗わした。

其上《そのうえ》、山の気か、女の香《におい》か、ほんのりと佳《い》い薫《かおり》がする、私《わし》は背後《うしろ》でつく息じゃろうと思った。」

上人は一寸句切《ちょいと》って、

「いや、お前様お手近じゃ、其《そ》の明《あかり》を掻立《かきた》って貰いたい、暗いと怪《け》しからぬ話じゃ、此処等《ここら》から一番野面《のづら》＊で遣《やっ》つけよう。」

枕を並べた上人の姿も朧《おぼろ》げに明《あかり》は暗くなって居た、早速燈心《とうしん》を明《あかる》くすると、上人は微笑みながら続けたのである。

「さあ、然《そ》うやって何時《いつ》の間《ま》にやら現《うつつ》とも無しに、恁《こ》う、其《そ》の不思議な、結構な薫《かおり》のする暖《あったか》い花の中へ柔《やわら》かに包まれて、足、腰、手、肩、頸《えり》から次第に天窓《あたま》まで一面に被《かぶ》ったから吃驚《びっくり》、石に尻持《しりもち》を搗《つ》いて、足を水の中に投《な》げ出《だ》したから落ちたと思う途端に、女の手が背後《うしろ》から肩越《かたご》しに胸をおさえたので確《しっか》りつかまった。

(貴僧《あなた》、お傍《そば》に居て汗臭《あせくそ》うはござんせぬかい、飛《と》んだ暑がりなんでございますから、恁《こ》うやって居《お》りましても恁麽《こんな》でございますよ。)という胸にある手を取ったのを、慌てて放して棒のように立った。

(失礼、)

(いいえ誰《たれ》も見て居りはしませんよ。)と澄《すま》して言う、婦人《おんな》も何時《いつ》の間《ま》にか衣服《きもの》を脱いで全身を練絹《ねりぎぬ》＊のように露《あらわ》して居《い》たのじゃ。

何《なん》と驚くまいことか。

(恁麽《こんな》に太って居《お》りますから、最《も》うお可愧《はずか》しいほど暑いのでございます、今時は毎日二度も三度も来ては恁《こ》うやって汗を流します、此《こ》の水がございませんかったら何《ど》うい たしましょう、貴僧《あなた》、お手拭《てぬぐい》。)といって絞ったのを寄越《よこ》した。

(其《それ》でおみ足をお拭きなさいまし。)

何時《いつ》の間《ま》にか、体はちゃんと拭いてあった、お話し申すも恐多《おそれおお》いか、はははははは。」

十六

「なるほど見た処《ところ》、衣服《きもの》を着た時の姿とは違《ちご》うて肉《しし》つきの豊《ゆたか》な、ふっくりとした膚《はだえ》。

(先刻《さっき》小屋へ入《はい》って世話をしましたので、ぬらぬらした馬の鼻息が体中へかかって気味が悪うござんす。丁度可《よ》うございますから私《わたし》も体を拭きましょう、)

と姉弟《きょうだい》が内端話《うちわばなし》をするような調子。手をあげて黒髪をおさえながら腋《わき》の下を手拭《てぬぐい》でぐいと拭き、あとを両手で絞りながら立った姿、唯《ただ》これ雪のようなのを恁《かか》る霊水で清めた、恁云《こうい》う女の汗は薄紅《うすくれない》になって流れよう。

一寸一寸《ちょいちょい》と櫛《くし》を入れて、

(まあ、女がこんなお転婆《てんば》をいたしまして、川へ落《おっ》こちたら何《ど》うしましょう、川下へ流れて出ましたら、村里《むらさと》の者が何《なん》といって見ましょうね。)

(白桃《しろもも》の花だと思います。)と弗《ふ》と心付いて何《なん》の気もなしにいうと、顔が合《お》うた。

すると、然《さ》も嬉しそうに莞爾《にっこり》して其時《そのとき》だけは初々《ういうい》しゅう年紀《とし》も七ツ八ツ若《わか》やぐばかり、処女《きむすめ》の羞《はじ》を含んで下を向いた。

私《わし》は其《その》まま目を外《そ》らしたが、其《そ》の一段の婦人《おんな》の姿が月を浴びて、薄い煙に包まれながら向《むこ》う岸の潵《しぶき》に濡れて黒い、滑《なめら》かな大《おお》きな石へ蒼味《あおみ》を帯びて透通《すきとお》って映るように見えた。

するとね、夜目《よめ》で判然《はっきり》とは目に入《い》らなんだが地体何《じたいなん》でも洞穴《ほらあな》があると見える。ひらひらと、此方《こちら》からもひらひらと、ものの鳥ほどはあろうという大蝙蝠《おおこうもり》が目を遮った。

（あれ、不可《いけな》いよ、お客様があるじゃないかね。）

不意を打たれたように叫んで身悶《みもだ》えをしたのは婦人《おんな》。

（何《ど》うかなさいましたか）最《も》うちゃんと法衣《ころも》を着たから気丈夫に尋ねる。

（否《いいえ》）

といったばかりで極《きまり》が悪そうに、くるりと後向《うしろむき》になった。

其時《そのとき》小犬ほどな鼠色の小坊主が、ちょこちょことやって来て、啊呀《あなや》と思うと、崖から横に宙をひょいと、背後《うしろ》から婦人《おんな》の背中へぴったり。

裸体《はだか》の立姿《たちすがた》は腰から消えたようになって、抱《だき》ついたものがある。

（畜生《ちくしょう》、お客様が見えないかい。）

と声に怒《いかり》を帯びたが、

（お前達《まえたち》は生意気だよ、）と激しくいいさま、腋の下から覗こうとした件《くだん》の動物の天窓《あたま》を振返《ふりかえ》りさまにくらわしたで。

キッキッというて奇声《きせい》を放った、件の小坊主は其《その》まま後飛《うしろと》びに又宙を飛んで、今まで法衣《ころも》をかけて置いた、枝の尖《さき》へ長い手で釣《つる》し下《さが》ったと思うと、くるりと釣瓶覆《つるべがえし》に上へ乗って、其《それ》なりさらさらと木登《きのぼり》をしたのは、何《なん》と猿《さる》じゃあるまいか。

枝から枝を伝うと見えて、見上げるように高い木の、軈《やが》て梢《こずえ》まで、かさかさがさり。

まばらに葉の中を透《すか》して月は山の端《は》を放れた、其《そ》の梢のあたり。

婦人《おんな》はものに拗《す》ねたよう、今の悪戯《いたずら》、いや、毎々《まいまい》、蟇《ひき》と蝙蝠《かわほり》と、お猿で三度《ど》じゃ。

其《そ》の悪戯に多く機嫌を損ねた形、あまり子供がはしゃぎ過ぎると、若い母様《おふくろ》には得《え》てある図じゃ。

本当に怒り出す。

といった風情《ふぜい》で面倒臭そうに衣服《きもの》を着て居たから、私《わし》は何《なん》にも問わずに小さくなって黙って控えた。」

十七

「優《やさ》しいなかに強みのある、気軽に見えても何処《どこ》にか落着《おちつき》のある、馴々《なれなれ》しくて犯し易からぬ品の可《い》い、如何《いか》なることにもいざとなれば驚くに足らぬという身に応《こたえ》のあるといったような風《ふう》の婦人《おんな》、偖《か》く嬌瞋《きょうしん》*を発《はっ》しては屹度《きっと》可《い》いことはあるまい、今此《こ》の婦人《おんな》に邪慳《じゃけん》にされては木から落ちた猿同然じゃと、おっかなびっくりで、おずおず控えて居たが、いや案ずるより産《うむ》が安い。

(貴僧《あなた》、嘸《さぞ》おかしかったでござんしょうね、)と自分でも思い出したように快く微笑《ほほえ》みながら、

(為《し》ようがないのでございますよ。)

以前と変《かわ》らず心安くなった、帯も早《は》や締めたので、

(其《それ》では家《うち》へ帰りましょう。)と米磨桶《こめとぎおけ》を小脇《こわき》にして、草履を引《ひっ》かけて衝《つ》と崖へ上《のぼ》った。

(お危《あぶの》うござんすから、)

(否《いえ》、もう大分《だいぶ》勝手が分《わか》って居ります。)

ずッと心得た意《つもり》じゃったが、扨上《さてあが》る時見ると思いの外《ほか》上までは大層《たいそう》高い。

軈《やが》て又例の木の丸太を渡るのじゃが、先刻《さっき》もいった通り草のなかに横倒れになって居る木地《きじ》が恁《こ》う丁度鱗《うろこ》のようで譬《たとえ》にも能《よ》くいうが松の木は蝮《うわばみ》に似て居《い》るで。

殊《こと》に崖を、上の方へ、可《い》い塩梅に蜿《うね》った様子が、飛《と》んだものに持って来《こ》いなり、凡《およ》そ此《こ》の位な胴中《どうなか》の長虫《ながむし》がと思うと、頭《かしら》と尾《お》を草に隠して、月あかりに歴然《ありあり》とそれ。

山路《やまみち》の時を思い出すと我ながら足が竦《すく》む。

婦人《おんな》は深切《しんせつ》に後《うしろ》を気遣《きづこ》うては気を付けてくれる。

(其《それ》をお渡りなさいます時、下を見てはなりません、丁度ちゅうとで余程《よっぽど》谷が深いの

でございますから、目が廻《ま》うと悪うござんす。）

（はい。）

愚図愚図《ぐずぐず》しては居《い》られぬから、我身《わがみ》を笑いつけて、先《ま》ず乗った。引《ひっ》かかるよう、刻《きざ》が入《い》れてあるのじゃから、気さえ確《たしか》なら足駄《あしだ》でも歩行《ある》かれる。

其《それ》がさ、一件じゃから耐《たま》らぬて、乗ると僫《こ》うぐらぐらして柔《やわら》かにずるずると這《は》いそうじゃから、わっというと引跨《ひんまた》いで腰をどさり。

（ああ、意気地はございませんねえ。足駄では無理でございましょう、是《これ》とお穿《は》き換《か》えなさいまし、あれさ、ちゃんということを肯《き》くんですよ。）

私《わし》はその先刻《さっき》から何《な》んとなく此婦人《このおんな》に畏敬《いけい》の念が生じて善か悪か、何《ど》の道命令されるように心得たから、いわるるままに草履を穿いた。

するとお聞きなさい、婦女《おんな》は足駄を穿きながら手を取ってくれます。

忽《たちま》ち身が軽くなったように覚えて、訳なく後《うしろ》に従って、ひょいと那《あ》の孤家《ひとつや》の背戸《せど》の端《はた》へ出た。

出会頭《であいがしら》に声を懸けたものがある。

（やあ、大分《だいぶ》手間が取れると思ったに、御坊様旧《ごぼうさまもと》の体で帰らっしゃったの、）

（何《なに》をいうんだね、小父様家《おじさんうち》の番は何《ど》うおしだ。）

(もう可《い》い時分じゃ、又私《わし》も余《あん》り遅《おそ》うなっては道が困るで、そろそろ青を引出《ひきだ》して支度《したく》して置こうと思うてよ。)

(其《それ》はお待遠《まちどう》でござんした。)

(何《なに》さ行って見さっしゃい御亭主は無事じゃ、いやなかなか私《わし》が手には口説落《くどきおと》されなんだ、はははははは。)と意味もないことを大笑《おおわらい》して、親仁《おやじ》は廐《うまや》の方《ほう》へてくてくと行った。

白痴《ばか》はおなじ処に猶《なお》形を存《そん》して居《い》る、海月《くらげ》も日にあたらねば解けぬと見える。」

十八

「ヒイイン! 叱《しっ》、どうどうどうと背戸《せど》を廻る鰭爪《ひづめ》の音が縁《えん》へ響《ひび》いて親仁は一頭の馬を門前へ引き出した。

轡頭《くつわづら》を取って立ちはだかり、

(嬢様そんなら此儘《このまま》で私《わし》参りやする、はい、御坊様《ごぼうさま》に沢山《たくさん》御馳走して上げなされ。)

婦人《おんな》は炉縁《ろぶち》に行燈《あんどう》を引附《ひきつ》け、俯向《うつむ》いて鍋の下を燻《いぶ》して居《い》たが、振仰《ふりあお》ぎ、鉄の火箸《ひばし》を持った手を膝に置いて、

(御苦労でござんす。)

(いんえ御懇《ごねんごろ》には及びましねえ。叱《しっ》!)と荒縄の綱を引く。青で蘆毛《あしげ》、裸馬《はだかうま》で逞《たくま》しいが、鬣《たてがみ》の薄い牡《おす》じゃわい。

其馬《そのうま》がさ、私《わし》も別に馬は珍《めずら》しゅうもないが、白痴殿《ばかどの》の背後《うしろ》に畏《かしこま》って手持不沙汰《てもちぶさた》じゃから今引いて行《ゆ》こうとする時《とき》縁側へひらりと出て、

(其馬《そのうま》は何処《どこ》へ。)

(おお、諏訪《すわ》の湖の辺《あたり》まで馬市《うまいち》へ出しやすのじゃ、これから明朝御坊様《あしたおぼうさま》が歩行《ある》かっしゃる山路《やまみち》を越えて行《ゆ》きやす。)

(もし其《それ》へ乗って今からお遁《に》げ遊ばすお意《つもり》ではないかい。)

婦人《おんな》は慌《あわ》だしく遮って声を懸けた。

(いえ、勿体ない、修行の身が馬で足休めをしましょうなぞとは存じませぬ。)

(何《なん》でも人間を乗っけられそうな馬じゃあござらぬ。御坊様《おぼうさま》は命拾いをなされたのじゃで、大人しゅうして嬢様の袖の中で、今夜は助けて貰わっしゃい。然様《さよう》ならちょっくら行って参りますよ。)

(あい。)

(畜生。)といったが馬は出ないわ。びくびくと蠢《うごめ》いて見える大《おおき》な鼻面《はなつら》を此方《こちら》へ捻《ね》じ向けて頻《しきり》に私等《わしら》が居《い》る方《ほう》を見る様子。

（どうどうどう、畜生これあだけた獣《けもの》＊じゃ、やい！）

右左《みぎひだり》にして綱を引張《ひっぱ》ったが、脚《あし》から根をつけた如くにぬっくと立って居《い》てびくともせぬ。

親仁大《おお》いに苛立《いらだ》って、叩いたり、打《ぶ》ったり、馬の胴体について二三度ぐるぐると廻《まわ》ったが少しも歩かぬ。肩でぶッつかるようにして横腹《よこっぱら》へ体《たい》をあてた時、漸《ようよ》う前足を上げたばかり又四脚《よつあし》を突張《つっぱ》り抜く。

（嬢様嬢様。）

と親仁が喚《わめ》くと、婦人《おんな》は一寸《ちょっと》立って白い爪《つま》さきをちょろちょろと真黒《まっくろ》に煤《すす》けた太い柱を楯に取って、馬の目の届かぬほどに小隠《こがく》れた。

其内《そのうち》腰に挟んだ、煮染《にし》めたような、なえなえの手拭《てぬぐい》を抜いて克明《こくめい》に刻んだ額《ひたい》の皺《しわ》の汗を拭いて、親仁は之《これ》で可《よ》しという気組《きぐみ》、再び前《まえ》へ廻ったが、旧《もと》に依《よ》って貧乏動《びんぼうゆるぎ》もしないので、綱に両手をかけて足を揃えて反返《そりかえ》るようにして、うむと総身《そうみ》の力を入れた。

途端に何《ど》うじゃい。

凄《すさま》じく嘶《いなな》いて前足を両方中空《なかぞら》へ飜《ひるがえ》したから、小さな親仁は仰向けに引《ひっ》くりかえった、ずどんどう、月夜に砂煙が燹《ぱっ》と立つ。

白痴《ばか》にも之は可笑《おかし》かったろう、此時《このとき》ばかりじゃ、真直《まっすぐ》に首を据えて厚い唇をばくりと開けた、大粒な歯を露出《むきだ》して、那《あ》の宙《ちゅう》へ下げて居る手を風で煽《あお》るように、はらりはらり。

(世話が焼けることねえ、)

婦人《おんな》は投げるようにいって草履を突《つっ》かけて土間へついと出る。

(嬢様勘違《かんちが》いさっしゃるな、これはお前様《まえさま》ではないぞ、何《なん》でもはじめから其処《そこ》な御坊《おぼう》様《さま》に目をつけたっけよ、畜生俗縁《ぞくえん》があるだッぺいわさ。)

俗縁は驚いたい。

すると婦人《おんな》が、

(貴僧《あなた》ここへ入《い》らっしゃる路《みち》で誰《だれ》にかお逢《あ》いなさりはしませんか。)」

十九

「(はい、辻《つじ》の手前で富山の反魂丹《はんごんたん》*売《うり》に逢いましたが、一足前《さき》に矢張此路《やっぱりこのみち》へ入りました。)

(ああ、然《そ》う。)と会心の笑《えみ》を洩《もら》して婦人《おんな》は蘆毛の方《ほう》を見た、凡《おそ》そ耐《たま》らなく可笑《おか》しいといったはしたない風采《とりなり》で。

極《きわ》めて与《くみ》し易う見えたので、

（もしや此家《こちら》へ参りませなんだでございましょうか。）

（否《いいえ》、存じません。）という時忽《たちま》ち犯すべからざる者になったから、私《わし》は口をつぐむと、婦人《おんな》は、匙《さじ》を投げて衣《きぬ》の塵《ちり》を払《はろ》うて居る馬の前足の下に小さな親仁を見向いて、

（為様《しよう》がないねえ、）といいながら、かなぐるようにして、其《そ》の細帯《ほそおび》を解きかけた、片端《かたはし》が土へ引こうとするのを、搔取《かいと》って一寸猶予《ちょいとためら》う。

（ああ、ああ。）と濁った声を出して白痴《ばか》が件《くだん》のひょろりとした手を差向《さしむ》けたので、婦人《おんな》は解いたのを渡して遣《や》ると、風呂敷を寛《ひろ》げたような、他愛《たわい》のない、力のない、膝の上へわがねて宝物《ほうもつ》を守護するようじゃ。

婦人《おんな》は衣紋《えもん》を抱き合《あわ》せ、乳《ちち》の下でおさえながら静《しずか》に土間を出て馬の傍《わき》へつっと寄った。

私《わし》は唯呆気《ただあっけ》に取られて見て居《い》ると、爪立《つまだち》をして伸《の》び上《あが》り、手をしなやかに空《そら》ざまにして、二三度鬣《たてがみ》を撫でたが。

大《おお》きな鼻頭《はなづら》の正面にすっくりと立った。丈《せい》もすらすらと急に高くなったように見えた、婦人《おんな》は目を据え、口を結び、眉を開いて恍惚《うっとり》となった有様《ありさま》、愛嬌も嬌態《しな》も、世話らしい打解《うちと》けた風《ふう》は頓《とみ》に失《う》せて、神か、魔かと思われる。

其時《そのとき》裏の山、向《むこ》うの峰、左右前後にすくすくとあるのが、一ツ一ツ嘴《くちばし》を向け、頭《かしら》を

擡《もた》げて、此《こ》の一落の*別天地、親仁を下手《しもて》に控え、馬に面して彳《たたず》んだ月下の美女の姿を差覗《さしのぞ》くが如く、陰々《いんいん》として深山《みやま》の気が籠《こも》って来た。

生ぬるい風のような気勢《けはい》がすると思うと、左の肩から片膚《かたはだ》を脱いだが、右の手を脱《はず》して、前へ廻し、ふくらんだ胸のあたりで着て居た其《そ》の単衣《ひとえ》を円《まろ》げて持ち、霞《かすみ》も絡《まと》わぬ姿になった。

馬は背《せな》、腹の皮を弛《ゆる》めて汗もしとどに流れんばかり、突張《つっぱ》った脚もなよなよとして身震《みぶるい》をしたが、鼻面《はなづら》を地《ち》につけて、一掴《ひとつかみ》の白泡《しろあわ》を吹出《ふきだ》したと思うと前足を折ろうとする。

其《その》時、頤《あぎと》の下へ手をかけて、片手で持って居た単衣をふわりと投げて馬の目を蔽《おお》うが否《いな》や、兎《うさぎ》は躍って、仰向けざまに身を翻《ひるがえ》し、妖気《ようき》を籠めて朦朧《もうろう》とした月あかりに、前足の間《あいだ》に膚《はだ》が挟《はさま》ったと思うと、衣《きぬ》を脱《だっ》して掻取《かいと》りながら下腹を衝《つ》と潜《くぐ》って横に抜けて出た。

親仁は差心得《さしこころえ》たものと見える、此《こ》の機《きっ》かけに手綱《たづな》を引いたから、馬はすたすたと健《けん》脚《きゃく》を山路《やまじ》に上げた、しゃん、しゃん、しゃん、しゃんしゃん、しゃんしゃん、――見る間《ま》に眼界《がんかい》を遠ざかる。

婦人《おんな》は早《は》や衣服《きもの》を引《ひっ》かけて縁側へ入って来て、突然《いきなり》帯を取ろうとすると、白痴《ばか》は惜《お》しそうに押《おさ》えて放さず、手を上げて。婦人《おんな》の胸を圧《おさ》えようとした。

邪慳に払い退《の》けて、屹《きつ》と睨《にら》んで見せると、其《その》ままがっくりと頭《こうべ》を垂れた、総《すべ》ての光景は行燈《あんどう》の火も幽《かす》かに幻《まぼろし》のように見えたが、炉にくべた柴《しば》がひらひらと炎先《ほさき》を立てたので、婦人《おんな》は衝《つっ》と走って入《はい》る。空の月のうらを行《ゆ》くと思うあたり遥《はるか》に馬子《まご》唄《うた》が聞《きこ》えた。」

二十

「さて、其《それ》から御飯の時じゃ、膳《ぜん》には山家《やまが》の香《こう》の物、生姜《はじかみ》の漬けたのと、わかめを茹《う》でたの、塩漬《しおづけ》の名も知らぬ蕈《きのこ》の味噌《みそ》汁《しる》、いやなかなか人参と干瓢《かんぴょう》どころではござらぬ。

品物は侘《わび》しいが、なかなかの御手《おて》料理《りょうり》、餓《う》えては居るし、冥加《みょうが》至極《しごく》なお給仕、盆を膝に構えて其上《そのうえ》を肱《ひじ》をついて、頰《ほお》を支えながら、嬉しそうに見て居たわ。

縁側に居た白痴《ばか》は誰《たれ》も取合《とりあわ》ぬ徒然《つれづれ》に堪《た》えられなくなったものか、ぐたぐたと膝行《いざり》出して、婦人《おんな》の傍《そば》へ其《そ》の便々《べんべん》たる腹を持って来たが、崩《くず》れたように胡座《あぐら》して、頻《しきり》に係《こ》う我《わし》が膳を視《なが》めて、指《ゆびさし》をした。

(うううう、うううう。)

(何《なん》でございますね、あとでお食《あが》んなさい、お客様じゃあありませんか。)

白痴《ばか》は情《なさけ》ない顔をして口を曲《ゆが》めながら頭《かぶり》を掉《ふ》った。

（厭《いや》？　仕様がありませんね、それじゃ御一所に召しあがれ。貴僧《あなた》、御免を蒙《こうむ》りますよ。）

私《わし》は思わず箸《はし》を置いて、

（さあ何《ど》うぞお構いなく、飛《と》んだ御雑作《ごぞうさ》を頂きます。）

（否《いえ》、何《なん》の貴僧《あなた》。お前さん後程《のちほど》に私《わたし》と一所にお食べなされば可《い》いのに。困った人でございますよ。）とそらさぬ愛想《あいそ》、手早く同一《おなじ》ような膳を拵《こしら》えてならべて出した。

飯のつけようも効々《かいがい》しい女房ぶり、然《しか》も何《なん》となく奥床《おくゆか》しい、上品な、高家《こうけ》の風《ふう》がある。

白痴《あほう》はどんよりした目をあげて膳の上を睨《ね》めて居たが、

（彼《あれ》を、ああ、彼、彼。）といってきょろきょろと四辺《あたり》を眴《みまわ》す。

婦人《ふじん》は熟《じっ》と瞻《みまも》って、

（まあ、可《い》いじゃないか。そんなものは何時《いつ》でも食《たべ》られます、今夜はお客様がありますよ。）

（うむ、いや、いや。）と肩腹《かたはら》を揺《ゆす》ったが、べそを掻いて泣出《なきだ》しそう。

婦人《おんな》は困《こう》じ果てたらしい、傍《かたわら》のものの気の毒さ。

(嬢様、何《なに》か存じませんが、おっしゃる通りになすったが可《よ》いではございませんか。私《わたくし》にお気遣《きづかい》は却《かえ》って心苦しゅうござります。)と慇懃《いんぎん》にいうた。

婦人《おんな》は又最《も》う一度、

(厭《いや》かい、これでは悪いのかい。)

白痴《ばか》が泣出《なきだ》しそうにすると、然《さ》も怨《うら》めしげに流眄《ながしめ》に見ながら、こわれごわれになった戸棚《とだな》の中から、鉢《はち》に入《はい》ったのを取り出して手早く白痴《ばか》の膳につけた。

(はい。)と故《わざ》とらしく、すねたようにいって笑顔造《えがおづくり》。

はてさて迷惑《めいわく》な、こりゃ目の前で黄色蛇《あおだいしょう》の旨煮《うまに》か、腹籠《はらごもり》の猿の蒸焼《むしやき》か、災難が軽《かる》うても、赤蛙《あかがえる》の干物を大口《おおぐち》にしゃぶるであろうと、潜《そっ》と見て居《い》ると、片手に椀《わん》を持ちながら掴出《つかみだ》したのは老沢庵《ひねたくあん》。

其《それ》もさ、刻んだのではないで、一本三《み》ツ切《ぎり》にしたろうという握太《にぎりぶと》なのを横銜《よこぐわ》えにしてやらかすのじゃ。

婦人《おんな》はよくよくあしらいかねたか、盗むように私《わし》を見て颯《さっ》と顔を赤らめて初心《しょしん》らしい、然《そん》様な質《たち》ではあるまいに、羞《はず》かしげに膝なる手拭《てぬぐい》の端《はし》を口にあてた。

なるほど此《こ》の少年はこれであろう、身体《からだ》は沢庵色《たくあんいろ》にふとって居る。やがてわけもなく餌食《えじき》を平《たい》らげて湯ともいわず、ふッふッと大儀《たいぎ》そうに呼吸《いき》を向《むこ》うへ吐《つ》くわさ。

〔何《なん》でございますか、私《わたし》は胸に支《つか》えましたようで、些少《ちっと》も欲しくございませんから、又後程《のちほど》に頂きましょう。〕

と婦人《おんな》自分は箸も取らずに二ツの膳を片つけてな。」

二十一

「頃刻悄乎《しばらくしょんぼり》して居たっけ。

〔貴僧《あなた》、嘸《さぞ》お疲労《つかれ》、直《すぐ》にお休ませ申しましょうか。〕

〔難有《ありがと》う存じます、未《ま》だ些《ちっ》とも眠くはござりません、先刻《さっき》体を洗いましたので草臥《くたびれ》もすっかり復《なお》りました。〕

〔那《あ》の流れは其麽病《どんなやまい》にでもよく利きます、私《わたし》が苦労をいたしまして骨と皮ばかりに体が朽《か》れましても、半日彼処《あすこ》につかって居《お》りますと、水々《みずみず》しくなるのでございますよ。尤《もっと》も那《あ》のこれから冬になりまして山が宛然氷《まるでこお》って了《しま》い、川も崕《がけ》も不残雪《のこらず》になりましても、貴僧《あなた》が行水《ぎょうずい》を遊ばした彼処《あすこ》ばかりは水が隠れません、然《そ》うしていきりが立ちます。*

鉄砲疵《てっぽうきず》のございます猿だの、貴僧《あなた》、足を折った五位鷺《ごいさぎ》、種々《いろいろ》なものが浴《ゆあ》みに参りますから其《そ》の足跡《あしあと》で崕の路《みち》が出来ます位《くらい》、屹《きっ》と其《それ》が利いたのでございましょう。

那様《そんな》にございませんければ恁《こ》うやってお話をなすって下さいまし、淋《さび》しくってなりません、本当《ほんと》にお可愧《はずか》しゅうございますが、恁麼《こんな》山の中に引籠《ひっこも》っておりますと、ものをいうことも忘れましたようで、心細いのでございますよ。

貴僧《あなた》、それでもお眠ければ御遠慮なさいますなえ。別にお寝室《ねま》と申してもございませんが其代《そのかわ》り蚊《か》は一ッも居ませんよ、町方《まちかた》ではね、上《かみ》の洞《ほら》の者は、里へ泊《とま》りに来た時蚊帳《かや》を釣って寝かそうとすると、何《ど》うして入るのか解らないので、階子《はしご》を貸せいと喚《わめ》いたと申して嬲《なぶ》るのでございます。

沢山朝寐《たんとあさね》を遊ばしても鐘は聞《きこ》えず、鶏《とり》も鳴きません、犬だって居《お》りませんからお心安うござんしょう。

此人《このひと》も生《う》れ落ちると此山《このやま》で育ったので、何《なん》にも存じません代《かわ》り、気の可《い》い人で些《ちっ》ともお心置《こころおき》はないのでござんす。

それでも風《ふう》俗のかわった方《かた》が被入《いらっ》しゃいますと、大事にしてお辞儀をすることだけは知ってでございますが、未《ま》だ御挨拶をいたしませんね。此頃《このごろ》は体がだるいと見えてお惰《なま》けさんになんなすったよ。否《いいえ》、宛《まる》で愚《おろか》なのではございません、何《なん》でもちゃんと心得て居ります。

さあ、御坊様《ごぼうさま》に御挨拶をなすって下さい、まあ、お辞義をお忘れかい。）と親しげに身を寄せて、顔を差《さ》し覗《のぞ》いて、いそいそしていうと、白痴《ばか》はふらふらと両手をついて、ぜんまいが切れたようにがっくり一礼。

（はい。）といって私《わし》も何か胸が迫って頭《つむり》を下げた。

其のまま其の俯向いた拍子に筋が抜けたらしい、横に流れようとするのを、婦人《おんな》は優しゅう扶《たす》け起《おこ》して、

（おお、よく為《し》たのねえ。）

天晴《あっぱれ》といいたそうな顔色《かおつき》で、

（貴僧《あなた》、申せば何《なん》でも出来ましょうと思いますけれども、此人《このひと》の病《やまい》ばかりはお医者の手でも那《あ》の水でも復《なお》りませせなんだ、両足が立ちませんのでございますから、何《なに》を覚えさしましても役には立ちません。其《それ》に御覧なさいまし、お辞義一ツいたしますさえ、あの通り大儀《たいぎ》らしい。

ものを教えますと覚えますのに嘸《さぞ》骨が折れて切《せつ》のうござんしょう、体を苦しませるだけだと存じて何《なん》にも為《さ》せないで置きますから、段々、手を動かす働《はたらき》も、ものをいうことも忘れました。其《それ》でも那《あ》の、謡《うた》が唄《うた》えますわ。二ツ三ツ今でも知って居《お》りますよ。さあ御客様に一ツお聞かせなさいましなね。）

白痴《ばか》は婦人《おんな》を見て、又私《わし》が顔をじろじろ見て、人見知《ひとみしり》をするといった形で首を振った。」

二十二

「左右《とこう》して、婦人《おんな》が、励《はげ》ますように、賺《すか》すようにして勧めると、白痴《ばか》は首を曲げて彼《か》の臍《へそ》を弄《もてあそ》びながら唄った。

木曾《きそ》の御嶽山《おんたけさん》は夏でも寒い、
袷遣《あわせや》りたや足袋《たび》添えて。

（よく知って居りましょう、）と婦人《おんな》は聞き澄《す》まして莞爾《にっこり》する。

不思議や、唄った時の白痴《ばか》の声は此話《このはなし》をお聞きなさるお前様は固《もと》よりじゃが、私《わし》も推量したとは月鼈雲泥《げっべつうんでい》、＊天地の相違、節廻《ふしまわ》し、あげさげ、呼吸の続く処《ところ》から、第一其《そ》の清らかな涼《すず》しい声という者は、到底《とうてい》此の少年の咽喉《のど》から出たものではない。先《ま》ず前《さき》の世の此白痴《このばか》の身が、冥土《めいど》から管《くだ》で其《そ》のふくれた腹へ通《かよ》わして寄越すほどに聞《きこ》えましたよ。

私《わし》は畏《かしこま》って聞き果てると膝に手をついたッ切《きり》何《ど》うしても顔を上げて其処《そこ》な男女《ふたり》を見ることが出来ぬ、何《なに》か胸がキヤキヤして、はらはらと落涙《らくるい》した。

婦人《おんな》は目早《めばや》く見つけたそうで、

（おや、貴僧《あなた》、何《ど》うかなさいましたか。）

急にものもいわれなんだが漸々《ようよう》、

（唯《はい》、何《なあに》、変《かわ》ったことでもござりませぬ、私《わし》も嬢様のことは別にお尋ね申しませんから、貴女《あなた》も何《なん》にも問うては下さりますな。）

と仔細は語らず唯思《ただおも》い入って然《そ》う言うたが、実は以前から様子でも知れる、金釵玉《きんさぎょく》簪《さん》*をかざし、蝶衣《ちょうい》*を纏《まと》うて、珠履《しゅり》を穿《うが》たば、*正《まさ》に驪山《りさん》*に入《い》って、相抱《あいいだ》くべき豊肥妖艶《ほうひようえん》の人が、其《その》男に対する取廻《とりまわ》しの優しさ、隔《へだて》なさ、深切《しんせつ》さに、人事《ひとごと》ながら嬉しくて、思わず涙が流れたのじゃ。

すると人の腹の中を読みかねるような婦人《おんな》ではない、忽《たちま》ち様子を悟《さと》ったかして、

（貴僧《あなた》は真個《ほんとう》にお優しい。）といって、得《え》も謂《い》われぬ色を目に湛《たた》えて、じっと見た。私《わし》も首を低《た》れた、むこうでも差俯向《さしうつむ》く。

いや、行燈《あんどう》が又薄暗《うすくら》くなって参ったようじゃが、恐《おそ》らくこりゃ白痴《ばか》の所為《せい》じゃて。

其時《そのとき》よ。

座《ざ》が白けて、暫《しばら》く言葉が途絶えたうちに所在《しょざい》がないので、唄うたいの太夫《たいふ》、退屈をしたと見えて、顔の前の行燈《あんどう》を吸い込むような大欠伸《おおあくび》をしたから。

身動きをしてな、

（寝ようちゃあ、寝ようちゃあ。）とよたよた体を持扱《もちあつか》うわい。

(眠うなったのかい、もうお寝か、)といったが坐《すわ》り直って弗《ふ》と気がついたように四辺《あたり》を眗《みまわ》した。戸外《おもて》は恰《あたか》も真昼のよう、月の光は開《あ》け広げた家《や》の内《うち》へはらはらとさして、紫陽花《あじさい》の色も鮮麗《あざやか》に蒼《あお》かった。

(貴僧《あなた》ももうお休みなさいますか。)

(はい、御厄介《ごやっかい》にあいなりまする。)

(まあ、いま宿《やど》を寝かします、おゆっくりなさいましな。戸外《おもて》へは近《ちこ》うござんすが、夏は広い方《ほう》が結句《けっく》宜《よ》うございましょう、私《わたくし》どもは納戸《なんど》へ臥《ふ》せりますから、貴僧《あなた》は此処《ここ》へお広くお寛《くつろ》ぎが可《よ》うござんす、一寸《ちょいと》待って。)といいかけて衝《つっ》と立ち、つかつかと足早に土間へ下りた、余り身のこなしが活潑《かっぱつ》であったので、其《そ》の拍子《ひょうし》に黒髪が先《さき》を巻いたまま項《うなじ》へ崩《くず》れた。

鬢《びん》をおさえて戸につかまって、戸外《おもて》を透《すか》したが、独言《ひとりごと》をした。

(おやおやさっきの騒《さわ》ぎで櫛《くし》を落《おと》したそうな。)

いかさま馬の腹を潜《くぐ》った時じゃ。」

二十三

此折《このおり》から下の廊下に跫音《あしおと》がして、静《しずか》に大跨《おおまた》に歩行《ある》いたのが、寂《せき》として居《い》るから能《よ》く。

軈《やが》て小用《こよう》を達《た》した様子、雨戸をばたりと開けるのが聞《きこ》えた、手水鉢《ちょうずばち》へ柄杓《ひしゃく》の響《ひびき》。

「おお、積《つも》った、積《つも》った。」と呟《つぶや》いたのは、旅籠屋の亭主の声である。

「ほほう、此《こ》の若狭《わかさ》の商人《あきんど》は何処《どこ》へか泊《とま》ったと見える、何か愉快《おもしろ》い夢でも見て居《い》るかな。」

「何《ど》うぞ其後《そのあと》を、それから。」と聞く身には他事《たじ》をいううちが抵捂《もどか》しく、膠《にべ》もなく続《つづ》きを促した。

「さて、夜《よ》も更《ふ》けました、」といって旅僧《たびそう》は又語出《かたりだ》した。

「大抵推量《たいていすいりょう》もなさるであろうが、いかに草臥《くたび》れて居《お》っても申上《もうしあ》げたような深山《みやま》の孤家《ひとつや》で、眠られるものではない、其《それ》に少し気になって、はじめの内私《わし》を寝かさなかった事もあるし、目は冴えて、まじまじして居たが、有繋《さすが》に、疲《つかれ》が酷《ひど》いから、心《しん》は少し茫乎《ぼんやり》して来た、何《なに》しろ夜《よ》の白《しら》むのが待遠《まちどお》でならぬ。

其処《そこ》ではじめの内は我《われ》ともなく鐘の音《ね》の聞《きこ》えるのを心頼《こころだの》みにして、今鳴るか、もう鳴るか、はて時刻はたっぷり経《た》ったものをと、怪しんだが、やがて気が付いて、恁云《こうい》う処じゃ山寺処《やまでらどころ》ではないと思うと、俄《にわか》に心細くなった。

其時《そのとき》は早《は》や、夜《よ》がものに譬《たと》えると谷の底じゃ、白痴《ばか》がだらしのない寐息《ねいき》も聞《きこ》えなくなると、忽《たちま》ち戸《と》の外にものの気勢《けはい》がして来た。

獣の跫音《あしおと》のようで、然《さ》まで遠くの方《ほう》から歩行《ある》いて来たのではないよう、猿も、蟇《ひき》も、居《い》る処と、気休めに先《ま》ず考えたが、なかなか何《ど》うして。

暫くすると今其奴《そやつ》が正面の戸に近《ちか》づいたなと思ったのが、羊《ひつじ》の鳴声《なきごえ》になる。

私《わし》は其《そ》の方《ほう》を枕にして居たのじゃから、つまり枕頭《まくらもと》の戸外《おもて》じゃな。暫くすると、右《め》手《て》の彼《か》の紫陽花が咲いて居た其《そ》の花の下《した》あたりで、鳥の羽ばたきする音。

むささびか知《し》らぬがきッきッといって屋《や》の棟《むね》へ、軈《やが》て凡《およ》そ小山ほどあろうと気取《けど》られるのが胸を圧《お》すほどに近《ちか》づいて来て、牛が鳴いた、遠く彼方《かなた》からひたひたと小刻《こきざみ》に駈《か》けて来るのは、二本足に草鞋《わらじ》を穿《は》いた獣と思われた、いやさまざまにむらむらと家《うち》のぐるりを取巻《とりま》いたようで、二十三十のものの鼻息、羽音《はおと》、中には囁《ささや》いて居《い》るのがある。恰《あたか》も何《なに》よ、それ畜生道*の地獄の絵を、月夜に映したような怪《あや》しの姿が板戸一重《ひとえ》、魑魅《ちみ》魍魎《もうりょう》というのであろうか、ざわざわと木《こ》の葉《は》が戦《そよ》ぐ気色《けしき》だった。

息を凝《こら》すと、納戸で、

（うむ、）といって長く呼吸《いき》を引いて一声、魘《うなさ》れたのは婦人《おんな》じゃ。

（今夜はお客様があるよ。）と叫んだ。

（お客様があるじゃないか。）

と暫く経って二度目のは判然《はっきり》と清《すず》しい声。

極《きわ》めて低声《こごえ》で、

（お客様があるよ。）といって寝返る音がした、更《さら》に寝返る音がした。

戸の外のものの気勢《けはい》は動揺《どよめき》を造るが如く、ぐらぐらと家《いえ》が揺《ゆら》めいた。

私《わし》は陀羅尼《だらに》＊を呪《じゅ》した。

若不順我呪《にゃくふじゅんがしゅ》　悩乱説法者《のうらんせっぽうじゃ》　頭破作七分《ずはさしちぶん》

如阿梨樹枝《にょありじゅし》　如殺父母罪《にょしぶもざい》　亦如厭油殃《やくにょおうゆおう》

斗秤欺誑人《としょうごおうにん》　調達破僧罪《じょうだつはそうざい》　犯此法師者《ほんしほっししゃ》

当獲如是殃《とうぎゃくにょぜおう》

と一心不乱。颯《さっ》と木《こ》の葉《は》を捲《ま》いて風が南《みんなみ》へ吹《ふ》いたが、忽ち静《しず》まり返った、夫婦が閨《ねや》もひッそりした。」

二十四

「翌日《よくじつ》又正午頃《しょうごころ》、里近く、滝のある処《ところ》で、昨日《きのう》馬を売《うり》に行った親仁《おやじ》の帰りに逢《お》うた。

丁度私《わし》が修行に出るのを止《よ》して孤家《ひとつや》に引返《ひきかえ》して、婦人《おんな》と一所に生涯を送ろうと思って居た処で。

実を申すと此処《ここ》へ来る途中でも其《そ》の事ばかり考える、蛇の橋も幸《さいわい》になし、蛭の林もなかったが、道が難渋《なんじゅう》なにつけても、汗が流れて心持《こころもち》が悪いにつけても、今更行脚《あんぎゃ》も詰《つま》らない。紫の袈裟《けさ》をかけて、七堂伽藍《しちどうがらん》＊に住んだ処で何程《なにほど》のこともあるまい、活仏様《いきぼとけさま》じゃというて、わあわあ拝まれれば人《ひと》いきれで胸が悪くなるばかりか。

些《ち》とお話もいかがじゃから、先刻《さっき》はことを分けていいませなんだが、昨夜《ゆうべ》も白痴《ばか》を寝かしつけると、婦人《おんな》が又炉《ろ》のある処へやって来て、世の中へ苦労をしに出ようより、夏は涼しく、冬は暖《あたたか》い、此《こ》の流《ながれ》に一所《いっしょ》に私《わたし》の傍《そば》においでなさいというてくれるし、まだまだ其《それ》ばかりでは自分に魔が魅《さ》したようじゃけれども、ここに我身《わがみ》で我身に言訳《いいわけ》が出来るというのは、頻《しき》りに婦人《おんな》が不便《ふびん》でならぬ、深山《みやま》の孤家《ひとつや》に白痴《ばか》の伽《とぎ》をして言葉も通ぜず、日を経《ふ》るに従《したご》うてものをいうことさえ忘れるような気がするというは何《なん》たる事《こと》！

殊《こと》に今朝《けさ》も東雲《しののめ》に袂《たもと》を振《ふ》り切《き》って別れようとすると、お名残惜《なごりお》しや、かような処に愐《こ》うやって老朽《おいく》ちる身の、再びお目にはかかられまい、いささ小川の水になりとも、何処《どこ》ぞで白桃《しろもも》の花が流れるのを御覧になったら、私《わたし》の体が谷川に沈んで、ちぎれちぎれになったことと思え、といって悄《しお》れながら、なお深切に、道は唯此《ただこ》の谷川の流れに沿うて行《ゆ》きさえすれば、何《ど》れほど遠くても里に出らるる、目の下近く水が躍って、滝になって落つるのを見たら、人家が近づいたと心を安《やす》んずるように、と気をつけて、孤家《ひとつや》の見えなくなった辺《あたり》で、指《ゆびさ》しをしてくれた。

其《その》手と手を取交《とりかわ》すには及ばずとも、傍《そば》につき添って、朝夕の話対手《はなしあいて》、蕈《きのこ》の汁で御膳を食べたり、私《わし》が榾《ほだ》を焚いて、婦人《おんな》が鍋をかけて、私《わし》が木《こ》の実《み》を拾って、婦人《おんな》が皮を剝《む》いて、それから障子《しょうじ》の内と外で、話をしたり、笑ったり、それから谷川で二人して、其時《そのとき》の婦人《おんな》が裸体《はだか》になって私《わし》が背中へ呼吸《いき》が通《かよ》って、微妙《びみょう》な薫《かおり》の花びらに暖《あたたか》に包まれたら、其《その》まま命が失《う》せても可《い》い！

滝の水を見るにつけても耐《た》え難いのは其事《そのこと》であった、いや、冷汗《ひやあせ》が流れますて。其上《そのうえ》、もう気がたるみ、筋《すじ》が弛《ゆる》んで、早《は》や歩行《ある》くのに飽《あ》きが来て、喜ばねばならぬ人家が近《ちか》づいたのも、高《たか》がよくされて口の臭《くさ》い婆《ばあ》さんに渋茶《しぶちゃ》を振舞《ふるま》われるのが関の山と、里へ入《はい》るのも厭《いや》になったから、石の上へ膝を懸けた、丁度目の下にある滝じゃった、これがさ、後《のち》に聞くと女夫滝《めおとだき》と言うそうで。

真中《まんなか》に先ず鰐鮫《わにざめ》が口をあいたような先のとがった黒い大巌《おおいわ》が突出《つきで》て居《い》ると、上から流れて来る颯《さつ》と瀬の早い谷川が、之《これ》に当《あた》って両《ふたつ》に岐《わか》れて、凡《およ》そ四丈《よじょう》ばかりの滝になって哄《どっ》と落ちて、又暗碧《あんぺき》に白布《しろぬの》を織って矢を射るように里へ出るのじゃが、其巌《そのいわ》にせかれた方《ほう》は六尺ばかり、之は川の一幅《ひとはば》を裂《さ》いて糸も乱れず、一方は幅が狭い、三尺位《じゃく》、この下には雑多《ざった》な岩が並ぶと見えて、ちらちらちらちらと玉の簾《すだれ》を百千に砕《くだ》いたよう、件《くだん》の鰐鮫《わにざめ》の巌に、すれつ、縺《もつ》れつ。」

二十五

「唯《ただ》一筋でも巌を越して男滝《おだき》に縋《すが》りつこうとする形《かたち》、それでも中を隔てられて末《すえ》までは雫《しずく》も通わぬので、揉《も》まれ、揺《ゆ》られて具《つぶ》さに辛苦を嘗めるという風情《ふぜい》、此《こ》の方《ほう》は姿も窶《やつ》れ容《かたち》も細って、流るる音さえ別様に、泣くか、怨むかとも思われるが、あわれにも優しい女滝《めだき》じゃ。

男滝の方《ほう》はうらはらで、石を砕き、地を貫く勢《いきおい》、堂々たる有様《ありさま》じゃ、之《これ》が二つ件《くだん》の巌に当《あた》って左右《さゆう》に分《わか》れて二筋となって落ちるのが身に浸《し》みて、女滝の心を砕く姿は、男の膝に取《とり》ついて美女が泣いて身を震わすようで、岸に居《い》てさえ体がわななく、肉が跳《おど》る。沈《ま》して此《こ》の水上《みなかみ》は、昨日孤家《きのうひとつや》の婦人《おんな》と水を浴びた処と思うと、気の所為《せい》か其《そ》の女滝の中に絵のような彼《か》の婦人《おんな》の姿が歴々《ありあり》、と浮いて出ると巻込《まきこ》まれて、沈んだと思うと又浮いて、千筋《ちすじ》に乱るる水とともに其《そ》の膚《はだえ》が粉《こ》に砕けて、花片《はなびら》が散込《ちりこ》むような。あなやと思うと更《さら》に、もとの顔も、胸も、乳《ちち》も、手足も全《まった》き姿となって、浮《う》いつ沈《しず》みつ、ぱッと刻まれ、あッと見る間《ま》に又あらわれる。私《わし》は耐《たま》らず真逆《まっさかさま》に滝の中へ飛込《とびこ》んで、女滝を確《しか》と抱《だ》いたとまで思った。気がつくと男滝の方《ほう》はどうどうと地響《じひびき》打たせて、山彦《やまびこ》を呼んで轟《とどろ》いて流れて居《い》る、ああ其《そ》の力を以《もっ》て何故《なぜ》救わぬ、儘《まま》よ！

滝に身を投げて死のうより、旧《もと》の孤家《ひとつや》へ引返《ひきかえ》せ。汚《けが》らわしい欲《よく》のあればこそ恁《こ》うなった上に躊躇《ちゅうちょ》するわ、其顔《そのかお》を見て声を聞けば、渠等《かれら》夫婦が同衾《ひとつね》するのに枕を並べて差支《さしつか》えぬ、それでも汗になって修行をして、坊主で果てるよりは余程《よほど》の増《まし》じゃと、思切《おもいき》って戻ろうとして、石を放れて身を起《おこ》した、背後《うしろ》から一ツ背中を叩いて、

（やあ、御坊様《ごぼうさま》。）といわれたから、時が時なり、心も心、後暗《うしろぐら》いので喫驚《びっくり》して見ると、閻王《えんおう》＊の使《つかい》ではない、これが親仁。

馬は売ったか、身軽になって、小さな包《つつみ》を肩にかけて、手に一尾《いちび》の鯉《こい》の、鱗《うろこ》は金色《こんじき》なる、潑溂《はつらつ》として尾《お》の動きそうな、鮮《あたら》しい、其丈《そのたけ》三尺ばかりなのを、腮《あぎと》に藁《わら》を通して、ぶらりと提《さ》げて居た。何《なん》にも言わず急にものもいわれないで瞻《みまも》ると、親仁はじっと顔を見たよ。然《そ》うしてにやにやと、又一通《ひととおり》の笑《わら》い方《かた》ではないて、薄気味の悪い北叟笑《ほくそえみ》をして、

（何《なに》をしてござる、御修行の身が、この位の暑《あつさ》で、岸に休んで居《い》さっしゃる分《ぶん》ではあんめえ、一生懸命に歩行《ある》かっしゃりや、昨夜《ゆうべ》の泊《とまり》から此処《ここ》まではたった五里、もう里へ行って地蔵様を拝まっしゃる時刻じゃ。

何《なん》じゃの、己《おら》が嬢様に念《おもい》が懸《かか》って煩悩《ぼんのう》が起きたのじゃの。うんにゃ、秘《かく》さっしゃる

な、おらが目は赤くッても、白いか黒いかはちゃんと見える。

地体並《じたいなみ》のものならば、嬢様の手が触《さわ》って那《あ》の水を振舞《ふるま》われて、今まで人間で居よう筈はない。

牛か馬か、猿か、蟇《ひき》か、蝙蝠《こうもり》か、何《なに》にせい飛んだか跳ねたかせねばならぬ。谷川《たにがは》から上《あが》って来さしった時、手足も顔も人じゃから、おらあ魂消《たまげ》た位、お前様それでも感心に志《こころざし》が堅固《けんご》じゃから助かったようなものよ。

何《なん》と、おらが曳《ひ》いて行った馬を見さしったろう、それで、孤家《ひとつや》で来さっしゃる山路《やまみち》で富山の反魂丹売に逢わしったというではないか、それ見さっせい、彼《あ》の助平野郎《すけべいやろう》、疾《とう》に馬になって、それ馬市で銭《おあし》になって、お銭《あし》が、そうら此《こ》の鯉に化けた。大好物で晩飯《ばんめし》の菜《さい》になさる、お嬢様を一体何《なん》じゃと思わっしゃるの。」

私《わたし》は思わず遮った。

「お上人？」

二十六

上人は頷《うなず》きながら呟《つぶや》いて、

「いや、先《ま》ず聞かっしゃい、彼《か》の孤家《ひとつや》の婦人《おんな》というは、旧《もと》な、これも私《わし》には何かの縁《えん》があった、あの恐《おそろ》しい魔処《ましょ》へ入《はい》ろうという岐道《そばみち》の水が溢《あふ》れた往来で、百姓が教えて、彼処《あすこ》は其《そ》の以前《いぜん》医者の家であったというたが、其《そ》の家の嬢様じゃ。

　何《なん》でも飛騨《ひだ》一円当時変《かわ》ったことも珍らしいこともなかったが、唯取《ただと》り出《い》でていう不思議は此《こ》の医者の娘で、生《うま》れると玉のよう。

　母親殿《おふくろどの》は頬板《ほおっぺた》のふくれた、眦《めじり》の下《さが》った、鼻の低い、俗にさし乳《ぢち》*というあの毒々しい左右の胸の房《ふさ》を含んで、何《ど》うして彼《あれ》ほど美しく育ったものだろうという。

　昔から物語の本にもある、屋の棟《むね》へ白羽の征矢《そや》が立つか、*然《さ》もなければ狩倉《かりくら》*の時貴《あて》人《びと》のお目に留《とま》って御殿《ごてん》に召出《めしだ》されるのは、那麼《あんな》のじゃと噂《うわさ》が高かった。

　父親《てておや》の医者というのは、頬骨《ほおぼね》のとがった鬚《ひげ》の生《は》えた、見得坊《みえぼう》で傲慢《ごうまん》、其癖《そのくせ》でもじゃ、勿論田舎《もちろんいなか》には苅入《かりいれ》の時よく稲《いね》の穂《ほ》が目に入ると、それから煩《わずら》う、脂目《やにめ》、赤目、流行目《はやりめ》が多いから、先生眼病の方《ほう》は少し遣《や》ったが、内科と来てはからっぺた。外科なんと来た日にゃあ、鬢附《びんつけ》*へ水を垂らしてひやりと疵《きず》につける位な処《ところ》。

　鰯《いわし》の天窓《あたま》も信心から、*其《それ》でも命数《めいすう》の尽きぬ輩《やから》は本復《ほんぷく》するから、外《ほか》に竹庵養仙木斎《ちくあんようせんもくさい》*の居ない土地、相応に繁昌《はんじょう》した。

　殊《こと》に娘が十六七、女盛《おんなざかり》となって来た時分には、薬師《やくし》*様が人助けに先生様の内《うち》へ生《うま》れてござったといって、信心渇仰《かつごう》の善男善女《ぜんなんぜんにょ》？　病男病女が我《われ》も我《われ》もと詰《つ》め懸《か》ける。

其《それ》というのが、はじまりは彼《か》の嬢様が、それ、馴染《なじみ》の病人には毎日顔を合《あわ》せる所から愛想《あいそ》の一つも、あなたお手が痛みますかい、甚麼《どんな》でございます、といって手先へ柔《やわら》かな掌《てのひら》が障《さわ》ると第一番に次作兄《じさくあに》いという若いのの（りょうまちす）*が全快、お苦しそうなといって腹をさすって遣ると水あたりの差込《さしこみ》の留《と》まったのがある、初手《しょて》は若い男ばかりに利いたが、段々老人《としより》にも及ぼして、後《のち》には婦人《おんな》の病人もこれで復《なお》る、復らぬまでも苦痛《いたみ》が薄らぐ、根太《ねぶと》*の膿《うみ》を切って出すさえ、錆びた小刀《こがたな》で引裂《ひっさ》く医者殿が腕前じゃ、病人は七顛八倒《しちてんばっとう》して悲鳴を上げるのが、娘が来て背中へぴったりと胸をあてて肩を押《おさ》えて居ると、我慢が出来るといったようなわけであったそうな。

一時《ひとしきり》彼《あ》の藪《やぶ》の前にある枇杷《びわ》の古木《こぼく》へ熊蜂《くまんばち》が来て可恐《おそろ》しい大《おお》きな巣をかけた。

すると、医者の内弟子《うちでし》で薬局、拭掃除《ふきそうじ》もすれば総菜畠《そうざいばたけ》の芋も掘る、近い所へは車夫も勤めた、下男兼帯《げなんけんたい》の熊蔵《くまぞう》という、其頃《そのころ》二十四五歳、稀塩散《きえんさん》に単舎利別《たんしゃりべつ》*を混ぜたのを瓶《びん》に盗んで、内が吝嗇《けち》じゃから見附《みつ》かると叱《しか》られる、之《これ》を股引《ももひき》や袴《はかま》と一所《いっしょ》に戸棚の上に載せて置《お》いて、隙《ひま》さえあればちびりちびりと飲んでた男が、庭掃除をするといって、件《くだん》の蜂の巣を見つけたっけ。

縁側へ遣《や》って来て、お嬢様面白いことをしてお目に懸けましょう、無躾《ぶしつけ》でござりますが、私《わたし》の此《こ》の手を握《にぎ》って下さりますと、彼《あ》の蜂の中へ突込《つっこ》んで、蜂を摑《つか》んで見せましょう。お手が障った所だけは刺《さ》しましても痛みませぬ、竹箒《たけぼうき》で引払《ひっぱた》いては八方へ散らばって体中に集《たか》られては夫《それ》は凌《しの》げませぬ即死《そくし》でございますがと、微笑んで控える手で無理に握って貰《もら》い、つかつかと行《ゆ》くと、凄《すさま》じい虫の唸《うなり》、軈《やが》て取って返した左の手に熊蜂が七ツ八ツ、羽ばたきをするのがある、脚を振《ふる》うのがある、中には摑んだ指の股《また》へ這出《はいだ》して居るのがあった。

さあ、那《あ》の神様の手が障れば鉄砲玉《てっぽうだま》でも通るまいと、蜘蛛《くも》の巣のように評判が八方《はっぽう》へ。

其《そ》の頃《ころ》からいつとなく感得《かんとく》したものと見えて、仔細《しさい》あって、那《あ》の白痴《ばか》に身を任せて山に籠《こも》ってからは神変《しんぺん》不思議、年を経《ふ》るに従《したご》うて神通自在《じんつうじざい》じゃ、はじめは体を押《おし》つけたのが、足ばかりとなり、手さきとなり、果《はて》は間《あいだ》を隔《へだ》てて居《い》ても、道を迷《まよ》うた旅人は嬢様が思うままはッという呼吸《いき》で変《へん》ずるわ。

と親仁が其時《そのとき》物語って、御坊《ごぼう》は、孤家《ひとつや》の周囲《ぐるり》で、猿を見たろう、蟇《ひき》を見たろう、蝙《こう》蝠《もり》を見たであろう、兎も蛇も皆《みんな》嬢様に谷川の水を浴びせられて、畜生にされたる輩《やから》！

あわれ其時那《そのときあ》の婦人《おんな》が、蟇《ひき》に絡《まつわ》られたのも、猿に抱かれたのも、蝙蝠《こうもり》に吸われたのも、夜中に魍魅魍魎に魘《おそ》われたのも、思《おも》い出《だ》して、私《わし》は犇々《ひしひし》と胸に当《あた》った。

なお親仁のいうよう。

今の白痴《ばか》も、件《くだん》の評判の高かった頃、医者の内《うち》へ来た病人、其《その》頃は未《ま》だ子供、朴訥《ぼくとつ》な父親《ちちおや》が附添《つきそ》い、髪の長い、兄貴がおぶって山から出て来た。脚に難渋な腫物《はれもの》があった、其の療治《りょうじ》を頼んだので。

固《もと》より一室《ひとま》を借受《かりう》けて、逗留《とうりゅう》をして居《お》ったが、かほどの悩《なやみ》は大事《おおごと》じゃ、血も大分《だいぶん》に出さねばならぬ、殊《こと》に子供、手を下《おろ》すには体に精分《せいぶん》をつけてからと、先ず一日に三ツずつ鶏卵《たまご》を飲まして、気休めに膏薬《こうやく》を張って置く。

其《そ》の膏薬を剝《は》がすにも親や兄、又傍《そば》のものが手を懸けると、堅くなって硬《こわ》ばったのが、めりめりと肉にくッついて取れる、ひいひいと泣くのじゃが、娘が手をかけてやれば黙って耐《こら》えた。

一体は医者殿、手のつけようがなくって身の衰《おとろえ》をいい立てに一日延ばしにしたのじゃが三日経《た》つと、兄を残して、克明《こくめい》な父親《てておや》の股引《ももひき》の膝でずって、あとさがりに玄関《げんかん》から土間へ、草鞋を穿いて又地《つち》に手をついて、次男坊の生命《いのち》の扶《たす》かりますするように、ねえねえ、というて山へ帰った。

其《それ》でもなかなか捗取《はかど》らず、七日《なぬか》も経ったので、後《あと》に残って附添《つきそ》って居た兄者人《あにじゃひと》が、丁度苅入《かりいれ》で、此節《このせつ》は手が八本も欲しいほど忙しい、お天気模様も雨のよう、長雨にでもなりますと、山畠《やまばたけ》にかけがえのない、稲が腐っては、餓死《うえじに》でござりまする、総領の私《わし》は、一番の働手《はたらきて》、こうしては居《お》られませぬから、と辞《ことわり》をいって、やれ泣くでねえぞ、としんみり子供にいい聞かせて病人を置いて行った。

後《あと》には子供一人《ひとり》、其時《そのとき》が、戸長様の帳面前《ちょうめんまえ》＊年紀《とし》六ッ、親六十で児《こ》が二十《はたち》なら徴兵はお目こぼしと何を間違えたか届《とどけ》が五年遅《おそ》うして本当は十一、それでも奥山で育ったから村の言葉も碌《ろく》には知らぬが、怜悧《りこう》な生《うまれ》で聞分《ききわけ》があるから、三ツずつあいかわらず鶏卵《たまご》を吸わせられる汁《つゆ》も、今に療治の時《とき》残らず血になって出ることと推量して、べそを掻《か》いても、兄者が泣くなといわしったと、耐《こら》えて居た心の内《うち》。

娘の情《なさけ》で内と一所に膳を並べて食事をさせると、沢庵《たくあん》の切《きれ》をくわえて隅《すみ》の方《ほう》へ引込《ひきこ》むいじらしさ。

弥《いよい》よ明日《あす》が手術という夜《よ》は、皆《みんな》寝静まってから、しくしく蚊《か》のように泣いて居《い》るのを、手水《ちょうず》に起きた娘が見つけてあまりの不便《ふびん》さに抱いて寝てやった。

さて療治となると例の如く娘が背後《うしろ》から抱いて居たから、脂汗《あぶらあせ》を流しながら切れものが入《はい》るのを、感心にじっと耐《こら》えたのに、何処《どこ》を切違《きりちが》えたか、それから流れ出した血が留《と》まらず、見る見る内に色が変《かわ》って、危《あぶな》くなった。

医者も蒼《あお》くなって、騒いだが、神の扶《たす》けか漸《ようよ》う生命《いのち》は取留《とりと》まり、三日《か》ばかりで血も留《とま》ったが、到頭《とうとう》腰が抜けた、固《もと》より不具《かたわ》。

之《これ》が引摺《ひきず》って、足を見ながら情《なさけ》なそうな顔をする、蟋蟀《きりぎりす》が挘《も》がれた脚を口に銜《くわ》えて泣くのを見るよう、目もあてられたものではない。

しまいには泣出《なきだ》すと、外聞もあり、少焦《すこじれ》で、医者は可恐《おそろ》しい顔をして睨《にら》みつけると、あわれがって抱きあげる娘の胸に顔をかくして縋《すが》る状《さま》に、年来随分《としごろずいぶん》と人を手にかけた医者も我《が》を折って腕組《うでくみ》をして、はッという溜息《ためいき》。

軈《やが》て父親《てておや》が迎《むかえ》にござった、因果と断念《あきら》めて、別に不足はいわなんだが、何分小児《なにぶんこども》が娘の手を放れようといわぬので、医者も幸《さいわい》、言訳旁《いいわけかたがた》、親兄《おやあに》の心もなだめるため、其《そ》処《こ》で娘に小児《こども》を家《うち》まで送らせることにした。

送って来たのが孤家《ひとつや》で。

其《その》時分はまだ一個の荘《そう》、家《いえ》も小二十軒《こにじっけん》あったのが、娘が来て一日二日、ついほだされて逗留した五日目から大雨が降出《ふりだ》した。滝を覆《くつがえ》すようで小歇《おやみ》もなく家《うち》に居ながら皆《みんな》蓑笠《みのかさ》で凌《しの》いだ位、茅葺《かやぶき》の繕《つくろい》をすることは扨置《さてお》いて、表の戸もあけられず、内から内、隣《となり》同士、おうおうと声をかけ合って纔《わずか》に未《ま》だ人種《ひとだね》の世に尽きぬのを知るばかり、八日を八百年と雨の中に籠《こも》ると九日目の真夜中から大風《おおかぜ》が吹出《ふきだ》して其《その》風の勢《いきおい》ここが峠という処《ところ》で忽《たちま》ち泥海《どろうみ》。

此《こ》の洪水《こうずい》で生残《いきのこ》ったのは、不思議にも娘と小児《こども》と其《それ》に其時《そのとき》村から供をした此《こ》の親仁ばかり。

同一《おなじ》水で医者の内も死絶《しにた》えた、されば かような美女が片田舎《かたいなか》に生《うま》れたのも国が世がわり、代《だい》がわりの前兆であろうと、土地のものは言伝《いいつた》えた。

嬢様は帰るに家なく世に唯一人《ただひとり》となって小児《こども》と一所に山に留《とど》まったのは御坊が見らるる通《とお》り、又那《あ》の白痴《ばか》につきそって行届《ゆきとど》いた世話も見らるる通《とお》り、洪水の時から十三年、いまになるまで一日もかわりはない。

といい果てて親仁の又気味の悪い北叟笑《ほくそえみ》。

（恁《こ》う身の上を話したら、嬢様を不便《ふびん》がって、薪《まき》を折ったり水を汲《く》む手助けでもしてやりたいと、情《なさけ》が懸《かか》ろう。本来の好心《すきごころ》、可加減《いいかげん》な慈悲じゃとか、情《なさけ》じゃとかいう名につけて、一層《いっそ》山へ帰りたかんべい、はて措《お》かっしゃい。彼《あ》の白痴殿《ばかどの》の女房《にょうぼう》になって、世の中へは目もやらぬ換《かわり》にゃあ、嬢様は如意自在《にょいじざい》、男はより取って、飽《あ》けば、息をかけて獣にするわ、殊に其《そ》の洪水以来、山を穿《うが》ったこの流《ながれ》は天道様《てんとうさま》がお授《さず》けの、男を誘《いざな》う怪《あや》しの水、生命《いのち》を取られぬものはないのじゃ。

天狗道《てんぐどう》にも三熱《ねっ》の苦悩《くのう》*、髪が乱れ、色が蒼ざめ、胸が痩《や》せて手足が細れば、谷川を浴びると旧《もと》の通《とおり》、其《それ》こそ水が垂《た》るばかり、招《まね》けば活《い》きた魚《うお》も来る、睨《にら》めば美しい木《き》の実《み》も落つる、袖《そで》を翳《かざ》せば雨も降《ふ》るなり、眉を開《ひら》けば風も吹《ふ》くぞよ。

然《しか》もうまれつきの色好み、殊に又若いのが好《すき》じゃで、何か御坊にいうたであろうが、其《それ》を実《まこと》とした処で、軈《やが》て飽かれると尾《お》が出来る、耳が動く、足がのびる、忽《たちま》ち形《かたち》が変《へん》ずるばかりじゃ。

いや軈て此《こ》の鯉を料理して、大胡座《おおあぐら》で飲む時の魔神《ましん》の姿を見せたいな。

妄念《もうねん》は起《おこ》さずに早《はよ》う此処《ここ》を退《の》かっしゃい、助けられたが不思議な位、嬢様別《べつ》してのお情《なさけ》じゃわ、生命冥加《いのちみょうが》な、お若いの、屹《きっ》と修行をさっしゃりませ。）と又一ッ背中を叩いた、親仁は鯉を提げたまま見向きもしないで、山路《やまじ》を上《かみ》の方《ほう》。

見送ると小さくなって、一坐《ざ》の大山《おおやま》の背後《うしろ》へかくれたと思うと、油旱《あぶらでり》の焼けるような空に、其《そ》の山の巓《いただき》から、すくすくと雲が出た、滝の音も静まるばかり殷々《いんいん》として雷《らい》の響《ひびき》。

藻抜《もぬ》けのように立って居た、私《わし》が魂《たましい》は身に戻った、其方《そなた》を拝むと斉《ひと》しく、杖をかい込み、小笠《おがさ》を傾《かたむ》け、踵《くびす》を返すと慌《あわただ》しく一散《さん》に駈け下りたが、里に着いた時分に山は驟《ゆう》雨《だち》、親仁が婦人《おんな》に齎《もた》らした鯉もこのために活きて孤家《ひとつや》に着いたろうと思う大雨であった。」

高野聖《こうやひじり》は此《こ》のことについて、敢《あえ》て別に註《ちゅう》して教《おしえ》を与《あた》えはしなかったが、翌朝袂《よくちょうたもと》を分《わか》って、雪中山越《せっちゅうやまごし》にかかるのを、名残《なごり》惜しく見送ると、ちらちらと雪の降るなかを次第に高く坂道を上《のぼ》る聖《ひじり》の姿、恰《あたか》も雲に駕《が》して行《ゆ》くように見えたのである。

眉《まゆ》かくしの霊《れい》

一

木曾街道《きそかいどう》、奈良井《ならい》の駅は、中央線起点、飯田町《いいだまち》より一五八哩《まいる》二、海抜《かいばつ》三二〇〇尺*、と言出《いいだ》すより、膝栗毛《ひざくりげ》*を思《おも》う方《ほう》が手取早《てっとりばや》く行旅《こうりょ》の情《じょう》を催《もよお》させる。

ここは弥次郎兵衛《やじろべえ》、喜多八《きだはち》が、とぼとぼと鳥居峠《とりいとうげ》*を越《こ》すと、日も西の山の端《は》に傾《かたむ》きければ、両側の旅籠屋《はたごや》より、女ども立出《たちい》でて、もしもしお泊《とま》りじゃござんしないか、お風呂《ふろ》も湧《わ》いて居《い》づに、お泊りなお泊りな——喜多八が、まだ少し早いけれど……弥次郎、もう泊《とま》ってもよかろう、のう姉《ねえ》さん——女、お泊りなさんし、お夜食はお飯《まんま》でも、蕎麦《そば》でも、お蕎麦でよかあ、おはたご安くして上げませづ。弥次郎、いかさま、安い方《ほう》がいい、蕎麦でいくらだ。女、はい、お蕎麦なら百十六銭《もん》でござんさあ。二人は旅銀《りょぎん》の乏《とぼ》しさに、そんなら然《そ》うと極《き》めて泊って、湯から上《あが》ると、その約束の蕎麦が出る。早速《さっそく》にくいかかって、喜多八、こっちの方《ほう》では蕎麦はいいが、したじが悪いにはあやまる。弥次郎、そのかわりにお給仕がうつくしいからいい、のう姉さん、と洒落《しゃれ》かかって、もう一杯《ぱい》くんねえ。女、もうお蕎麦はそれ切りでござんさあ。弥次郎なに、もうねえのか、たった二ぜんずつ食ったものを、つまらねえ、これじゃ食いたりねえ。喜多八、はたごが安いも凄《すさま》じい。二はいばかり食って居られるものか。弥次郎……馬鹿なつらな、銭《ぜに》は出すから飯をくんねえ。……無慙《むざん》や、なけなしの懐中《ふところ》を、けつく蕎麦だけ余計につかわされて悄気《しょげ》返る。その夜《よ》、故郷《こきょう》の江戸お箪笥《たんす》町引出《まちひきだ》し横町《よこちょう》、取手屋《とってや》の鐶兵衛《かんべえ》とて、工面《くめん》のいい馴染《なじみ》*に逢《あ》って、ふもとの山寺に詣《もう》でて、鹿《しか》の鳴声《なきごえ》を聞いた処《ところ》……

……と思うと、ふと此処《ここ》で泊《とま》りたく成《な》った。停留場《ステーション》を、もう汽車が出ようとする間際《まぎわ》だったと言うのである。

此《こ》の、筆者の友、境賛吉《さかいさんきち》は、実は蔦《つた》かずら木曾の桟橋《かけはし》*、寐覚《ねざめ》の床《とこ》*などを見物のつもりで、上松《あげまつ》までの切符《きっぷ》を持って居た。霜月《しもつき》の半《なかば》であった。

「……然《しか》も、その（蕎麦二膳《ぜん》）には、不思議な縁《えん》がありましたよ……」

と、境が話《はな》した――

昨夜《さくや》は松本《まつもと》で一泊《ぱく》した。御存《ごぞん》じの通り、此の線の汽車は塩尻《しおじり》から分岐点《のりかえ》で、東京から上松《あげまつ》へ行《ゆ》くものが松本で泊《とま》ったのは妙《みょう》である。尤《もっと》も、松本へ用があって立寄《たちよ》ったのだと言えば、それまでで雑《ざっ》と済《す》む。が、それだと、しめくくりが緩《ゆる》んで些《ち》と辻褄《つじつま》が合わない。何《なに》も穿鑿《せんさく》をするのではないけれど、実は日数《にっすう》の少《すくな》いのに、汽車の遊びを貪《むさぼ》った旅《たび》行で、行《ゆ》途《き》は上野から高崎《たかさき》、妙義山《みょうぎさん》を見つつ、横川《よこかわ》、熊《くま》の平《だいら》、浅間《あさま》を眺《なが》め、軽井《かるい》沢《ざわ》、追分《おいわけ》をすぎ、篠《しの》の井《い》線《せん》に乗替《のりか》えて姥捨田毎《うばすてたごと》を窓から覗《のぞ》いて、泊《とま》りは其処《そこ》で松本が予定であった。その松本には「いい娘の居《い》る旅館があります。懇意《こんい》ですから御紹介をしましょう」と、名のきこえた画家が添手紙《そえでがみ》をしてくれた。……よせばいいのに、昨夜その旅館につくと、成程《なるほど》、帳場には其《それ》らしい束髪《そくはつ》の女が一人見えたが、座敷《ざしき》へ案内したのは無論女中《じょちゅう》で。……さてその紹介状を渡したけれども、娘なんぞ寄っても着かない、……ばかりでない。此《こ》の霜夜《しもよ》に、出《だし》がらの生温《なまぬる》い渋茶《しぶちゃ》一杯汲《く》んだきりで、お夜食ともお飯《まんま》とも言出《いいだ》さぬ。座敷は立派で卓《たく》は紫檀《したん》だ。火鉢《ひばち》は大《おお》きい。が火《ひ》の気《け》はぽっちり。で、灰の白いのにしがみついて、何しろ暖《あたたか》いものでお銚子《ちょうし》をと云《い》うと、板前で火を引いてしまいました、何《なん》にも出来《でき》ませんと、女中の素気《そっけ》なさ。寒さは寒し、成程《なるほど》、火を引いたような家中寂寞《うちじゅうひっそり》とはして居《い》たが、まだ十一時前《ねえさん》である……酒だけなりと、頼《たの》むと、お生憎《あいにく》。酒はないのか、ござりません。――じゃ、麦酒《ビール》でも。それもお気の毒様だと言う。姉さん、……境は少々居直って、何処《どこ》か近所から取寄《とりよ》せて貰《もら》えまいか。へいもう遅《おそ》うござりますで、飲食店は寝《ね》ましたでな……飲食店だと言《い》やあがる。はてな、停車場《ステーション》から、震えながら俥《くるま》で来る途中、つい此《こ》の近《ちか》まわりに、冷《つめた》い音して、川が流れて、橋がかかって、両側に遊廓らしい家が並んで、茶めしの赤い行燈《あんどん》もふわりと目の前にちらつくのに——ああ、恁《こ》うと知ったら、軽井沢で買った二《に》合壜《ごうびん》を、次郎どのの狗《いぬ》ではないが、皆《みな》なめてしまうのではなかったものを。大歎息《おおためいき》とともに空腹《すきばら》をぐうと鳴らして可哀《あわれ》な声で、姉さん、然《そ》うすると、酒もなし、麦酒《ビール》もなし、肴《さかな》もなし…………お飯《まんま》は。いえさ、今晩の旅籠《はたご》の飯《めし》は。へい、それが間に合いませんので……火を引いたあとなもんでなあ——何《なん》の怨《うらみ》か知らないが、恁う成《な》ると冷遇《れいぐう》を通越《とおりこ》して奇怪《きっかい》である。なまじ紹介状があるだけに、喧嘩《けんか》面《づら》で、宿を替えるとも言われない。前世《ぜんせ》の業《ごう》と断念《あきら》めて、せめて近所で、蕎麦か饂飩《うどん》の御都合は成るまいとか、恐《おそ》る恐る申出《もうしで》ると、饂飩なら聞いて見ましょう。ああ、それを二ぜん頼みます。女中は遁腰《にげごし》のもったて尻《じり》*で、敷居《しきい》へ半分だけ突込《つきこ》んで居《い》た膝《ひざ》を、ぬいと引っこ抜いて不精《ぶしょう》に出て行《ゆ》く。

待《ま》つ事少時《しばらく》して、盆《ぼん》で突出《つきだ》した奴《やつ》を見ると、丼《どんぶり》が唯《たっ》た一つ。腹の空《す》いた悲しさに、姐《ねえ》さん二ぜんと頼んだのだが。と詰《なじ》るように言うと、へい、二ぜん分、装込《もりこ》んでございますで。いや、相《あい》わかりました。何《ど》うぞお構いなく、お引取《ひきとり》を、と言うまでもなし……ついと尻を見せて、すたすたと廊下を行《ゆ》くのを、継児《ままっこ》のような目つきで見ながら、抱込《だきこ》むばかりに蓋《ふた》を取ると、成程《なるほど》、二ぜんもり込みだけに汁《したじ》がぽっちり、饂飩は白く乾いて居《い》た。

此《こ》の旅館が、秋葉《あきば》山三尺坊《さんさんじゃくぼう》か、飯綱権現《いづなごんげん》へ、客を、たちものにした処《ところ》へ打撞《ぶつか》ったのであろう、泣くより笑《わらい》だ。

その……饂飩二ぜんの昨夜《ゆうべ》を、むかし弥次郎、喜多八が、夕旅籠《ゆうはたご》の蕎麦二ぜんに思い較《くら》べた。聊《いささ》か仰山《ぎょうさん》だが、不思議の縁と言うのは此《これ》で——急に奈良井《ならい》へ泊《とま》って見たく成ったのである。

日あしも木曾の山の端《は》に傾《かたむ》いた。宿《しゅく》には一時雨颯《ひとしぐれさつ》とかかった。

雨ぐらいの用意はして居《い》る。駅前の俥《くるま》は便《たよ》らないで、洋傘《かさ》で寂《さび》しく凌《しの》いで、鴨居《かもい》の暗い檐《のき》づたいに、石ころ路《みち》を辿《たど》りながら、度胸は据《す》えたぞ。——持って来い、蕎麦二膳《ぜん》。で、昨夜《ゆうべ》の饂飩は暗討《やみうち》だ、——今宵《こよい》の蕎麦は望む処だ。——旅《たび》のあわれを味わおうと、硝子張《ガラスばり》の旅館一二軒《いちにけん》を、故《わざ》と避《さ》けて、軒《のき》に山駕籠《やまかご》と干菜《ひば》*を釣《つる》し、土間の竈《かまど》で、割木《わりき》の火を焚《た》く、侘《わび》しそうな旅籠屋を烏《からす》のように覗込《のぞきこ》み、黒い外套《がいとう》で、御免と、入ると、頬冠《ほおかぶり》をした親父《おやじ》が其《そ》の竈の下を焚いて居《い》る。框《かまち》がだだ広《びろ》く、炉《ろ》が大《おお》きく、煤《すす》けた天井《てんじょう》に八間行燈《はちけん》*の掛《かか》ったのは、山駕籠と対《つい》の註文《ちゅうもん》通り。階子《はしご》下《した》の暗い帳場に、坊主頭《ぼうずあたま》の番頭は面白い。

「入《い》らっせえ。」

蕎麦二膳、蕎麦二膳と、境が覚悟の目の前へ、身軽にひょいと出て、慇懃《いんぎん》に会釈《えしやく》をされたのは、焼麩《やきふ》だと思う（しっぽく）の加料《かやく》が蒲鉾《かまぼこ》*だったような気がした。

「お客様だよ――鶴《つる》の三番」

女中も、服装《みなり》は木綿《もめん》だが、前垂《まえだれ》がけの薩張《さっぱり》した、年紀《とし》の少《わか》い色白なのが、窓、欄干《らんかん》を覗く、松の中を、攀上《よじのぼ》るように三階へ案内した。――十畳敷《じき》、……柱も天井も丈夫《じょうぶ》造《づく》りで、床の間の誂《あつらえ》にも聊《いささ》かの厭味《いやみ》がない。玄関つきとは似もつかない、しっかりした屋台《やたい》である。

敷蒲団《しきぶとん》の綿《わた》も暖《あたた》かに、熊の皮の見事なのが敷いてあるは。ははあ、膝栗毛時代に、峠路《とうげじ》で売って居《い》た、猿の腹ごもり、大蛇《おろち》の肝《きも》、獣の皮と言うのは此《こ》れだ、と滑稽《おどけ》た殿様に成《な》って件《くだん》の熊の皮に着座に及ぶと、すぐに台十《だいじゅう》能へ火を入れて女中《ねえ》さんが上《あが》って来て、惜気《おしげ》もなく銅《あか》の大火鉢《おおひばち》へ打《ぶち》まけたが、又夥多《またおびただ》しい。青い火さきが、堅炭《かたずみ》を搦《から》んで、真赤《まっか》に烘《おこ》って、窓に沁入《しみい》る山颪《やまおろし》に颯《さっ》と冴《さ》える。三階に此《こ》の火の勢《いきおい》は、大地震《おおじしん》のあとでは、些《ち》と申すのも憚《はばか》りあるばかりである。

湯にも入った。

さて膳だが、――蝶脚《ちょうあし》*の上を見ると、蕎麦扱《あつかい》にしたは気恥《きはず》かしい。わらさの照焼《てりやき》はとにかくとして、ふっと煙の立つ厚焼《あつやき》の玉子に、椀が真白《まっしろ》な半ぺんの葛《くず》かけ。皿についたのは、此《こ》のあたりで佳品《かひん》と聞く、鶫《つぐみ》を、何《なん》と、頭《かしら》を猪口《ちょく》に、股《また》をふっくり、胸を開《ひら》いて、五羽、殆《ほとん》ど丸焼《まるやき》にして、芳《かんば》しくつけてあった。

「難有《ありがた》い、……実に難有《ありがた》い。……」

境は、其の女中に馴《な》れない手つきの、其《それ》も嬉しい……酌《しゃく》をして貰いながら、熊に乗って、仙人の御馳走に成《な》るように、慇懃《いんぎん》に礼を言った。

「これは大した御馳走ですな。……実に難有《ありがた》い……全く礼を言いたいなあ。」

心底《しんそこ》の事である。はぐらかすとは様子にも見えないから、若い女中《じょちゅう》もかけ引《ひき》なしに、

「旦那《だんな》さん、お気に入《な》りまして嬉しゅうございますわ。さあ、もうお一つ。」

「頂戴しよう、尚お重ねて頂戴しよう。――時に姉さん、此《こ》の上のお願いだがね、……何《ど》うだろう、此《こ》の鶫を別に貰って、此処《ここ》へ鍋《なべ》に掛けて、煮ながら食べると言うわけには行《ゆ》くまいか。――鶫はまだいくらもあるかい。」

「ええ、笊《ざる》に三杯もございます。まだ台所の柱にも束《たば》にしてかかって居《お》ります。」

「そいつは豪気《ごうぎ》だ。――少《すこ》し余分に貰いたい、此処で煮るように……可《い》いかい。」

「はい、然《そ》う申します。」

「次手《ついで》にお銚子を。火がいいから傍《そば》へ置くだけでも冷めはしない。……通《かよ》いが遠くって気の毒だ。三本ばかり一時《いちどき》に持っておいで。……何《ど》うだい、岩見《いわみ》重太郎《じゅうたろう》が註文《ちゅうもん》をす

るようだろう。」

「おほほ。」

今朝《けさ》、松本で、顔を洗った水瓶《みずがめ》の水とともに、胸が氷に鎖《とざ》されたから、何《なん》の考えもつかなかった。ここで暖かに心が解けると、……分《わか》った、饂飩《うどん》で虐待した理由《わけ》と言うのが――紹介状をつけた画伯は、近頃でこそ一家をなしたが、若くて放浪《ほうろう》した時代に信州路《しんしゅうじ》を経歴《へめぐ》って、その旅館には、五月《いつつき》あまりも閉籠《とじこも》った。滞る旅籠代の催促もせず、帰途《かえり》には草鞋銭《わらじせん》まで心着けた深切《しんせつ》な家《うち》だと言った。が、ああ、其《それ》だ。……おなじ人の紹介だから旅籠代を滞らして、草鞋銭を貰うのだと思ったに違いない。……

「ええ、此《これ》は、お客様、お麁末《そまつ》な事でして。」

と紺《こん》の鯉口《こいぐち》*に、おなじ幅広《はばびろ》の前掛《まえかけ》した、痩《や》せた、色のやや青黒い、陰気《いんき》だが律義《りちぎ》らしい、まだ三十六七ぐらいな、五分苅《がり》の男が丁寧《ていねい》に襖際《ふすまぎわ》に畏《かしこ》まった。

「何《ど》ういたして、……実《まこと》に御馳走様。……番頭さんですか。」

「いえ、当家の料理人にございますが、至って不束《ふつつか》でございまして。……それに、斯《か》ような山家《やまが》辺鄙《へんぴ》で、一向《いっこう》お口に合いますものもございませんで。」

「飛《と》んでもないこと。」

「つきまして、……唯今《ただいま》、女どもまでおっしゃりつけでございましたが、鶫を、貴方《あなた》様《さま》、何か鍋でめしあがりたいというお言《ことば》で、如何《いか》ようにいたして差上《さしあ》げましょうやら、右、女どもも矢張《やっぱ》り田舎《いなか》ものの事でございますで、よくお言がのみ込《こ》めかねます。ゆえに失礼ではございますが、一寸《ちょいと》お伺《うかが》いに出ましてございますが。」

境は少なからず面くらった。

「そいつは何《ど》うも恐縮《きょうしゅく》です。――遠方の処《ところ》を。」

と浮《うっか》り言った。……

「串戯《じょうだん》のようですが、全く三階まで。」

「何《ど》う仕《つかまつ》りまして。」

「まあ、此方《こちら》へ――お忙《いそが》しいんですか。」

「いえ、お膳は、最《も》う差上《さしあ》げました。それが、お客様も、貴方様のほか、お二組ぐらいよりございません。」

「では、まあ此方《こちら》へ。――さあ、ずっと。」

「はッ、何《ど》うも。」

「失礼をするかも知れないが、まあ、一杯《ひとつ》。ああ、――丁度お銚子が来た。女中《ねえ》さん、お酌《しゃく》をしてあげて下さい。」

「は、いえ、手前《てまえ》不調法《ぶちょうほう》で。」

「まあまあ一杯《ひとつ》。――弱ったな、何《ど》うも、鶫を鍋でと言って、……其《そ》の何《なん》ですよ。」

「旦那様、帳場でも、あの、然《そ》う申して居《お》りますの。鶫は焼いてめしあがるのが一番おいしいんでございますって。」

「お膳にもつけて差上《さしあ》げましたが、此《これ》を頭から、その脳味噌をするりとな、ひと噛《かじ》りにめしあがりますのが、おいしいんでございまして、ええ飛《と》んだ田舎流儀《りゅうぎ》ではございますがな。」

「お料理番さん……私《わたし》は決して、料理をとやこう言うたのではないのですよ。……弱ったな、何《ど》うも、実はね、ある其《そ》の宴会の席で、其の席に居た芸妓《げいしゃ》が、木曾の鶫の話をしたんです――大分《だいぶ》酒が乱れて来て、何《なん》とか節《ぶし》と言うのが、あっち此方《こっち》ではじまると、木曾節と言うのがこの時顕《あらわ》れて、きいても可懐《なつか》しい土地だから、うろ覚えに覚えて居《い》るが（木曾へ木曾へと積出《つみだ》す米は）何《なん》とかって言うのでね……」

「然《さ》ようで。」

と真四角に猪口《ちょく》をおくと、二つ提《さげ》の煙草入《たばこいれ》*から、吸いかけた煙管《きせる》を、金《かね》の火鉢だ、遠慮《えんりょ》なくコッツンと敲《たた》いて、

「……（伊那《いな》や高遠《たかとお》の余《あま》り米《ごめ》）……と言うでございます、米《こめ》、此《こ》の女中《じょちゅう》の名《な》でございます、お米《よね》。」

「あら、何《なん》だよ、伊作《いさく》さん。」

と女中《じよちゆう》が横にらみに笑って睨《にら》んで、

「旦那《だんな》さん、——此《こ》の人は、家《うち》が伊那だもんでございますから。」

「はあ、勝頼様《かつよりさま》と同国ですな。」

「まあ、勝頼様は、こんな男振《おとこぶり》じゃあありませんが。」

「当前《あたりまえ》よ。」

と、むッつりした料理番は、苦笑《にがわらい》もせず、又《また》コッツンと煙管を払《はた》く。

「それだもんですから、伊那の贔負《ひいき》をしますの——木曾で唄《うた》うのは違いますが。——(伊那や高遠《たかと》へ積出《つみだ》す米は、みんな木曾路の余り米《あまごめ》)——と言いますの。」

「さあ……それは孰《どっ》ちにしろ……その木曾へ、木曾への、機掛《きっかけ》に出た話なんですから、私たちも酔っては居《い》るし、それが、あとの贄川《にえがわ》だか、峠を越した先の藪原《やぶはら》、福島《ふくしま》、上松のあたりだか、よくは訊《き》かなかったけれども、其《そ》の芸妓《げいしゃ》が、客と一所《いっしょ》に、鶫あみを掛けに木曾へ行ったと言う話をしたんです。……まだ夜《よ》の暗いうちに山道をずんずん上《のぼ》って、案内者の指揮《さしず》の場所で、かすみを張って囮《おとり》を揚《あ》げると、夜明前《よあけまえ》、霧のしらじらに、向《むこ》うの尾上《おのえ》を、ぱっと此方《こちら》の山の端《は》へ渡る鶫の群《むれ》が、むらむらと来て、羽ばたきをして、かすみに掛《かか》る。じわじわととって占《し》めてすぐに焚火《たきび》で附焼《つけやき》にして、膏《あぶら》の熱い処を、ちゅッと吸《す》って食べるんだが、そのおいしい事、……と言って、話をしてね……」

「はあ、まったくで。」

「……ぶるぶる寒いから、煮燗《にえかん》で、一杯《いっぱい》のみながら、息もつかずに、幾口《いくくち》か鶇を噛《かじ》って、ああ、おいしいと一息《ひといき》して、焚火《たきび》に獅噛《しが》みついたのが、すっと立つと、案内についた土地の猟師が二人、きゃッと言った——その何《なん》なんですよ、芸妓《げいしゃ》の口が血だらけに成《な》って居《い》たんだとさ。生々《なまなま》とした半熟の小鳥の血です。……と此《こ》の話をしながら、うっかりしたように其《そ》の芸妓《げいしゃ》は半巾《ハンケチ》で口を圧《おさ》えたんですがね……たらたらと赤いやつが泌《し》みそうで、私は顔を見ましたよ。触《さわ》ると撓《しな》いそうな痩《や》せぎすな、すらりとした、若い女で。……聞いてもうまそうだが、これは凄《すご》かったろう。その時、東京で想像しても嶮《けわし》いとも、高いとも、深いとも、峰谷《みねたに》の重《かさな》り合った木曾山中《さんちゅう》のしらじらあけです……暗い裾《すそ》に焚火《たきび》を搦《から》めて、すっくりと立上《たちあが》ったと言う、自然、目の下の峰よりも高い処で、霧《きり》の中から綺麗《きれい》な首が。」

「可厭《いや》、旦那さん。」

「話は拙《まず》くっても、何《なん》となく不気味だね。其《そ》の口が血だらけなんだ。」

「いや、如何《いか》にも。」

「ああ、よく無事だったな、と私《わたし》が言うと、何《ど》うして？と訊《き》くから、然《そ》う云《い》うのが、慌《あわ》てる銃猟家《じゅうりょうか》だの、魔《ま》のさした猟師に、峰越《みねごし》の笹原《ささはら》から狙撃《ねらいうち》に二つ弾丸《だま》を食《くら》うんです。……場所と言い……時刻と言い……昔から、夜待《よまち》、あけ方の鳥あみには、魔がさして、怪《あや》しい事があると言うが、まったく其《それ》は魔がさしたんだ。だって、覿面《てきめん》に綺麗な鬼に成《な》ったじゃあないか。……何《ど》うせ然《そ》うよ、……私は鬼よ。——でも人に食《く》われる方《ほう》の……なぞと言いながら、でも可恐《こわ》いわね、ぞっとする。と、又《また》口を半巾で圧《おさ》えて居《い》たのさ。」

「ふーん。」と料理番は、我を忘れて沈んだ声して、

「ええ、旦那。へい、何《ど》うも、いや、全く。……実際、危《あぶの》うございますな。——然《そ》う言う場合には、屹《きっ》と怪我《けが》があるんでして……よく、その姐《ねえ》さんは御無事でした。此《こ》の贄川《にえがわ》の川上《かわかみ》、御嶽口《おんたけぐち》。……美濃《みの》寄りの峡《かい》は、よけいに取れますが、その方《かた》の場所は何処《こ》でございますか存じません——芸妓衆《げいしゃしゅう》は東京のどちらの方《かた》で。」

「何《なに》、下町の方《ほう》ですがね。」

「柳橋《やなぎばし》……」

と言って、覗《のぞ》くように、熟《じっ》と見た。

「……或《あるい》はその新橋《しんばし》とか申します……」

「いや、その真中《まんなか》ほどです……日本橋《にほんばし》の方《ほう》だけれど、宴会の席ばかりでの話ですよ。」

「お処が分《わか》って差支《さしつか》えがございませんければ、参考のために、其《そ》の場所を伺って置《お》きたいくらいでございまして。……此《こ》の、深山幽谷《しんざんゆうこく》の事は、人間の智慧《ちえ》には及びません
――」

女中も俯向《うつむ》いて暗い顔した。

境は、此《こ》の場合誰《だれ》もしよう、乗出《のりだ》しながら、

「何か、此《こ》の辺《へん》に変《かわ》った事でも。」

「……別にその、と云《い》ってございません。しかし、流《ながれ》に瀬《せ》がございますように、山にも淵《ふち》がございますで、気をつけなければ成《な》りません。――唯今《ただいま》さしあげました鶫《つぐみ》は、これは、つい一両日続きまして、珍しく、すぐ上の峠口《とうげぐち》で猟があったのでございます。」

「さあ、それなんですよ。」

境は更《あらた》めて猪口をうけつつ、

「料理番さん。きみのお手際《てぎわ》で膳につけておくんなすったのが、見てもうまそうに、香《かんば》しく、脂《あぶら》の垂れそうなので、ふと思出《おもいだ》したのは、今の芸妓《げいしゃ》の口が血の一件でね。しかし私は坊さんでも、精進《しょうじん》でも、何《なん》でもありません。望んでも結構なんだけれど、見《み》給《たま》え。――窓の外は雨と、もみじで、霧が山を織《お》って居《い》る。峰の中には、雪を頂いて、

雲を貫《つらぬ》いて聳《そび》えたのが見えるんです。――どんな拍子《ひょうし》かで、ひょいと立ちでもした時口が血に成《な》って首が上へ出ると……野郎で此《こ》の面《つら》だから、その芸妓《げいしゃ》のような、凄《すご》く美しく、山の神の化身《けしん》のようには見えまいがね。落残《おちのこ》った柿だと思って、窓の外から烏《からす》が突《つつ》かないとも限らない、……ふと変な気がしたもんだから。」

「お米さん――電燈《でんき》が何故《なぜ》か、遅いでないか。」

料理番が沈んだ声で言った。

時雨《しぐれ》は晴れつつ、木曾の山々に暮《くれ》が迫った。奈良井川の瀬が響く。

二

「何《なん》だい、何《ど》うしたんです。」

「ああ、旦那。」と暗夜《やみよ》の庭の雪の中で。

「鷺《さぎ》が来て、魚《うお》を狙《ねら》うんでございます。」

すぐ窓の外、間近だが、池の水を渡るような料理番――その伊作の声がする。

「人間《ひと》が落ちたか、獺《かわうそ》でも駈廻《かけまわ》るのかと思った、えらい音で驚《おどろ》いたよ。」

此《これ》は、その翌日の晩、おなじ旅店《はたごや》の、下座敷《したざしき》での事であった。……

境は奈良井宿《じゆく》に逗留《とうりゆう》した。ここに積《つも》った雪が、朝から降出《ふりだ》したためではない。別に此《こ》のあたりを見物するためでもなかった。……昨夜は、あれから——鶫を鍋でと誂《あつら》えたのは、しゃも、かしわをするように、膳のわきで火鉢へ掛けて煮るだけの事、と言ったのを、料理番が心得て、そのぶつ切《きり》を、皿に山もり。目笊《めざる》に一杯、葱のざくざくを添《そ》えて、醤油《しょうゆ》も砂糖《さとう》も、むきだしに担《かつ》ぎあげた。お米が烈々《れつれつ》と炭《すみ》を継《つ》ぐ。

越《こし》の方《ほう》だが、境の故郷《こきょう》いまわりでは、季節に成ると、此《こ》の鶫を珍重《ちんちょう》すること一通りでない。料理屋が鶫御料理《おんりようり》、じぶ、おこのみなどと言う立看板《たてかんばん》を軒《のき》に掲げる。鶫うどん、鶫蕎麦と蕎麦屋までが貼紙《びら》を張る。ただし安価《やす》くない。何《なん》の椀、どの鉢に使っても、おん羹《あつもの》、おん小蓋《こぶた》の見識で。ぽっちり三臠《みきれ》、五臠《いっきれ》よりは附《つ》けないのに、葱と一所《ひとつ》に打覆《ぶちま》けて、鍋からもりこぼれるような湯気を、天井へ立てたは嬉しい。

剰《あまつさ》え熱燗《あつかん》で、熊の皮に胡座《あぐら》で居た。芸妓《げいしゃ》の化《ばけ》ものが、山賊にかわったのである。

寝る時には、厚衾《あつぶすま》に、此《こ》の熊の皮が上へ被《かぶさ》って、袖《そで》を包み、蔽《おお》い、裾《すそ》を包んだのも面白《おもしろ》い。あくる日、雪に成《な》ろうとてか、夜嵐《よあらし》の、じんと身に浸《し》むのも、木曾川の瀬の凄《すご》いのも、ものの数ともせず、酒の血と、獣の皮とで、ほかほかして、三階にぐっすり寐込《ねこ》んだ。

次第であるから、朝は朝飯《あさめし》から、ふっふっと吹いて啜《すす》るような豆腐の汁も気に入った。

一昨日《いっさくじつ》の旅館の朝は何《ど》うだろう、……溝《どぶ》の上澄《うわずみ》のような冷《つめた》い汁に、おん羹《あつもの》ほどに蜆《しじみ》が泳いで、生煮《なまにえ》の臭《くさ》さと言ったらなかった……

山も、空も、氷を透《とお》す如く澄切《すみき》って、松の葉、枯木《かれき》の閃《きらめ》くばかり、晃々《きらきら》と日がさしつつ、それで、ちらちらと白いものが飛んで、奥山に、熊が人立《じんりつ》して、針を噴くような雪であった。

朝飯《あさ》が済んで、少時《しばらく》すると、境はしくしくと腹《はら》が疼《いた》み出した。——しばらくして、二三度はばかりへ通った。

あの、饂飩《うどん》の祟《たた》りである。鶫を過食したためでは断じてない。二ぜん分を籠《こみ》にした生《なま》がえりのうどん粉の中毒《あた》らない法はない。——腹《おなか》を圧《おさ》えて、饂飩を思うと、思う下からチクチクと筋が動いて痛み出す。——尤《もっと》も、戸外《そと》は日当《ひあた》りに針が飛んで居《い》ようが、少々腹《はら》が痛もうが、我慢《がまん》して、汽車に乗れないと言う容体《ようたい》ではなかったので。……唯《ただ》、誰も知らない。此《こ》の宿の居心《いごころ》のいいにつけて、何処かへのつらあてにと、逗留する気に成ったのである。

処《ところ》で座敷だが——その二度めだったか、厠《かわや》のかえりに、我が座敷へ入ろうとして、三階の欄干《てすり》から、ふと二階を覗くと、階子段《はしごだん》の下に、開《あ》けた障子《しょうじ》に、箒《ほうき》と、はたきを立掛《たてか》けた、中の小座敷《こざしき》に炬燵《こたつ》があって、床の間が見通される。……床に行李《こうり》と二つばかり重ねた、あせた萌葱《もえぎ》の風呂敷づつみの、真田紐《さなだひも》で中結《なかゆわ》えをしたのがあって、旅商《たびあき》人《んど》と見える中年の男が、ずッぷり床を背負《しょ》って当《あた》って居ると、向合《むかいあい》に、一人の、中年《ちゅうどし》増《ま》の女中が一寸浮腰《ちょいとうきごし》で、膝をついて、手さきだけ炬燵《こたつ》に入れて、少し仰向《あおむ》くようにして、旅商人と話をして居る。

なつかしい浮世《うきよ》の状《さま》を、山の崖《がけ》から掘出《ほりだ》して、旅宿《やど》に嵌《は》めたように見えた。

座敷は熊の皮である。境は、ふと奥山へ捨てられたように里心が着いた。

一昨日《おととい》松本で城を見て、天守に上《のぼ》って、其の五層《いつつ》めの朝霜《あさじも》の高層に立って、悚然《ぞっ》としたような、雲に連《つらな》る、山々の犇《ひし》と再び窓に来て、身に迫るのを覚えもした。バスケットに、等閑《なおざり》に絡《から》めたままの、城あとの崩《くず》れ堀《ぼり》の苔《こけ》むす石垣を這《は》って枯残《かれのこ》った小さな蔦《つた》の紅《くれない》の、鶫の血のしたたる如きのを見るにつけても。……急に寂《さび》しい。――「お米さん、下階《した》に座敷はあるまいか。――炬燵に入ってぐっすりと寐《ね》たいんだ。」

二階の部屋部屋は、時ならず商人衆《あきんどしゅ》の出入《ではい》りがあるからと、望む処の下座敷、おも屋から、土間を長々と板を渡って離座敷《はなれざしき》のような十畳へ導かれたのであった。

肱掛窓《ひじかけまど》の外が、すぐ庭で、池がある。

白雪《しらゆき》の飛ぶ中に、緋鯉《ひごい》の背《せ》、真鯉《まごい》の鰭《ひれ》の紫は美しい。梅も松もあしらったが、大方《おおかた》は樫槻《かしけやき》の大木である。朴《ほう》の樹《き》の二抱《ふたかかえ》ばかりなのさえすっくと立つ。が、いずれも葉を振《ふる》って、真裸《すはだか》の山神《さんじん》の如き装《よそおい》だったことは言うまでもない。

午後三時頃であったろう。枝に梢《こずえ》に、雪の咲くのを、炬燵で斜違《はすか》いに、くの字に成って――いい婦《おんな》だとお目に掛《か》けたい。

肱掛窓を覗《のぞ》くと、池の向《むこ》うの椿《つばき》の下に料理番が立ってつくねんと腕組《うでぐみ》して、熟《じっ》と水を瞻《みまも》るのが見えた。例の紺《こん》の筒袖《つつっぽ》に、尻からすぽんと巻いた前垂《まえだれ》で、雪の凌《しの》ぎに鳥打《とりうち》帽《ぼう》を被《かぶ》ったのは、苟《いやし》くも料理番が水中の鯉を覗くとは見えない。大《おお》きな鷭《ばん》*が沼の鰌《どじょう》を狙《ねら》って居《い》る形《かたち》である。山も峰も、雲深く其《そ》の空を取囲《とりかこ》む。

境は山間《さんかん》の旅情を解《かい》した。「料理番さん、晩に御馳走に、其《そ》の鯉を切るのかね。」

「へへ。」と薄暗い顔を上げてニヤリと笑いながら、鳥打帽を取ってお時儀《じぎ》をして、また被り直すと、其《そ》のままごそごそと樹を潜《くぐ》って廂《ひさし》に隠れる。

帳場は遠し、あとは、雪がただ繁《しげ》く成《な》った。

同時に、さらさらさらさらと水の音が響いて聞《きこ》える。「――又《また》誰か洗面所の口金《くちがね》を開放《あけはな》したな。」此《これ》がまた二度目で。……今朝《けさ》三階の座敷を、此処へ取替《とりか》えない前に、些《ち》と遠いが、手水《ちょうず》を取るのに清潔《きれい》だからと女中が案内をするから、此《こ》の離《はな》れ座敷に近い洗面所に来ると、三ケ所、水道口《みずぐち》があるのに其《そ》のどれを捻《ひね》っても水が出ない。然《さ》ほどの寒さとは思えないが凍《い》てたのかと思って、谺《こだま》のように高く手を鳴《な》らして女中《じょちゅう》に言うと「あれ、汲込《くみこ》みます。」と駈出《かけだ》して行《ゆ》くと、やがて、スッと水が出た。――座敷を取替《とりか》えたあとで、はばかりに行《ゆ》くと、外《ほか》に手水鉢がないから、洗面所の一つを捻《ひね》ったが、その時はほんのたらたらと滴《したた》って、辛《かろ》うじて用が足りた。

しばらくすると、頻《しき》りに洗面所の方《ほう》で水音がする。炬燵から潜出《もぐりで》て、土間へ下りて橋がかりからそこを覗くと、三ツの水道口《みずぐち》、残らず三条《みすじ》の水が一斉《いっとき》にざっと灌《そそ》いで、徒《いたず》らに流れて居た。たしない*水らしいのに、と一つ一つ、丁寧《ていねい》にしめて座敷へ戻った。が、その時も料理番が池のへりの、同じ処《ところ》につくねんと彳《たたず》んで居《い》たのである。くどいようだが、料理番の池に立ったのは、此《これ》で二度めだ。……朝のは十時頃であったろう。ト其《そ》の時料理番が引込《ひっこ》むと、やがて洗面所の水が、再び高く響いた。

又《また》しても三条《みすじ》の水道が、残らず開放《あけはな》しで流れて居る。おなじ事、たしない水である。あとで手を洗おうとする時は、屹《きっ》と涸《か》れるのだからと、又しても口金をしめて置いたが。――

いま、午後の三時ごろ、此《こ》の時も、更《さら》に其《そ》の水の音が聞《きこ》え出したのである。庭の外には小川も流れる。奈良井川の瀬も響く。木曾へ来て、水の音を気にするのは、船に乗って波を見まいとするようなものである。望みこそすれ、嫌いも避けもしないのだけれど、不思議に洗面所の開放《あけはな》しばかり気に成《な》った。

境は又廊下《また》へ出た。果《はた》して、三条《みすじ》とも揃《そろ》って――しょろしょろと流れて居《い》る。「旦那さん、お風呂ですか。」手拭《てぬぐい》を持って居たのを見て、ここへ火を直しに、台十能《じゅうのう》を持って来かかった、お米が声を掛けた。「いや――しかし、もう入《はい》れるかい。」「直《じ》きでございます。……今日は此《こ》の新館のが湧《わ》きますから。」成程《なるほど》、雪の降りしきるなかに、ほんのりと湯の香《か》が通う。洗面所の傍《わき》の西洋扉《せいようど》が湯殿《ゆどの》らしい。この窓からも見える。新しく建増《たてま》した柱立《はしらだ》てのまま、莚《むしろ》がこいにしたのもあり、足場を組んだ処《ところ》があり、材木を積んだ納屋《なや》もある。が、荒れた廏《うまや》のように成《な》って、落葉《おちば》に埋《うも》れた、一帯、脇本陣《わきほんじん》とでも言いそうな旧家が、いつか世が成金《なりきん》とか言った時代の景気に連れて、桑《くわ》も蚕《かいこ》も当《あた》ったであろう、此《こ》のあたりも火の燃えるような勢《いきおい》に乗じて、贄川《にえがわ》はその昔は、煮《に》え川《がわ》にして、温泉《いでゆ》の湧いた処だなぞと、ここが温泉《おんせん》にでも成りそうな意気込みで、新館建増《たてまし》にかかったのを、此《こ》の一座敷《ひとざしき》と、湯殿ばかりで、そのまま沙汰《さた》やみに成った事など、あとで分《わか》った。「女中《ねえ》さんかい、其《そ》の水を流すのは。」閉《し》めたばかりの水道の栓《せん》を、女中が立ちながら一つずつ開けるのを視《み》て、堪《たま》らず詰《なじ》るように言ったが、次手《ついで》に此《こ》の仔細《しさい》も分《わか》った。……池は、樹《き》の根に樋《とい》を伏せて裏の川から引くのだが、一年に一二度ずつ水涸《みずがれ》があって、池の水が干《ひ》ようとする。鯉も鮒《ふな》も、一処《ひとところ》へ固《かたま》って、泡《あわ》を立てて弱るので、台所の大桶《おおおけ》へ汲込《くみこ》んだ井戸の水を、遥々《はるばる》と此の洗面所へ送って、橋がかりの下を潜《くぐ》らして、池へ流し込むのだそうであった。

木曾道中の新版《しんばん》を二三種ばかり、枕もとに散らした炬燵《こたつ》へ、ずぶずぶと潜《もぐ》って、向《む》くのを見ると、猛然として、喜多八《きだはち》を思い起《おこ》して、我《わ》が境は一人で笑った。「はは

「お米さん、……折入《おりい》って、お前《まえ》さんに頼《たの》みがある。」と言いかけて、初々《ういうい》しく一寸俯《ちょっとうつ》

は、心配な事ではないよ。――お庇《かげ》で腹按配《はらあんばい》も至って好《よ》く成ったし――午飯《ひる》を抜いたから、晩には入合《いれあわ》せ*に且《か》つ食《く》い、大《おお》いに飲むとするんだが、いまね、伊作さんが渋苦《しぶにが》い顔をして池を睨《にら》んで行《ゆ》きました。何《ど》うも、鯉のふとり工合《ぐあい》を鑑定《めきき》したものらしい……

屹《きっ》と今晩の御馳走だと思うんだ。――昨夜《ゆうべ》の鶫じゃないけれど、何《ど》うも縁あって池の前に越して来て、鯉と隣附合《となりづきあ》いに成って見ると、目の前から引上《ひきあ》げられて、俎《まないた》で輪切《わぎり》は酷《ひど》い。……板前の都合もあろうし、また我《わ》がままを言うのではない。……

活《いき》づくりはお断りだが、実は鯉汁大歓迎《こいこくだいかんげい》なんだ。しかし、魚屋か、何か、都合して、ほかの鯉を使って貰うわけには行《ゆ》くまいか。――差出《さしで》た事だが一尾《いっぴき》か二尾で足りるものなら、お客は幾人《いくにん》だか、今夜の入用《いりよう》だけは私《わたし》が其《そ》の原料を買っても可《い》いから。」女中の返事が、「いえ、此《こ》の池のは、いつもお料理にはつかいませんのでございます。

うちの旦那も、おかみさんも、御志《おこころざし》の仏の日には、鮒だの、鯉だの、……此《こ》の池へ放しなさるんでございます。料理番さんも矢張《やっぱ》り。……そして料理番は、此《こ》の池のを大事にして、可愛《かあい》がって、その所為《せい》ですか、隙《ひま》さえあれば、黙《だま》ってああやって庭へ出て、池を覗いて居《い》ますんです。」「それはお誂《あつらえ》だ。ありがたい。」境は礼を言ったくらいであった。

雪の頂から星が一つ下《さが》ったように、入相《いりあい》の座敷に電燈《でんとう》の点《つ》いた時、女中が風呂を知らせに来た。「すぐに膳を」と声を掛けて置いて、待構《まちかま》えた湯どのへ、一散《さん》――例の洗面所の向《むこ》うの扉《と》を開《あ》けると、上場《あがりば》らしいが、ハテ真暗《まっくら》である。いやいや、提灯《ちょうちん》が一燈ぼうと薄白《うすじろ》く点いて居る。其処《そこ》にもう一枚扉《ひらき》があって閉《しま》って居た。その裡《なか》が湯どのらしい。

「半作事《はんさくじ》*だと言うから、まだ電燈《でんき》が点かないのだろう。おお、二《ふた》つ巴《どもえ》の紋《もん》だな。大星《おおぼし》だか由良之助《ゆらのすけ》だかで、鼻を衝《つ》く、鬱陶《うっとう》しい巴の紋も、此処《ここ》へ来ると、木曽殿の寵愛《ちょうあい》を思出《おもいだ》させるから奥床《おくゆか》しい。」

と帯を解きかけると、ちゃぶり――という――人が居て湯を使う気勢《けはい》がする。此《こ》の時、洗面所《せんめんじょ》の水の音がハタと留《や》んだ。

境はためらった。

が、いつでも構《かま》わぬ。……他《ひと》が済んで、湯のあいた時を知らせて貰いたいと言って置いたのである。誰も入《はい》っては居まい。とに角《かく》と、解きかけた帯を挟んで、ずッと寄って、其《そ》の提灯《ちょうちん》の上から、扉《と》にひったりと頬《ほお》をつけて伺うと、袖のあたりに、すうーと暗く成《な》る、蠟燭《ろうそく》が、またぽうと明《あか》く成る。影《かげ》が痣《あざ》に成って、巴が一つ片頬に映るように陰気に泌込《しみこ》む、と思うと、ばちゃり……内端《うちわ》に湯が動いた。何《なん》の隙間からか、芬《ぷん》と梅の香《か》を、ぬくもりで溶かしたような白粉《おしろい》の香《か》がする。

「婦人《おんな》だ。」

何《なに》しろ、此《こ》の明《あかり》では、男客《おとこきゃく》にしろ、一所《いっしょ》に入ると、暗くて肩も手も跨《また》ぎかねまい。乳《ちち》に打着《ぶつか》りかねまい。で、ばたばたと草履《ぞうり》を突掛《つっか》けたまま引返《ひきかえ》した。

「もう、お上《あが》りに成りまして？」と言う。

通《かよい》が遠い。ここで燗《かん》をするつもりで、お米がさきへ銚子だけ持って来て居たのである。

「いや、あとにする。」

「まあ、そんなにお腹《なか》がすいたんですの。」

「腹《はら》もすいたが、誰《だれ》かお客が入《はい》って居るから。」

「へい、……此方《こっち》の湯どのは、久しく使わなかったのですが、あの、然《そ》う言っては悪うございますけど、しばらくぶりで、お掃除《そうじ》かたがた旦那様に立てましたのでございますから、……あとで頂きますまでも、……あの、まだ誰方《どなた》も。」

「構やしない。私はゆっくりで可《い》いんだが、婦人《ふじん》の客のようだったぜ。」

「へい……」

と、おかしな、べソをかいた顔をすると、手に持つ銚子が湯沸《ゆわかし》にカチカチカチと震えたっけ、あとじさりに、ふいと立って、廊下に出た。一度ひっそり跫音《あしおと》を消すや否《いな》や、けたたましい音を、すたんと立てて、土間の板をはたはたと鳴《なら》して駈出《かけだ》した。

境はきょとんとして、

「何《なん》だい、あれは……。」

やがて膳を持って顕《あらわ》れたのが、……お米でない。年増《としま》のに替《かわ》って居《い》た。

「やあ、中二階《ちゅうにかい》のおかみさん。」

行商人と、炬燵で睦《むつま》じかったのは此《これ》である。

「御亭主は何《ど》うしたい。」

「知りませんよ。」

「是非《ぜひ》、承《うけたまわ》りたいんだがね。」

半《なかば》は串戯《じょうだん》に、ぐッと声を低くして、

「出るのかい……何《なに》か……あの、湯殿へ……真個《まったく》?」

「それがね、旦那、大笑《おおわら》いなんでございますよ。……誰方《どなた》も在《い》らっしゃらないと思って、申上《もうしあ》げましたのに、御婦人の方《かた》が入《はい》っておいでだって、旦那がおっしゃったと言うので、米ちゃん、大変な臆病《おくびょう》なんですから。……久しくつかいません湯殿ですから、内《うち》のお上《かみ》さんが、念《ねん》のために、——」

「ああ然《そ》うか、……私はまた、一寸《ちょっと》出るのかと思ったよ。」

「大丈夫、湯どのへは出ませんけれど、そのかわりお座敷へはこんなのが、ね、貴方《あなた》。」

「いや、結構。」

お酌《しゃく》は此の方《ほう》が、けっく飲める。

夜《よ》は長い、雪はしんしんと降出《ふりだ》した。床《とこ》を取ってから、酒をもう一度、その勢《いきおい》でぐっすり寝よう。晩《ばん》飯は可加減《いいかげん》で膳を下げた。

跫音《あしおと》が入乱《いりみだ》れる、ばたばたと廊下へ続くと、洗面所の方《ほう》へ落合《おちあ》ったらしい。ちょろちょろと水の音が又《また》響き出した。男の声も交《まじ》って聞《きこ》える。それが止《や》むと、お米が襖《ふすま》から円《まる》い顔を出して、

「何《ど》うぞ、お風呂へ。」

「大丈夫か。」

「ほほほほ。」

と呰《ち》とてれたように笑うと、身を廊下へ引くのに、押続《おしつづ》いて境は手拭《てぬぐい》を提げて出た。

橋がかりの下口《おりくち》に、昨夜《ゆうべ》帳場に居《い》た坊主頭の番頭と、女中頭《じょちゅうがしら》か、それとも女房《にょうぼう》かと思う老《ふ》けた婦《おんな》と、もう一人の女中とが、といった形《かたち》に顔を並べて、一団《ひとかたまり》に成《な》って此方《こなた》を見た。其処《そこ》へお米の姿が、足袋《たび》まで見えてちょこちょこと橋がかりを越えて渡ると、三人の懐《ふところ》へ飛込《とびこ》むようにまた一団《ひとかたまり》。

「御苦労様。」

我がために、見とどけ役の此《こ》の人数《にんず》で、風呂を検《しら》べたのだと思うから、声を掛けると、一度に揃ってお時儀《じぎ》をして、屋根が萱《かや》ぶきの長土間に敷いた、そのあゆみ板を渡って行《ゆ》く。土間のなかばで、其《そ》のおじやのかたまりのような四人の形が暗く成ったのは、トタンに、一つ二つ電燈《でんとう》がスッと息を引くように赤く成って、橋がかりのも洗面所のも一斉《いちど》にパッと消えたのである。

と胸を吐《つ》くと、さらさらさらと三筋《みすじ》に……傚《こ》う順に流れて、洗面所を打つ水の下《した》に、先刻《さっき》の提灯が朦朧《もうろう》と、半ば暗く、巴《ともえ》を一つ照らして、墨でかいた炎か、鯰《なまず》の跳《は》ねたか、と思う形《かたち》に点《とも》れて居《い》た。

いまにも電燈《でんとう》が点《つ》くだろう。湯殿口《ゆどのぐち》へ、これを持って入る気で、境がこごみ状《ざま》に手を掛けようとすると、提灯がフッと消えて見えなくなった。

　消えたのではない。矢張《やっぱ》り是《これ》が以前の如く、湯殿の戸口に点いて居《い》た。此《これ》はおのずから雫《しずく》して、下の板敷《いたじき》の濡れたのに、目の加減で、向《むこ》うから影が映《さ》したものであろう。はじめから、提灯が此処《ここ》にあった次第《わけ》ではない。境は、斜《ななめ》に影の宿った水中の月を手に取ろうとしたと同一《おなじ》である。

　爪《つま》さぐりに、例の上《あが》り場《ば》へ。……で、念のために戸口に寄ると、息が絶えそうに寂寞《ひっそり》しながら、ばちゃんと音がした。ぞッと寒い。湯気が天井から雫に成《な》って点滴《したた》るのではなしに、屋根の雪が溶けて落ちるような気勢《けはい》である。

　ばちゃん、……ちゃぶりと幽《かすか》に湯が動く。と又得《またえ》ならず艶《えん》な、しかし冷《つめた》い、そして、におやかな、霧に白粉《おしろい》を包んだような、人膚《ひとはだ》の気がすッと肩に絡《まつわ》って、頸《うなじ》を撫《な》でた。

　脱《ぬ》ぐ筈《はず》の衣紋《えもん》を且《か》つしめて、

「お米さんか。」

「いいえ。」

　と、一呼吸間《ひといきま》を置いて、湯どのの裡《なか》から聞《きこ》えたのは、勿論《もちろん》我が心が我が耳に響いたのであろう。——お米でないのは言うまでもなかったのである。

　洗面所の水の音がぴったり留《や》んだ。

思わず立竦《たちすく》んで四辺《あたり》を見た。思切《おもいき》って、

「入《はい》りますよ、御免《ごめん》。」


「いけません。」

と澄《す》みつつ、湯気に濡れ濡れとした声が、はっきり聞《きこ》えた。


「勝手にしろ！」

我を忘れて言った時は、もう座敷へ引返《ひきかえ》して居《い》た。

電燈《でんとう》は明るかった。巴の提灯《ちょうちん》は此《こ》の光に消された。が、水は三筋《みすじ》、更にさらさらと走って居た。

「馬鹿にしやがる。」

不気味より、凄いより、なぶられたような、反感が起《おこ》って、炬燵《こたつ》へ仰向《あおむ》けにひっくり返った。

しばらくして、境が、飛上《とびあが》るように起直《おきなお》ったのは、すぐ、窓の外に、ざぶり、ばちゃばちゃばちゃ、ばちゃ、ちゃッと、けたたましく池の水の掻攪《かきみだ》さるる音を聞いたからであった。

「何《なん》だろう。」

ばちゃばちゃばちゃ、ちゃッ。

其処《そこ》へ、ごそごそと池を廻《まわ》って響いて来た。人の来るのは、何故《なぜ》か料理番だろうと思ったのは、此《こ》の池の魚《うお》を愛惜《あいせき》すると、聞いて知ったためである。……

「何《なん》だい、何《ど》うしたんです。」

雨戸を開けて、一面の雪の色のやや薄い処《ところ》に声を掛けた。其《その》池も白いまで水は少《すくな》いのであった。

三

「どっちです、白鷺《しらさぎ》かね、五位鷺《ごいさぎ》かね。」

「ええ、――どっちもでございますな。両方だろうと思うんでございますが。」

料理番の伊作は来て、窓下《まどした》の戸際《とぎわ》に、がッしり腕組《うでぐみ》をして、うしろ向《むき》に立って言った。

「むこうの山口《やまぐち》の大林《おおばやし》から下りて来るんでございます。」

言《ことば》の中にも顕《あらわ》れる、雪の降留《ふりや》んだ、その雲の一方は漆《うるし》の如く森が黒い。

「不断の事ではありませんが、……此《こ》の、旦那、池の水の涸《か》れる処《ところ》を狙《ねら》うんでございます。鯉も鮒も半分鰭《ひれ》を出して、あがきがつかないのでございますから。」

「怜悧《りこう》な奴《やつ》だね。」

「馬鹿な人間は困《こま》っ了《ちま》います――魚《うお》が可哀相《かわいそう》でございますので……然《そ》うかと言って、夜一夜《よっぴて》、立番《たちばん》をしても居《お》られません。旦那、お寒うございます。おしめなさいまし。……そちこち御註文《ごちゅうもん》の時刻でございますから、何《なに》か、不手際《ふてぎわ》なものでも見繕《みつくろ》って差上《さしあ》げます。」

「都合がついたら、君が来て一杯、ゆっくりつき合ってくれないか。――私は夜ふかしは平気だから。一所に……此処《ここ》で飲んで居《い》たら、いくらか案山子《かかし》に成《な》るだろう。……」

「――結構でございます。……もう台所は片附《かたづ》きました。追っつけ伺《うかが》います。――いたずらな餓鬼《がき》どもめ。」

と、あとを口こごとで、空を睨《にら》みながら、枝をざらざらと潜《くぐ》って行《ゆ》く。

境は、しかし、あとの窓を閉めなかった。勿論《もちろん》、極《ご》く細目には引いたが。――実は、雪の池の爰《ここ》へ来て幾羽《いくわ》の鷺《さぎ》の、魚《うお》を狩《か》る状《さま》を、さながら、炬燵で見るお伽話《とぎばなし》の絵のように思ったのである。驚破《すわ》と言えば、追立《おいた》つるとも、驚《おどろ》かすとも、その場合の事として……第一、気もそぞろな事は、二度まで湯殿の湯の音は、いずれの隙間からか雪とともに、鷺が起《た》ち込んで浴《ゆあ》みしたろう、と然《そ》うさえ思ったほどであった。

そのまま熟《じっ》と覗いて居ると、薄黒く、ごそごそと雪を踏んで行《ゆ》く、伊作の袖の傍《わき》を、ふわりと巴《ともえ》の提灯《ちょうちん》が点《つ》いて行《ゆ》く。おお今、窓下では提灯を持っては居《い》なかったようだ。——それに、もうやがて、庭を横ぎって、濡縁《ぬれえん》か、戸口に入りそうだ、と思うまで距《へだ》った。遠いまで小さく見える、唯《と》少時《しばらく》して、ふとあとへ戻るような。やや大きく成《な》って、あの土間廊下の外の、萱屋根《かややね》のつま下《した》をすれずれに、段々此方《こなた》へ引返《ひきかえ》す、引返《ひきかえ》すのが、気の所為《せい》だか、いつの間にか、中へ入って、土間の暗がりを点《とも》れて来る。……橋がかり、一方が洗面所《せんめんじょ》、突当《つきあた》りが湯殿……ハテナとぎょッとするまで気《き》がついたのは、その点《とも》れて来る提灯を、座敷へ振返《ふりかえ》らずに、逆に窓から庭の方《ほう》に乗出《のりだ》しつつ見て居る事であった。

トタンに消えた。——頭《あたま》からゾッとして、首筋を硬《こわ》く振向《ふりむ》くと、座敷に、白鷺かと思う女の後姿《うしろすがた》の頸脚《えりあし》がスッと白い。

違棚《ちがいだな》の傍《わき》に、十畳のその辰巳《たつみ》*に据《す》えた、姿見に向《むか》った、うしろ姿である。……湯気に山茶花《さざんか》の悄《しお》れたかと思う、濡れたように、しっとりと身についた藍鼠《あいねずみ》の縞小紋《しまこもん》に、朱鷺色《ときいろ》と白のいち松のくっきりした伊達巻《だてまき》で乳の下の縊《くび》れるばかり、消えそうな弱腰に、裾模様が軽《かろ》く靡《なび》いて、片膝をやや浮かした、褄《つま》を友染《ゆうぜん》が微《ほんの》り溢《こぼ》れる。露の垂りそうな円髷《まるまげ》に、桔梗色《ききょういろ》の手絡《てがら》が青白い。浅葱《あさぎ》の長襦袢《ながじゅばん》の裏が媚《なまめ》かしく搦《から》んだ白い手で、刷毛《はけ》を優《やさ》しく使いながら、姿見を少しこごみなりに覗《のぞ》くようにして、化粧をして居《い》た。

境は起《た》つも坐《い》るも知らず息を詰めたのである。

あわれ、着た衣《きぬ》は雪の下《した》なる薄もみじで、膚《はだ》の雪が、却《かえ》って薄もみじを包んだかと思う、深く脱いだ襟脚《えりあし》を、すらりと引いて掻合《かきあわ》すと、ぼっとりとして膝近《ひざぢか》だった懐紙《かみ》を取って、くるくると丸《まる》げて、掌《てのひら》を拭いて落《おと》したのが、畳《たたみ》へ白粉《おしろい》のこぼれるようであった。

衣摺《きぬず》れが、さらりとした時、湯どのできいた人膚《ひとはだ》に紛《まご》う留南奇《とめき》が薫《かお》って、少し斜《なな》めに居返《いがえ》ると、煙草《たばこ》を含んだ。吸口《すいくち》が白く、艶々《つやつや》と煙管《きせる》が黒い。

トーンと、灰吹《はいふき》の音が響いた。
屹《きっ》と向いて、境を見た瓜核顔《うりざねがお》は、目《ま》ぶちがふっくりと、鼻筋通って、色の白さは凄《すご》いよう。――気の籠《こも》った優《やさ》しい眉《まゆ》の両方を、懐紙《かみ》でひたと隠して、大《おおき》な瞳《ひとみ》で熟《じっ》と視《み》て、

「……似合《にあ》いますか。」

と、莞爾《にっこり》した歯が黒い。唯《と》、莞爾《にっこり》しながら、褄《つま》を合《あわ》せ状《ざま》にすっくりと立った。顔が鴨居《かもい》に、すらすらと丈《たけ》が伸びた。

境は胸が飛んで、腰が浮いて、肩が宙へ上《あが》った。ふわりと、其《そ》の婦《おんな》の袖で抱上《だきあ》げられたと思ったのは、然《そ》うでない、横に口に引銜《ひきくわ》えられて、畳を空《くう》に釣上《つりあ》げられたのである。

山《やま》が真黒《まつくろ》に成《な》った。いや、庭が白いと、目に遮った時は、スッと窓を出たので、手足はいつか、尾鰭《おひれ》に成《な》り、我はぴちぴちと跳《は》ねて、婦《おんな》の姿は廂《ひさし》を横に、ふわふわと欄《らん》間《ま》の天人《てんにん》のように見えた。

白い森も、白い家《いえ》も、目《め》の下に、忽《たちま》ち颯《さつ》と……空高く、松本城の天守をすれすれに飛んだように思うと、水の音がして、もんどり打って池の中へ落ちると、同時に炬燵でハッと我に返った。

池におびただしい羽音《はおと》が聞《きこ》えた。

此《こ》の案山子《かかし》になど追えるものか。

バスケットの、蔦《つた》の血を見るにつけても、青い呼吸《いき》をついてぐったりした。

廊下へ、しとしとと人の音がする。ハッと息を引いて立つと、料理番が膳に銚子を添えて来た。

「やあ、伊作さん。」

「おお、旦那。」

四

「昨年の丁ど今頃《いまごろ》でございました。」

料理番は、ひしと、身を寄せ、肩をしめて話し出した。

「今年は今朝から雪に成《な》りましたが、其《そ》のみぎりは、忘れもしません、前日雪が降りました。積《つも》り方《かた》は、もっと多かったのでございます。――二時頃《ごろ》に、目の覚めますような御婦人客が、唯《ただ》お一方《ひとかた》で、おいでに成ったのでございます。――目の覚めるようだと申しましても派手ではありません。婀娜《あだ》な中に、何《なん》となく寂しさのございます、二十六七のお年ごろで、高等な丸髷《まるまげ》でおいででございました。――御容子《ごようす》のいい、背のすらりとした、見立ての申分《もうしぶん》のない、しかし奥様と申すには、何処《どこ》か媚《なま》めかしさが過ぎて居《お》ります。其処《そこ》は、田舎ものでも、大勢お客様をお見かけ申して居《お》りますから、直《じ》きにくろうと衆《しゅ》だと存じましたのでございまして、此《これ》が柳橋の簑吉《みのきち》さんと言う姐《ねえ》さんだった事が、後《のち》に分《わか》りました。宿帳の方《ほう》は、お艶様《つやさま》でございます。

その御婦人を、旦那――帳場で、此《こ》のお座敷へ御案内申したのでございます。風呂がお好きで……勿論《もちろん》、お嫌《きらい》な方《かた》も沢山《たんと》ございますまいが、あの湯へ二度、お着きに成って、すぐと、それに夜分に一度、お入りなすったのでございます――都合で、新館の建出《たてだ》しは見合《みあわ》せておりますが、温泉《おんせん》ごのみに石で畳みました風呂は、自慢でございまして、旧《きゅう》の二階三階のお客様にも、些《ち》と遠《とお》うございますけれども、お入りを願って居《お》りました処《ところ》が――実はその、時々、不思議な事がありますので、此《こ》のお座敷も同様に多日《しばらく》使わずに置きましたのを、旦那のような方《かた》に試みて頂けば、おのずと変な事もなくなりましょうと、相談をいたしまして、申すもいかがでございますが、今日《こんにち》久しぶりで、湧《わ》かしも使いもいたしましたような次第《わけ》なのでございます。

処で、お艶様、その御婦人でございますが、日《ひ》の中《うち》一風呂お浴びになりますと、(鎮守様《ちんじゆさま》のお宮は、)と聞いて、お参詣《まいり》なさいました。贄川街道《にえがわかいどう》よりの丘の上にございます。——山王様《さんのうさま》のお社《やしろ》で、むかし人身御供《ひとみごくう》があがったなどと申伝《もうしつた》えてございます。森々《しんしん》と、もの寂《さび》しいお社《やしろ》で……村社《そんしゃ》はほかにもございますが、鎮守と言う、お尋ねにつけて、その儀《ぎ》を帳場で申しますと……道を尋ねて、其処《そこ》でお一人でおのぼりなさいました。目を少々お煩《わずら》いのようで、雪がきらきらして疼《いた》むからと言って、こんな土地でございます、ほんの出来あいの黒い目金《めがね》を買わせて、掛けて、洋傘《こうもり》を杖《つえ》のようにしてお出掛けで。——此《こ》れは、鎮守様へ参詣《さんけい》は、奈良井宿一統《いっとう》への礼儀挨拶《れいぎあいさつ》と言うお心だったようでございます。

無事に、先《ま》ずお帰りなすって、夕飯の時、お膳で一口あがりました。——旦那の前でございますが、板前へと、御丁寧にお心づけを下すったものでございますから私《てまい》……一寸《ちょいと》御挨拶に出ました時、恁《こ》う言うおたずねでございます——お社へお供物《くもつ》にきざ柿《がき》*と楊枝《ようじ》とを買いました、……石段下《いしだんした》の其処《そこ》の小店《こみせ》のお媼《ばあ》さんの話ですが、山王様の奥が深い森で、其《そ》の奥に桔梗ヶ《ききょうが》原《はら》と言う、原の中に、桔梗の池と言うのがあって、その池に、お一方《ひとり》、お美しい奥様が在《い》らっしゃると言うことですが、真個《ほんとう》ですか。——

——真個《まったく》でございます、と皆《みな》まで承《うけたま》わらないで、私《てまい》が申したのでございます。論より証拠《しょうこ》、申して、よいか、悪いか存じませんが、現に私《てまい》が一度見ましたのでございます。」

「…………」

「桔梗ヶ原とは申しますが、それは、秋草は綺麗《きれい》に咲《さ》きます。けれども、桔梗ばかりと言うのではございません。唯其《ただそ》の大池《おおいけ》の水が真桔梗《まっききょう》の青い色でございます。桔梗は却《かえ》って、白い花のが見事に咲きますのでございまして。……

四年あとに成《な》りますが、正午《まひる》と言うのに、此《こ》の峠向《とうげむこ》うの藪原宿《やぶはらじゅく》から火が出ました。正午《しょううま》の刻《こく》の火事は大きく成《な》ると、何国《いずこ》でも申しますが、全く大焼《おおやけ》でございました。山王様の丘へ上《あが》りますと、一目に見えます。火の手は、七条《ななすじ》にも上《あが》りまして、ぱちぱちぱんぱんと燃《もえ》る音が手に取るように聞こえます。……あれは山間《やまあい》の滝か、いや、ぽんぷの水が走るのだと申すくらい。此《こ》の大南風《おおみなみ》の勢《いきおい》では、山火事に成って、やがて、ここもとまで押寄《おしよ》せはしまいかと案じますほどの激《はげ》しさで、駈《か》けつけるものは駈《か》けつけます、騒《さわ》ぐものは騒ぐ。私《てまい》なぞは見物《けんぶつ》の方《ほう》で、お社前《やしろまえ》は、おなじ夥間《なかま》で充満《いっぱい》でございました。

二百十日《とおか》の荒《あ》れ前《まえ》で、残暑の激《はげ》しい時でございましたから、つい少しずつお社の森の中へ火を見ながら入りましたにつけて、不断《ふだん》は、しっかり行《ゆ》くまじきとしてある処《ところ》ではございますが、此《こ》の火の陽気で、人の気の湧いて居《い》る場所《ばしょ》から、深いと言っても半町とはない。大丈夫《だいじょうぶ》と。処で、私陰気《てまいいんき》もので、余り若衆《わかしゅ》づきあいがございませんから、誰を誘うでもあるまいと、杉檜《すぎひのき》の森々《しんしん》としました中を、それも、思ったほど奥が深くもございませんで、一面の草花。……白い桔梗でへりを取《と》った百畳敷ばかりの真《まっ》青《さお》な池が、と、見ますと、その汀《みぎわ》、ものの二……三……十間《けん》とはない処《ところ》に……お一人、何《なん》ともおうつくしい御婦人が、鏡台を置いて、斜《なな》めに向《むか》って、お化粧をなさって在《い》らっしゃいました。

お髪《ぐし》が何う《ど》やら、お召《めし》ものが何やら、一目見ました、其《そ》の時の凄《すご》さ、可恐《おそろし》さと言ってはございません。唯今思出《ただいまおもいだ》しましても御酒《ごしゅ》が氷に成《な》って胸へ沁《し》みます。慄然《ぞっと》します。……それで居てそのお美しさが忘れられません。勿体《もったい》ないようでございますけれども、家のないもののお仏壇に、うつしたお姿と存じまして、一日でも、此《こ》の池の水を視《なが》めまして、その面影《おもかげ》を思わずには居《お》られませんのでございます。——さあ、その時は、前後も存ぜず、翼《はね》の折れた鳥が、ただ空から落ちるような思《おもい》で、森を飛抜《とびぬ》けて、一目《いちもく》散《さん》に、高い石段を駈下《かけお》りました。私《てまい》がその顔の色と、怯《おび》えた様子とてはなかったそうでございましてな。……お社前の火事見物が、一雪崩《ひとなだれ》に成って遁下《にげお》りました。森の奥から火を消すばかり冷《つめた》い風で、大蛇《だいじゃ》が颯《さつ》と追ったようで、遁《に》げた私《てまい》は、野兎《のうさぎ》の飛んで落ちるように見えたと言う事でございまして。

と此の趣《おもむき》を――お艶様、その御婦人に申しますと、――然《そ》うしたお方《かた》を、何《ど》うして、女神様《おんながみさま》とも、お姫様《ひめさま》とも言わないで、奥さまと言うんでしょう。さ、其《それ》でございます。私《てまい》は唯《ただ》目が暗《くら》んで了《しま》いましたが、前々《ぜんぜん》より、ふとお見上げ申したものの言うのでは、桔梗の池のお姿は、眉をおとして居らっしゃりまするそうで……」

境はゾッとしながら、却《かえ》って炬燵を傍《わき》へ払った。

「誰方《どなた》の奥様とも存ぜずに、いつとなく然《そ》う申すのでございまして……旦那。――お艶様に申しますと、じっとお聞きなすって――だと、その奥さまのお姿は、ほかにも見た方《かた》がありますか、とおっしゃいます――ええ、月の山の端《は》、花の麓路《ふもとじ》、蛍の影、時雨《しぐれ》の提灯《ちょうちん》、雪の川べりなど、随分村方《ずいぶんむらかた》でも、ちらりと拝んだものでございます。――お艶様は此《これ》をきいて、猪口《ちょく》を下に置いて、なぜか、悄乎《しょんぼり》とおうつむきなさいました。――

――処《ところ》で旦那……その御婦人が、わざわざ木曾の此《こ》の山家《やまが》へ一人旅をなされた、用事がでございまする。」

五

「ええ、其《そ》の時、此《こ》の、村方で、不思議千万《せんばん》な、色出入《いろでいり》、——変な姦通事件《まおとこじけん》がございました。

村入《むらいり》の雁股《かりまた》と申す処《ところ》に（代官婆《だいかんばば》）と言う、庄屋《しょうや》のお婆《ばあ》さんと言えば、まだしおらしく聞《きこ》えますが、代官婆。……渾名《あだな》で分《わか》りますすくらい可恐《おそろ》しく権柄《けんぺい》な、家の系図を鼻に掛けて、俺《おら》が家はむかし代官だぞよ、と二言《ふたこと》めには、たつみ上《あが》りに成《な》りますので。其の了簡《りょうけん》でございますから、中年から後家《ごけ》に成《な》りながら、手一つで、先《ま》ず……伜《せがれ》どのを立派に育てて、此《これ》を東京で学士先生にまで仕立てました。……其処《そこ》で一頃《ひところ》は東京住居《ずまい》をして居《お》りましたが、何《なん》でも一旦微録《いったんびろく》した家を、故郷《ふるさと》に打開《ぶっぱだ》けて、村中の面《つら》を見返すと申して、估券潰《こけんつぶれ》*の古家《ふるいえ》を買いまして、両《りょう》三年前《ぜん》から、其の伜《せがれ》の学士先生の嫁御《よめご》、近頃で申す若夫人と、二人で引籠《ひきこも》って居《お》りますが。……菜大根《なだいこん》、茄子《なすび》などは料理に醤油《したじ》が費《ついえ》、だと言う倹約で、葱《ねぶか》、韮《にら》、大蒜《にんにく》、辣薤《らっきょう》と申す五蘊《ごうん》の類《たぐい》を、空地《あきち》中に植込《うえこ》んで、塩で弁《べん》ずるのでございまして。……もう遠くから芬《ぷん》と、其《そ》の家が臭《にお》います。大蒜屋敷《にんにくやしき》の代官婆《だいかんばば》。……

処が若夫人、嫁御と言うのが、福島の商家の娘さんで学校をでた方《かた》だが、当世に似合わないおとなしい優しい、些《ち》と内輪《うちわ》過ぎますぐらい。尤《もっと》も此《これ》でなくっては代官婆と二人住居は出来ません。……大蒜ばなれのした方《かた》で、鋤《すき》にも、鍬《くわ》にも、連尺《れんじゃく》*にも、婆《ばば》どのに追使《おいつか》われて、いたわしいほどよく辛抱《しんぼう》なさいます。

霜月《しもつき》の半ば過ぎに、不意に東京から大蒜屋敷へお客人がございました。学士先生のお友だちで、此《こ》の方《かた》は何処《どこ》へも勤めては居《い》なさらない、尤も画師《えかき》だそうでございますから、極《きま》った勤《つとめ》とてはございますまい。学士先生の方《ほう》は、東京の一《ある》中学校で歴乎《れっき》とした校長さんでございますが。——

で、その画師さんが、不意に、大蒜屋敷に飛込《とびこ》んで参ったのは、碌《ろく》に旅費も持たずに、東京から遁出《にげだ》して来たのだそうで。……と申しますのは——早い話が、細君《さいくん》がありながら、よそに深い馴染《なじみ》が出来ました。……それがために、首尾《しゅび》も義理も世の中は、さんざんで、思余《おもいあま》って細君が意見をなすったのを、何《なに》を！と言《い》って、一つ横頬《よこぞっぽ》を撲《くら》わしたはいいが、御先祖、お両親《ふたおや》の位牌《いはい》にも、くらわされて然《しか》るべきは自分の方《ほう》で、仏壇のある我家《わがや》には居たたまらないために、其《そ》の場から門《かど》を駈出《かけだ》したは出たとして、知合《ちかづき》にも友だちにも、女房に意見をされるほどの始末で見れば、行処《ゆきどころ》がなかったので、一夜《ひとよ》しのぎに、此《こ》の木曾谷まで遁込《にげこ》んだのだそうでございます、遁げましたなあ。…

…それに、その細君と言うのが、はじめ画師さんには恋人で、晴れて夫婦《ふうふ》に成《な》るのには、此《こ》の学士先生が大層《たいそう》なお骨折《ほねおり》で、そのお庇《かげ》で思《おもい》が叶《かな》ったと申したようなわけだそうで。……遁込《にげこ》み場所には屈竟《くっきょう》なのでございました。

時に、弱りものの画師さんの、その深い馴染と言うのが、もし、何《なん》と……お艶様——手前どもへ一人でお泊《とま》りに成《な》った其《そ》の御婦人なんでございます。……一寸申上《ちょいともうしあ》げて置きますが、これは画師さんのあとをたずねて、雪を分けておいでに成《な》ったのではございません。その間《あいだ》が雑《ざっ》と半月ばかりございました。その間《あいだ》に、唯今申《ただいまもうし》ました、姦通騒《まおとこさわ》ぎが起《おこ》ったのでございます。」

と、料理番は一息《ひといき》した。

「其処《そこ》で……また代官婆に変な癖がございましてな、癖より病《やまい》で——或《あ》るもの知《しり》の方《かた》に承りましたのでは、訴訟狂《そしょうきょう》とか申すんだそうで、葱《ねぶか》が枯れたと言っては村役場だ、小児《こども》が睨《にら》んだと言えば交番だ。……派出所だ裁判だと、何《なん》でも上沙汰《かみざた》にさえ持出《もちだ》せば、我に理があると、それ貴客《あなた》、代官婆だけに思込《おもいこ》んで居《お》りますのでございます。

その、大蒜《にんにく》屋敷の雁股《かりまた》へ掛《かか》ります。この街道、棒鼻《ぼうばな》*の辻《つじ》に、巌穴《いわあな》のような窪地《くぼち》に引《ひっ》込《こ》んで、石松《いしまつ》と言う猟師が、小児沢山《がきだくさん》で籠《こも》って居《お》ります。四十親仁《おやじ》で、此《これ》の小僧の時は、まだ微禄《びろく》をしません以前の、……其《そ》の婆《ばば》の許《とこ》に下男奉公《ぼうこう》、女房《かかあ》も女中奉公をしたものだそうで。……婆《ばば》が強《えろ》う家来扱いにするのでございますが、石松猟師も、堅い親仁で、甚《はなはだ》しく御主人に奉《たてまつ》って居《お》りますので。……

宵《よい》の雨が雪に成《な》りまして、その年の初雪が思いのほか、夜半《よなか》を掛けて積《つも》りました。山《やま》の、猪《しし》、兎《うさぎ》が慌《あわ》てます。猟は恁《こ》う云《い》う時だと、夜更《よふけ》に、のそのそと起きて、鉄砲《てっぽう》しらべをして、炉端《ろばた》で茶漬《ちゃづけ》を掻食《かっくら》って、手製《てづくり》の猿の皮の毛頭巾《けずきん》を被《かぶ》った。筵《むしろ》の戸口へ、白髪《しらが》を振乱《ふりみだ》して、蕎麦切色《そばきりいろ》の褌《ふんどし》……可厭《いや》な奴《やつ》で、とき色の禿《は》げたのを不断まきます、尻端折《しりぱしょ》りで、六十九歳の代官婆が、跣足《はだし》で雪の中に突立《つった》ちました。「内《うち》へ怪《ばけ》ものが出た、来てくれせえ。」と顔色《がんしょく》、手振《てぶり》で喘《あえ》いで言うので。……こんな時鉄砲《てっぽう》は強うございますよ、ガチリ、実弾《たま》をこめました。……旧主人の後室《こうしつ》様がお跣足《はだし》でございますから、石松も素跣足《すはだし》。街道を突切《つっき》って韮《にら》、辣薤《らっきょう》、葱畠《ねぶかばたけ》を、さっさと、化《ばけ》ものを見届《みとど》けるのじゃ、静《しずか》にと言う事で、婆《ばば》が出て来ました納戸口《なんどぐち》から入って中土間《なかどま》へ忍んで、指《ゆびさ》されるなりに、板戸の節穴《ふしあな》から覗《のぞ》きますとな、——何《なん》と、六枚折《ろくまいおり》の屏風《びょうぶ》の裡《なか》に、枕を並《なら》べて、と申すのが、寝ては居《い》なかったそうでございます。若夫人が緋《ひ》の長襦袢《ながじゅばん》で、掻巻《かいまき》の襟《えり》の肩から辷《すべ》った半身で、画師《えかき》の膝に白い手をかけて俯向《うつむけ》に成《な》りました、背中を男が、撫でさすって居《い》たのだそうで。いつもは、もんぺを穿《は》いて、木綿《もめん》のちゃんちゃんこで居《い》る嫁御が、其《そ》の姿で、然《しか》も其《その》のありさまでございます。石松は化《ばけ》もの以上に驚いたに相違《そうい》ございません。（おのれ、不義もの……人畜生《にんちくしょう》）と代官婆が土蜘蛛《つちぐも》のようにのさばり込んで、（やい、……動くな、その状《ざま》を一寸《いっすん》でも動いて崩すと——鉄《あ》砲《れ》だぞよ、弾丸《あれ》だぞよ。）と言う。にじり上《あが》りの屏風の端《はし》から、鉄砲《てっぽう》の銃口《すぐち》をヌッと突出《つきだ》して、毛の生えた蟇《ひきがえる》のような石松が、目を光らして狙《ねら》って居《お》ります。

人相と言い、場合と申し、ズドンと遣《や》りかねない勢《いきおい》でございますから、画師さんは面喰《めんくら》ったに相違ございますまい。（天罰《てんばつ》は立処《たちどころ》じゃ、足四本、手四《よっ》つ、顔《つら》二つのさらしものにして遣るべ。）で、代官婆は、近所の村方四軒と言うもの、其《そ》の足でたたき起《おこ》して廻《まわ》って、石松が鉄砲を向けたままの、其《そ》のあり状《さま》をさらしました。——夜《よ》のあけ方には、派出所の巡査《おまわり》、壇那寺《だんなでら》の和尚《おしょう》まで立会《たちあ》わせると言う狂い方《かた》でございまして。学士先生の若夫人と、色男の画師さんは、惩《こ》う成《な》ると、緋鹿子《ひがのこ》の扱帯《しごき》も藁《わら》すべで、彩《さい》色《しき》をした海鼠《なまこ》のように、雪にしらけて、ぐったりと成《な》ったのでございます。

男はとにかく、嫁は真個《ほんとう》に、うしろ手に縛《くく》りあげると、細引《ほそびき》を持出《もちだ》すのを、巡査《おまわり》が叱りましたが、叱られると尚《な》お吼《たけ》り立って、忽《たちま》ち、裁判所、村役場、派出所も村会《そんかい》も一所にして、姦通《かんつう》の告訴をすると、のぼせ上《あが》るので、何処《どこ》へも遣らぬ監禁同様と言う趣《おもむき》で、一先《ひとま》ず壇那寺まで引上《ひきあ》げる事に成《な》りました。活証拠《いきじょうこ》だと言張《いいは》って、嫁に衣服《きもの》を着せることを肯《き》きませんので、巡査《おまわり》さんが、雪のかかった外套を掛けまして、何《なん》と、しかし、ぞろぞろと村の女小児《おんなこども》まであとへついて、寺へ参ったのでございますが。」

境はききつつ、ただ幾度《いくたび》も歎息《たんそく》した。

「――遁がしたのでございましょうな。画師《えかき》さんはその夜《よ》のうちに、寺から影をかくしました。此《これ》は然《そ》うあるべきでございます。さて、聞きますれば、――「伜の親友、兄弟同様の客じゃから、伜同様に心得る。……半年あまりも留守を守ってさみしく一人で居《い》る事ゆえ、嫁女《よめじょ》や、そなたも、伜と思うて、つもる話もせいよ、と申して、身じまいをさせて、衣《き》ものまで着かえさせ、寝る時は、にこにこ笑いながら、床《とこ》を並べさせたのだと申すことで。……嫁御は成程《なるほど》、わけしりの弟分の膝に縋《すが》って泣きたい事もありましたろうし、芸妓《げいしゃ》でしくじるほどの画師さんでございます、背中を擦《さす》るぐらいはしかねますまい、……でございますな。

代官婆の憤《いきどお》り方《かた》を御《お》察《さつ》しなさりとう存じます。学士先生は電報で呼ばれました。何《なん》と宥《なだ》めても承知をしません。是非とも姦通の訴訟を起《おこ》せ。いや、恥も外聞もない。代官と言えば帯刀じゃ。武士たるものは、不義ものを成敗するは却《かえ》って名誉じゃ、と恁《こ》うまで間違っては事面倒《ことめんどう》で。断《た》って、裁判沙汰にしないとなら、生きて居《お》らぬ。咽喉《のど》笛鉄砲《ぶえてっぽう》*じゃ、鎌腹《かまばら》*じゃ、奈良井川の淵《ふち》を知らぬか。……桔梗ヶ池へ身を沈める……此《こ》、此、この婆《ばばあ》め、沙汰《さた》の限りな、桔梗ヶ池へ沈めますものか、身投《みなげ》をしようとしたら、池が投出《なげだ》しましょう。」

と言って、料理番は苦笑した。

「また、今時に珍しい、学校でも、倫理、道徳、修身の方《ほう》を御研究もなされば、お教えもなさいます、学士は至っての御孝心、予《かね》て評判な方《かた》で、嫁御をいたわる傍《はた》の目には、些《ち》と弱過ぎると思うほどなのでございますから、困《こう》じ果《は》てて、何《なん》とも申しわけも面目《めんぼく》もなけれども、とに角《かく》一度、此《こ》の土地へ来て貰いたい。万事はその上で。と言う――学士先生から画師さんへのお頼みでございます。

さて、これは決闘状《はたしじょう》より可恐《おそろし》い。……勿論、村でも不義ものの面《つら》へ、唾《つば》と石とを、人間の道のためとか申して騒ぐ方《かた》が多い真中《まんなか》でございますから。……どの面《つら》さげて画師さんが奈良井へ二度面《つら》がさらされましょう、旦那。」

「これは何《なん》と言われても来られまいなあ。」

「と言って、学士先生との義理合《ぎりあい》では、来ないわけにはまいりますまい。処《ところ》で、その画師さんは、その時、何処《どこ》に居《い》たと思召《おぼしめ》します。……いろの事から、怪《け》しからん、横頬《よこぞっぽ》を撲《は》ったと言う細君の、袖《そで》のかげに、申しわけのない親御たちのお位牌から頭をかくして、尻も足もわなわなと震えて居《い》ましたので、弱った方《かた》でございます。……必ず、連れて参ります――と代官婆に、誓って約束をなさいまして、学士先生は東京へ立たれました。

その上京中。その間《あいだ》の事なのでございます——柳橋の簑吉《みのきち》姉さん……お艶《つや》様が……ここへお泊《とま》りに成《な》りましたのは……。」

六

「——どんな用事の御都合にいたせ、夜中《やちゆう》、近所が静《しずま》りましてから、お艶様が、おたずねに成《な》ろうと言うのが、代官婆の処と承っては、一人ではお出し申されません。ただ道だけ聞けば、との事でございましたけれども、おともが直接《じか》について悪ければ、垣根、裏口にでもひそみまして、内々《ないない》守って進《しん》じようで……帳場が相談をしまして、其《そ》の人選に当《あた》りましたのが、此《こ》の、不つつかな私《てまい》なんでございました。……お支度《したく》がよろしくばと、私《てまい》、此《これ》へ……此《こ》のお座敷へ提灯《ちようちん》を持って伺いますと……」

「ああ、二《ふた》つ巴《どもえ》の紋のだね。」と、つい誘《さそ》われるように境が言った。

「へい。」

と暗く、含《ふく》むような、頤《おとがい》で返事を吸って、

「よく御存じで。」

「二度まで、湯殿に点《つ》いて居《い》て、知って居ますよ。」

「へい、湯殿に……湯殿に提灯を点けますような事はございませんが、――それとも、へーい。」

此《こ》の様子では、今しがた庭を行《ゆ》く時、此《こ》の料理番とともに提灯が通ったなどとは言《い》い出《だ》せまい。境は話を促した。

「それから。」

「些《ち》と変な気がいたしますが。――ええ、ざっとお支度済《ずみ》で、二度めの湯上《ゆあが》りに薄化粧をなすった、めしものの藍鼠がお顔の影に藤色《ふじいろ》に成《な》って見えますまで、お色の白さったらありません、姿見の前で……」

境が思わず振返《ふりかえ》った事は言うまでもない。

「金《きん》の吸口《くち》で、烏金《しゃくどう》で張った煙管《きせる》で、一寸《ちょっと》歯を染めなさったように見えます。懐紙《かいし》をな、眉にあてて私《てまい》を、おも長に御覧なすって、

――似合いますか。――」

「むむ、む。」と言う境の声は、氷を頬張《ほおば》ったように咽喉《のど》に支《つか》えた。

「畳のへりが、桔梗で白いように見えました。」

（ええ、勿体《もったい》ないほどお似合《にあい》で。）と言うのを聞いて、懐紙《かいし》をおのけに成《な》ると、眉のあとがいま剃立《そりた》ての真青《まっさお》で。……（桔梗ケ池の奥様とは？）――（お姉妹《きょうだい》……いや一

倍お綺麗《きれい》で。）と罰《ばち》もあたれ、然《そ》う申さずには居《お》られなかったのでございます。
ここをお聞きなさいまし。」……

（お艶さん、何《ど》うしましょう。）

「雪がちらちら雨まじりで降る中を、破れた蛇目傘《じゃのめ》で、見すぼらしい半纏《はんてん》で、意気にやつれた画師《えかき》さんの細君が、男を寝取った情婦《おんな》とも言わず、お艶様——本妻が、その体《てい》では、情婦《いろ》だって工面《くめん》は悪うございます。目を煩《わず》らって、しばらく親許《おやもと》へ、納屋《なや》同然な二階借りで引籠《ひきこも》って、内職に、娘子供《むすめこども》に長唄《ながうた》なんか、さらって暮《くら》して居《い》なさる処《ところ》へ、思余《おもいあま》って、細君が訪ねたのでございます。」

（お艶さん、私は然《そ》う存じます。私が、貴女《あなた》ほどお美しければ、「こんな女房がついて居《い》ます。何《なん》の夫《やど》が、木曾街道の女なんぞに。」と姦通呼《まおとこ》ばわりをする其《そ》の婆《ばばあ》に、然《そ》う言って遣《や》るのが一番早分《はやわか》りがすると思います。）（ええ、何《なに》よりですともさ。それよりか、尚《な》お其上《そのうえ》に、「お妾《めかけ》でさえ此《こ》のくらいだ。」と言って私を見せて遣《や》ります方《ほう》が、上に尚《な》お奥さんと言う、奥行《おくゆき》があって可《よ》うございます。——「奥さんのほかに、私ほどのいろがついて居《い》ます。田舎で意地ぎたなをするもんですか。」婆《ばばあ》に然《そ》う言ってやりましょうよ。そのお嫁さんのためにも。）——

――あとで、お艶様の、したためもの、かきおきなどに、此《こ》の様子が見える事に、何《なん》とも何《ど》うも、つい立至《たちいた》ったのでございまして。……此《これ》でございますから、何《なん》の木曾の山猿なんか。しかし、念のために土地の女の風俗を見ようと、山王様御参詣は、その下心だったかとも存じられます。……処《ところ》を、桔梗ヶ池の、凄《すご》い、美しいお方《かた》の事をおききなすって、これが時々人目にも触れると云うので、自然、代官婆の目にもとまって居《い》て、自分の容色《きりよう》が見劣りがする段《ひ》には、美しさで勝つ事は出来ない、と云う覚《かく》悟《ご》だったとも思われます。――尤《もっと》も西洋剃刀《せいようかみそり》をお持ちだったほどで。――それで不可《いけ》なければ、世の中に煩《うるさ》い婆《ばばあ》、人だすけに切っ了《ちま》う――それも、かきおきにございました。

　雪道を雁股《かりまた》まで、棒端《ぼうはな》をさして、奈良井川の枝流《えだなが》れの、青白いつつみを参りました。氷のような月が皎々《こうこう》と冴《さ》えながら、山気《さんき》が霧《きり》に凝《こ》って包みます。巌石《がんせき》、ごうごうの細《ほそ》谿川《たにがわ》が、寒さに水涸《みずが》れして、さらさらさらさら、……ああ、丁ど、あの音。……洗面所の、あの音でございます。」

「一寸《ちょっと》、あの水口《みずぐち》を留《と》めて来ないか、身体《からだ》の筋々《すじすじ》へ沁渡《しみわた》るようだ。」

「御同然でございまして……ええ、しかし、何《ど》うも。」

「一人じゃ不可《いけな》いかね。」

「貴方様《あなたさま》は？」

「いや、何《なに》、何《ど》うしたんだい、それから。」

「岩と岩に、土橋《つちばし》が架《かか》りまして、向《むこ》うに槐《えんじゅ》の大きいのが枯れて立ちます。それが危《あぶな》かしく、水で揺れるように月影に見えました時、ジイと、私《てまい》の持ちました提灯《ちょうちん》の蠟燭が煮えまして、ぼんやり灯《ひ》を引きます。（暗くなると、巴が一つに成《な》って、人魂《ひとだま》の黒いのが歩行《ある》くようね。）お艶様の言葉《ことば》に――私《てまい》、はッとして覗きますと、不注意にも、何《なん》にも、お綺麗さに、そわつきましたか、ともしかけが乏《とぼ》しく成《な》って、かえの蠟燭が入れてございません。――おつき申しては居《お》ります、月夜だし、足許に差支《さしつか》えはございませんようなものの、当館の紋の提灯は、一寸土地《ちょっと》では幅が利《き》きます。あなたのおためにと思いまして、道はまだ半町足らず、つい一走《ひとつばし》りで、駈戻《かけもど》りました。此《これ》が間違《まちがい》でございました。」

声も、言《ことば》も、しばらく途絶《とだ》えた。

「裏土塀《うらどべい》から台所口へ、……まだ入《はい》りませんさきに、ドーンと天狗星《てんぐぼし》の落ちたような音がしました。ドーンと谺《こだま》を返しました。鉄砲でございます。」

「…………」

「吃驚《びっくり》して土手へ出ますと、川べりに、薄い銀《ぎん》のようでございましたお姿が見えません。提灯も何《なに》も押放出《おっぽりだ》して、自分でわッと言って駈《か》けつけますと、居処《いどころ》が少しずれて、バッタリと土手腹《どてっぱら》の雪を枕に、帯腰《おびごし》が谿川《たにがわ》の石に倒れておいででした。（寒いわ。）と現《うつつ》のように、（ああ、冷《つめた》い。）とおっしゃると、その唇から糸のように、三条《みすじ》に分《わか》れた血が垂れました。

——何《なん》とも、かとも、おいたわしい事に——裾《すそ》をつつもうといたします、乱《みだ》れ褄《づま》の友染が、色をそのままに岩に凍《こお》りついて、霜《しも》の秋草に触《さわ》るようだったのでございます。——人も立会《たちあ》い、抱起《だきおこ》し申す縮緬《ちりめん》が、氷でバリバリと音がしまして、古襖《ふるぶすま》から錦絵《にしきえ》を剝《は》がすようで、此《こ》の方《ほう》が、お身体《からだ》を裂く思《おもい》がしました。胸に溜《たま》った血は暖《あたたか》く流れましたのに。——

撃ちましたのは石松で。……親仁が、生計《くらし》の苦しさから、今夜こそは、何《ど》うでも獲《え》ものをと、しとぎ餅《もち》*で山の神を祈って出ました。玉味噌《たまみそ》を塗って、串にさして焼いて持ちます、その握飯《にぎりめし》には、魔が寄ると申します。がりがり橋と言う、其《そ》の土橋《どばし》にかかりますと、お艶様の方《ほう》では人が来るのを、よけようと、水が少《すく》ないから、つい川の岩に片足おかけなすった。桔梗ケ池の怪《あや》しい奥様が、水の上を横に伝うと見て、パッと臥《ふし》打《うち》に狙《ねらい》をつけた。俺《おれ》は魔を退治《たいじ》たのだ、村方のために。と言って、いまもって狂って居ります。――

旦那、旦那、旦那、提灯が、あれへ、あ、あの、湯どのの橋から、……あ、あ、あ、旦那、向《むこ》うから、私《てまい》が来ます、私《てまい》とおなじ男が参ります。や、並んで、お艶様が。」

境も歯の根をくいしめて、

「確乎《しっかり》しろ、可恐《おそろし》くはない、可恐くはない。……怨まれるわけはない。」

電燈《でんとう》の球《たま》が巴《ともえ》に成《な》って、黒くふわりと浮くと、炬燵の上に提灯《ちょうちん》がぼうと掛《かか》った。

「似合いますか。」

座敷は一面の水に見えて、雪の気《け》はいが、白い桔梗の汀《みぎわ》に咲《さ》いたように畳《たたみ》に乱れ敷《し》いた。

注釈

義血侠血

九　＊対曳　人力車に綱をつけ、かじ棒引きの補助として引くこと。

一二　＊瓦多馬車　がたがたするぼろ馬車。乗合馬車に対する蔑《べっ》称で、当時「がた馬車」とか「がたくり馬車」の呼び名があった。

一三　＊福岡　現在の富山県高岡市。二〇〇五年十一月の合併まで西礪波郡福岡町があった。

＊疝　疝気の略。腹部または腰部の痛む病気。

一四　＊隗より始めつ　最初に言い出した者から始めた。「郭隗曰、今王誠欲レ致レ士、先従レ隗始、隗且見レ事、況賢二於隗一者乎」（「戦国策」）に由来する。

＊白銅　五銭のこと。銅とニッケルの合金による貨幣。白色でさびなかった。

一八　＊縦騁　思うがままに馬を走らせること。聖主得二賢臣一頌「縦騁馳鶩、忽如二影靡一」

＊馳鶩　馬を奔走させること。

＊千体仏　仏像の光背や洞窟《どうくつ》内などに彫刻された数多くの仏像をいう。

一九　＊尋常の鼠じゃあんめえ　世間ふつう並みの人間じゃあるまい。「あんめえ」とは「あるまい」の転、俗語。「伽羅《めいぼく》先代萩」床下の場で荒獅子男之助が言うせりふ「うぬもただの鼠じゃあんめえ」が、世間に流行したのが始まりといわれる。

二三 ＊木戸口　芝居小屋の見物人の出入り口。

二四 ＊向山　卯辰山の別名。現在の金沢駅の東五キロの地点にあり、標高一〇〇メートル余だが、眺望《ちょうぼう》がよい。

＊天神橋　浅野川にかかり、卯辰山西の登り口の一つに位置する。この橋のたもとに今は滝の白糸の碑がある。新派狂言の「滝の白糸」では卯辰橋となっている。

＊首抜の浴衣　衣紋《えもん》から前の襟《えり》へかけて大きな模様を染めぬいてあるはでなゆかた。祭りのそろいなどによく使われた。

＊赤毛布　赤色の毛布。ここでは肩掛けとして用いられている。「ケット」とはブランケット blanket の略。

二五 ＊高髷　高島田のこと。

三〇 ＊油紙の蒲簀莨入　油紙製のかます型きざみたばこ入れ。江戸時代初期にたばこが伝来して以来、貞享年間（一六八四―一六八八）あたりで油紙製のたばこ入れが出現。以後、それも、しだいに意匠に工夫をこらしたものがふえた。その一つ。

三八 ＊書生言葉　書生どうしで交《か》わされていたことば。「君」「僕」「我輩」「たまえ」等のことばが頻出し、平常語としてざっくばらんに使われるところに特色があった。

四六 ＊伏木　現在は富山県高岡市の一部。小矢部川左岸河口に位置し、新潟・敦賀とともに日本海側の港として栄えた。金沢、高岡間は、現在の北陸本線で四〇・九キロ。当時の街道ではさらに長い里程である。

＊上都の道　東京へ出る道の途中の意。「伏木港を発する観音丸は、乗客の便を謀《はか》りて、

午後六時までに越後直江津に達し、同所を発する直江津鉄道の最終列車に間に合わすべき予定なり」と「取舵《とりかじ》」（明28・1）にある。ただし信越本線が開通したのは明治三十年（一八九七）。

四九　*辺幅の修飾　うわべだけを飾ること。「反修二飾辺幅一、如二偶人形一」（「後漢書」馬援伝）から出た。

*越後直江津　現在の新潟県直江津市。新潟県南西部の荒川河口に発達し、鎌倉時代以降日本海航路の発展に伴い重要視された港町。

*鉄拐　勇み肌で無法な気性のこと。

五〇　*夏炉冬扇　夏のいろりと冬の扇。いずれも季節に適さない。季節によっては全く顧みられないたとえ。「作二無レ益之能一、納二無レ補之説一、猶如二以レ夏進レ炉以レ冬奏レ扇、亦徒耳」（「論衡」）

*魚は木に縁りて求むべからず　望んでもとうてい得られないことのたとえ。「以二若所レ為、求二若所レ欲、猶二縁レ木而求レ魚也」（「孟子」梁恵王）

*招魂祭　招魂社の祭典。国難に殉じた者のみたまをまつる祭りのこと。明治元年（一八六八）に始まる。ここでは今の石川護国神社（昭和十四年の改称までは石川招魂社）の祭りのこと。石川護国神社は兼六園に近い。

*越前福井　現在の福井県福井市。日本に市制が確立したのは明治二十一年（一八八八）、翌年には全国で三十九の市ができたが、○○県××市という呼称は二十年代半ばでは一般化していなかったのであろう。

二五一 *轆轤首　ふつうの人間より異常に長い首。よく見せ物に使われた。

二五二 *兼六園　金沢市内小立野台地にある。江戸時代藩主前田氏の外園で、十三代斉泰のころから現在のような庭園に整えられた。白河楽翁（松平定信）が、宏大、幽邃《ゆうすい》、人力、蒼古、水泉、眺望の六つの特色を兼備している名園の意味で兼六園と名づけたといわれる。総面積一〇万平方メートル。北東から南西にかけてやや傾斜している。

*百鬼夜行　さまざまな妖怪が夜さまよい歩くこと。

二五三 *霞ヶ池　兼六園内にあり、縦一三〇メートル、横八〇メートル、周囲三八六メートル。池の中に蓬萊《ほうらい》島（亀甲《きっこう》島）と名づけられた島があり、池近くには松が多く、池畔の唐《から》崎《さき》松は十三代藩主斉泰が近江唐崎の松の実をまいて育成したものといわれる。池畔からの眺望がよく、日本海を遠望することもできる。

*露根松　根が高く露出した松。

二五七 *浅葱地　薄いねぎのような水色の布地。

*七宝繋　楕円《だえん》形の両端がとがった形をつなぎ合わせた模様。

二五八 *未央柳　中国原産の鑑賞用小灌木。葉は透明な点のある長楕円形で柳に似る。

*枝折門　折った木の枝で作ったそまつな門。転じてそれをよそおった簡略な門。

二五九 *平庭　築山《つきやま》のない平らな庭園。

二六〇 *鉢前　便所のそばの手洗い鉢を置く所。

二六四 *行潦　地上にたまり流れる雨水のこと。

二六五 *共進会　ひろく各地の産物や製品を集め公衆に展覧し、その優劣を批評して決める会。

産業の進歩改良をはかるためのもので、今の品評会と博覧会を折衷したようなかたちのものであった。明治十二年（一八七九）九月、横浜で製茶共進会を開いたのが始まり。

六八 *節仙台の袴　節糸で織った仙台平《ひら》の袴《はかま》。仙台平とは、仙台地方に産出される平織の袴地で、上等の絹織物とされた。

六九 *対審　事件にかかわる者両方を相対されて口頭弁論の手続きで審理すること。

七〇 *大岡政談　大岡越前守忠相《ただすけ》の公正な裁判に仮託した小説・脚本などのこと。大岡忠相とは江戸中期、八代将軍吉宗に重用された町奉行。その公正かつ名裁《さば》きが評判を呼んだ。

*予審　旧憲法下にあった制度で、刑事被告事件を公判に付すかどうかを決定するため、公判前に裁判所で審理すること。それによって、公判に付するか免訴かが言い渡された。

*弁護士　明治九年（一八七六）、代言人《だいげんにん》規則が発布され、代言人（弁護士の前身）、代書人、公証人と分化し、代言人試験が実施されて免許制が確立。明治十二年には東大法学部法律学科卒業生には無試験で弁護士免許状を与えることが定められ、明治二十六年三月に至って代言人規則を廃止して弁護士法が公布され、五月一日から施行された。

*手薬煉を引いて　手に薬煉を引くの意に始まる。「薬煉」とは油を混ぜて練った松脂《まつやに》で、弓の弦などに塗って強くした。準備を整え機会を待っての意。

七一 *没分暁　分別のないこと。無知でものごとをわきまえていなかったり、さとりのにぶいこと。

三三 ＊茶羅紗　茶色のらしゃ地。「羅紗」とは地の厚く密な羊毛による織物。日本では室町時代末期に輸入されたに始まる。

＊味噌漉帽子　みそこしのように底の深い帽子。「味噌漉し」とはみそかすをこすために、丸い容器の底を竹でふるいのように編んだものとか、底の深いざるを言った。

三三 ＊検事代理　明治十九年（一八八六）五月五日に定められた裁判所官制（勅令四〇号）によれば、検察官とは検事長・検事・検事試補の総称であって「検事代理」という名称はない。検事試補を虚構により「検事代理」と言ったものか。なお慶応義塾図書館泉鏡花文庫蔵の推敲以前のものとみられる原稿には、「威儀ある紳士」の描写はなく、馭者が村越欣弥と名を変えられる以前の埴生荘之助《はにゅうしょうのすけ》であり、検事代理ではなく判事になっている。

＊三紋　紋付は紋をつける数によって三《み》つ紋とか五《いっ》つ紋と呼ばれ、三つ紋は背と両袖につけた。

＊陪席判事　合議制裁判を構成する裁判官のうち裁判長を除いた裁判官。明治十五年（一八八二）一月一日施行の治罪法によって、重罪裁判所では陪席判事は四名とされたが、実際には四名制の実現がむずかしく、明治十四年の太政官《だじょうかん》布告四六号により当分の間二名とされた。

三六 ＊天知る、地知る、我知る　偽り隠したつもりでも天はこれを知り、地はこれを知り、自分もまた知っている。「後漢書」の「四知」（もう一つは子〈相手方〉知る）に始まる。

夜行巡査

七九　*こう　江戸語に始まる下町言葉。威勢よくものを言うときに用いる。「よう」に近い。

八〇　*御規則　明治二十五年（一八九二）現在で、人力車夫の股引きは冬季（十一月―五月）は長い目倉縞《めくらじま》に限り、夏季は半股引きでよいという規制があった。また、街頭で尻《しり》をまくったり、高い尻端折《はしょ》りも違警罪に問われた時代であった。

*維新前の者　明治維新前におとなになった者。今日の「戦前派」という言い方に似る。

*内証　他人に言えない理由。ここではふところぐあい。

*寒鴉　冬の烏。寒空の烏。紺色らしゃ地の制服の巡査を烏に見立ててののしったもの。

*ひよぐる　小便を勢いよくすること。

八一　*べら棒め　何をばかめ。人をののしる啖呵《たんか》に使われた江戸語。語源としては寛文十二年（一六七二）、大阪で、漂着した異形の異国人の見せ物があり、その名をべらぼうと呼んだに始まるという説と、飯を糊《のり》にする竹篦《たけべら》の棒、すなわち穀潰《ごくつぶ》しの意からきているとするのと二説ある。

*此方人等のお成筋　おれたちがいつもお出歩きになる道。おれたちの領分。お成り筋とは本来、将軍が御外出になる道の意。

八三　*後生の善いお客　よこしまな心のない親切な客。仏教の因果応報の理では、この世で善行を積めば後生も善いとされる。そんな善行を積んでいる客。

八四　*藕糸の孔中　蓮《はす》から糸を引き出した後《あと》の穴。きわめて狭い場所のたとえ。

八五　＊空谷を鳴らして遠く跫音を送りつつ　人影のないさびしい谷で響かせるように足音を遠くまで送り聞かせながら。『荘子』の「夫逃二空谷一者、聞二人之足音跫然一而喜矣」(空谷に逃《の》がるる者は、人の足音の跫然たるを聞いて喜ぶ)を踏まえている。

＊冠木門　両端の柱の上に、サの字型に一本の冠木を貫《ぬき》に渡した屋根のない門。

＊窶々しき　やせ衰えた。

八七　＊半蔵門　皇居の吹上御苑《ふきあげぎょえん》に近い門。現在の千代田区麹町《こうじまち》一丁目に面している。

＊天色沈々として風騒がず　空模様はひっそりとしずまり、風も音をたてない。

八九　＊酒芬　酒のにおい。

＊三枚襲　三枚の小袖を重ねて着ること。

＊お前にゃ星目だ　おまえには九目を置かねばならない。「九目」とは囲碁用語。力量がはなはだ劣る場合、対戦者は互角にではなく初めから九目を盤面に並べて対峙《たいじ》する。すなわちここでは、おまえのほうがはるかに美しい。互角に対峙したらおまえのほうが問題なく勝ちだの意。

九〇　＊一注の電気　一筋の電流。

九三　＊すべ一本　藁《わら》しべ一本。ほんの少しのことのたとえ。

九六　＊寝刃を合わせるじゃあ無い　「寝刃を合わせる」とは切れなくなった刃をとぐこと。したがって、切れなくなった刃をもう一度といで襲おうというわけじゃない。つまり刃物に訴えようというわけじゃない、の意。

九七　＊造次の間　少しの間。あわただしい間。

外科室

一〇三 *医学士　大学医学部卒業者。明治十二年（一八七九）十月に東京大学医学部で初めての医学士号授与式が行われた。

*東京府　明治十一年（一八七八）、郡市町村編制法公布にしたがって、東京府は麴町、神田、芝、麻布、赤坂、四谷、牛込、小石川、本郷、下谷、浅草、本所、深川の十三区と、荏原、東多摩、南豊島、北豊島、南足立、南葛飾の六郡に分けられ、明治二十二年にはほぼ旧十三区を範囲として東京市制も施かれた。従って、「府下」と称する場合は市外六郡のこと。

*伯爵　明治二年（一八六九）、華族制度が設けられ、明治十七年に公布された華族令によって爵位（公・侯・伯・子・男の五等爵）が授けられた。伯爵は第三位で、大納言に昇進することのできた公家、五万石以上の旧大名家、旧徳川御三卿や、国家に勲功ある者に授けられた。

*腕車　人力車。明治三年（一八七〇）に和泉《いずみ》要助が発明。高山幸助・鈴木徳次郎らと製造に着手。二、三年で普及した。初めは人車と称した。一人乗りまたは二人乗りの腰掛け座席・幌《ほろ》・かじ棒などからなる二輪車で、車夫が引く。

*被布　女性だけの外衣《がいい》。羽織に似るが、左右に立て襟《えり》をつけ、襟のまわりにもう一つ小さな襟をつける。色紐《ひも》を編んだ飾りが襟の前に四つつく。

*フロックコオト　欧米では十九世紀後半から、日本では文明開化以来用いられた男性

用礼服。上着はダブルで丈は膝まであり、縞のズボンと組み合わせて着る。
一〇三 ＊跫音　あしおと。
＊転た　いよいよ。
＊赤十字　明治二十年（一八八七）、日本赤十字社が設立された。明治二十三年から看護婦の養成が始まったが、麹町区飯田町にあった日本赤十字社病院は同年末、南豊島郡下渋谷村御寮地内に移転している。
＊あるやんごとなきあたり　皇室に対する婉曲表現。
＊公　公爵のこと。同様に、侯は侯爵、伯は伯爵のこと。
一〇四 ＊綾羅　あやとうすぎぬ。すなわち薄く軽やかな衣装である。
＊慄然　ぞっとするさま。
＊爾き　しかじかのような。このような。
＊腰元　貴人のそばに仕えて、身の回りの雑用をする女性。侍女。
一〇七 ＊周旋　事をなすため立ち回ること。
＊不問に帰せざるべからず　問題にすることができない。
一〇八 ＊温乎として　おだやかにやさしく。
一〇九 ＊窮したる　困り果てた。
＊森寒を禁じ得ざりき　おののきを止めることができなかった。
一一〇 ＊臨検　立会い。
＊関雲長　関羽。字が雲長。中国三国時代の蜀《しょく》の勇将。容貌魁偉《かいい》、美髯《びぜん》をたくわえ、張

飛とともによく劉備《りゅうび》を補佐した。古来、英雄豪傑の代表的存在。臂《ひじ》に毒矢を受けたさい、肉を裂き骨をけずる手術の間も、自身は酒を飲み肉を食らいつつ、平然と碁を囲んでいたという故事がある。

二一　＊辞色ともに　ことばも表情も。

二二　＊死灰　火の気のなくなった冷たい灰。転じて、生気を失ったもののたとえ。

二三　＊自若　落ち着いていて、物事に驚いたり慌てたりしないさま。

＊国手　すぐれた医師。名医。国を医する手の意。

二四　＊小石川なる植物園　旧幕府が経営した小石川薬園を明治八年（一八七五）小石川植物園と改称。明治十年には東大理学部の付属となり、明治二十一年六月から一般の縦覧を許している。現在も文京区白山三丁目七番一号にある。

二五　＊煙突帽　シルク・ハット。山高帽子。上部が高い円筒形なので世間では煙突帽と俗称した。礼装用だが、明治五年（一八七二）ごろから流行し、二十四年ごろには、さらに上部をちょっと押えた高帽子が大流行をみた。

＊丸髷　楕円《だえん》形にやや平たく結った髷型。一般に既婚女性が結う。江戸時代初期に始まり末期に再流行。このころから丸髷と呼ばれた。

＊束髪　明治十七、八年以来、欧化主義に応じて流行した女性の洋髪の型の一種。髪を束ねて結う。二十二、三年ごろ、一時、日本髪に押されて衰えたが、三十年代にはまた復活している。

＊しゃぐま　漢字では赤熊。赤く染めた白熊《はぐま》の毛や、ちぢれ毛で作った入れ毛のこと。

桃割れ髷などに用いる。

二六　*高島田　若い女性が結んだ島田髷の一種。根を高く形を太く結う。文金高島田は婚礼などで多く結われる、さらに上品ではでやかな島田髷。ここでは後者。

*銀杏　女性の髪形の一つ。銀杏返しのこと。粋好みの娘や三十代以上の後家、芸人、花柳界の女に多かった。

*わりい洒落　前行の「銀杏《いちょう》」を「一丁」（いっちょう）とかけたことをさしている。

*本読　書物を好きで読むこと。ここでは好きでよく読んでいる男。

*足下のようでもないじゃないか　足下は同輩に対する敬称。お前らしくないじゃないか。

*見しやそれとも分かぬ間　「めぐりあひて見しやそれともわかぬ間に雲がくれにし夜半の月かな」（紫式部『新古今集』一六、雑上）を踏まえている。見ていたのはそれともこれとも判断のつかぬくらい短い時間の意。

*裾捌、褄はずれ　和服を着たときの取りまわし。身のこなしのこと。

*雲上　身分の高い人。

二七　*北廓　新吉原遊廓の異称。漢語の「北廓」とは品川遊廓に対し北にあったからという説がある。吉原遊廓とは最初、今の中央区高砂町・住吉町あたりにあり、蘆《あし》や葭《よし》が茂っていたので葭原と名づけられたに始まる。明暦三年（一六五七）に所替えになり、浅草日本堤近くに移った。

*金毘羅様　芝区琴平町（現在の東京都港区虎ノ門）にある金刀比羅《ことひら》宮のこと。当時は

参詣人も多く、にぎわった。誓いを立て、吉原遊廓通いを三年の間やめた、の意。
*肌守を懸けて　素肌にお守りをさげたまま。
*土堤　吉原遊廓に近い山谷《さんや》堀の土手《どて》、すなわち日本堤のこと。
*発心切った　思い立った。「発心」は本来、仏教用語。修行して仏になろうと菩提心を起こすこと。

高野聖

一三〇 *参謀本部編纂の地図　旧陸軍陸地測量部作成で、それを統轄する陸軍参謀本部の地図として広く愛用された地図。維新後、各省庁で進められた地図作成が、明治十年代の終わりころ陸軍に統一され、二万分の一の縮尺で始められたが、数年後には二万分の一は将来発展性のある平地部に限られ、全国の基本図は五万分の一で作成された。「参謀本部」とは旧陸軍で、参謀総長を長とし国防と用兵のことを取り扱った軍令機関。
一三一 *死灰の如く　二六一ページの「死灰」の注を参照。
*尾張の停車場　名古屋駅。
*永平寺　福井県吉田郡内。道元禅師の開基にかかる曹洞宗の大本山。
*高野山　和歌山県北部、紀ノ川の南にある山地で、山頂に真言宗の総本山金剛峯寺がある。金剛峯寺の山号。
一三三 *羅紗　紡毛を原料とし、起毛させた厚地の毛織物。

*角袖の外套　袖を角に裁った和装の外套。外出、旅行に着用する。
*ふらんねる　Flannel（英）紡毛糸であら織りしたやわらかい織物。ネル。
*土耳古形の帽　茶人などのかぶる、つばのない頂上の平らな、宗匠頭巾のこと。形が似ていることから。

三三 *宗匠　茶道・華道・俳諧などの師匠の称。
*柳ヶ瀬　滋賀県の地名。当時は北陸線の駅があった。
*賤ヶ岳　滋賀県北部、琵琶湖の北東岸にある山。天正十一年（一五八三）、羽柴秀吉が柴田勝家を破った古戦場。加藤清正らの七本槍で名高い。
*喧しく　うるさく。やかましく。騒がしく。

三四 *自在鍵　囲炉裏の上に吊し、鉄瓶や釜をかけて自由自在に上下させるかぎ。
*竈　かまど。
*法然天窓　頭頂の中央部がくぼんだはげ頭。法然上人（長承二年―建暦二年　一一三三―一二一二）の頭に似ているのでこの称がある。「天窓」とは頭頂部を天窓とみたてたあて字。ただし、鏡花固有のあて字ではない。

三五 *けたいの悪い　いまいましい。感じの悪い。「怪態《けたい》な」に「悪い」を言い重ねている。

三六 *床几　折り畳み式の腰掛け。
*石灰　消毒のために石灰《せっかい》をまいてあった。
*はて面妖な　さてさてふしぎなことだ。歌舞伎・講釈などできまりの言い回し。

三七 *万金丹　宇治山田東方の朝熊《あさま》山《やま》で製し、広く愛用された丸薬の名。長方形で金箔《きんぱく》を押した。気つけ、解毒、胃腸その他の諸病にきくとされる。

＊千筋の単衣　細い縦縞《たてじま》模様のひとえ。「単衣」とは一重で裏のない着物。

＊千草木綿　黄と青の中間の色のもめん。

＊桐油合羽　桐油紙で作った雨具。「桐油」とはアブラギリの種子から絞り採った乾性油。黄色または茶色で、紙にひいて油紙を作る。よく雨や湿気を防ぐ。「合羽」とは、雨天のときに用いる外套《がいとう》。ポルトガル語の capa に由来する。

＊真田紐　平たく組んだ木綿のひも。戦国武将、真田昌幸にはじまるとされる。

＊小弁慶の木綿　弁慶縞《じま》の模様の細かいもの、すなわち二種の色糸で織った小さな碁盤縞の綿織物製の意。

＊法界坊　江戸後期の托鉢《たくはつ》僧。諱《いみな》は了海。法海坊を脚色した歌舞伎に、奈河七五三《しめ》助《すけ》作『隅田川《すみだがわ》続俤《ごにちのおもかげ》』が著名。破戒の悪僧、こじき坊主として描かれている。ここでは僧侶の蔑称として用いられている。

＊すっぺら　頭を剃るさま。

一二八　＊神方　神霊の処方による薬の意。売薬の誇大な宣伝用語。

＊一帖三百　一袋三銭。「三百」は旧貨の単位の「文」でいったもの。

＊いけ年を仕った　いい年をした。

＊勅使橋　天皇の意思である勅旨を伝達する特使の通行用に、特別に架した橋。

一三　＊魑魅魍魎　山林・川・木石等の精気から生ずるといわれるさまざまな怪物、ばけもの。「魑」は虎の形をした山の神。「魅」は猪頭人形の沢の神。「魍魎」は、水の神、山川の精、などを言う。
*汐さき　海潮のさし時。転じて物事の起こり始め。時は盛夏、妖怪の出はじめる季節でもない。
一三四 *天生峠　岐阜県飛騨高地の白川郷近くにある吉城郡河合村天生の峠。標高一二九〇メートル。ただし、実際的にこの地名は作品には該当せず、鏡花の聞き誤りとみられる。
一三八 *山颪　山から吹きおりる風。
一四〇 *山海鼠　鏡花の造語か。山蛭《やまびる》のこと。蛭類顎蛭《あごひる》目の環形動物。人や動物に吸着して血を吸う。
一四一 *斛《こく》　石の正字。体積の単位。一石は一〇斗、約一八〇リットル。
一四三 *知死期　ここでは死期。死にぎわ。陰陽道《おんみょうどう》では、人の生年月日によって死期を予知すること。
一四三 *清心丹　心気をさわやかにする丸薬。行脚中の常備薬として携帯している。
一四五 *ちゃんちゃん　ちゃんちゃんこの略。袖無し羽織。
*大別条　たいへんに別条がある、すなわち、はなはだしくふつうと異なっている。
一四六 *南無三宝　仏・法・僧（三宝）に帰依するの意。驚いたり困ったりしたときに発する語。
一四九 *洗足　草鞋履きで汚れた足をすすぐための水。
一五一 *胴乱の根付　「胴乱」とは革で作った方形の袋。薬・印・たばこ等を入れ、腰にさげる。「根付」とは胴乱が落ちないようにその紐《ひも》の端につけた飾り。

一五三　*十三夜　陰暦九月十三日の夜。名月とされる。

一六〇　*野面　恥知らずな顔。あつかましい顔。鉄面皮。

一六一　*練絹　練ってやわらかにした絹布。

一六四　*嬌瞋　なまめかしい美人が怒って目をみはること。

一六九　*あだけた　好色な。いろけづいた。

一七〇　*反魂丹　食傷・腹痛等にきくとされ広く愛用された丸薬。富山で製し富山の薬売りが全国に広めた。

一七三　*一落の　一段さがった。

一七六　*いきり　温気。水蒸気。

一七九　*月鼈雲泥　その優劣ではなはだしい差異のあることのたとえ。月とスッポン、天上の雲と地上の泥。

一八〇　*金釵玉簪　黄金を打ち延ばして作ったかんざしや玉を刻んで作ったかんざし。

*蝶衣　蝶の羽のような美しい薄衣。

*珠履を穿たば　珠玉をちりばめたくつをはいたならば。

*驪山　中国陝西《せんせい》省臨潼《りんとう》県の南東にある山。秦《しん》の始皇帝はここの温泉で瘡《きず》を治療し、唐の玄宗は華清宮を建設して楊貴妃に浴を楽しませた。ここでは楊貴妃の故事を踏まえている。

一八三　*畜生道　仏教で、悪行の結果、死後生まれ変わる畜生の世界。

一八四　*陀羅尼　ここでは読誦《どくじゅ》しやすいようにつづられた陀羅尼の呪文《じゅもん》のこと。密教ではこれを誦すると障碍《しょうげ》を除き大利があるとされる。梵《ぼん》語では chāranī。

一八五 ＊七堂伽藍　正式な仏教建築が備える七種の堂のこと。七種の堂とは塔・金堂《こんどう》（仏殿）・講堂・鐘楼・経蔵・僧房・食堂《じきどう》。禅宗では仏殿・法堂《はっとう》・僧堂・庫裏《くり》・山門・西浄《さいじん》・浴室を言う。ここでは七堂伽藍を備えたりっぱな寺院の意。

一八八 ＊閻王　閻魔大王。

一九〇 ＊さし乳　乳児が吸うほどに出る乳量の多い女の乳。たれさがらない乳房。

＊屋の棟へ白羽の征矢が立つ　多くの少女の中から特に選び出されること。むかし人身《ひとみ》御供《ごくう》を求める神が、その望む少女の家の屋根に人知れず白羽の矢を立てたという伝説に由来する。「白羽」とはまっ白な矢羽根。「征矢」とは戦いに用いる矢。狩矢・的矢に対して言う。

＊狩倉　狩猟を競い合うこと。

＊鬢附　びんつけ油。木蠟《もくろう》と菜種油とを練り合わせた髪油。日本髪のかたちを整えるのに用いる。

＊鰯の天窓も信心から　つまらぬものでも信仰すればありがたく見えるという意味のことわざ。

＊竹庵養仙木斎　竹庵・養仙・木斎。どれもありふれた医師の名まえ。

＊薬師　薬師瑠璃光如来のこと。衆生の病苦を救う如来。医者の縁で娘をたとえた。

一九一 ＊りょうまちす　関節の痛む病気。リュウマチ。

＊根太　腫れ物の一種。

＊単舎利別を混ぜたの　白砂糖六五パーセント、蒸留水三五パーセントで溶かした砂糖水。薬剤の味をととのえるために用いる。単シロップとも言う。希塩酸と混ぜ合わせると胃酸不足を補う薬とされる。

一九四　＊戸長様の帳面前　戸長に届け出た戸籍台帳の上ではの意。多少やゆ的に言っている。「戸長」とは維新後、町村制施行以前に町村に設けて行政事務をつかさどらせた吏員。戸籍法改定があったのは明治四年（一八七一）。翌五年二月一日から戸籍登録が行なわれ、五月十五日には庄屋・名主・年寄などの称を廃して、行政区域の小区には戸長を、町村には副戸長をおいている。だが後には後者も戸長と呼ばれた。

＊親六十で児が二十なら徴兵はお目こぼしと何を間違えたか　明治十六年（一八八三）の徴兵令の改正で、戸主の年齢六十歳以上の者の嗣子は兵役を免除されることとなり、そのころ、兵役をのがれるための戸籍上の操作がそちこちで行なわれた。「何を間違えたか」とは、その場合、嗣子にかぎるのであって、二、三男以下は該当しないからである。

一九六　＊天狗道にも三熱の苦悩　深山に棲《す》み、人の形をし、顔赤く、鼻が高く、神通力を持ち、自在に飛行できる天狗《てんぐ》の世界にも、竜や蛇が受けると同じ三つの苦しみがある。「三熱」とは、仏教用語で、一、熱風や熱砂で皮肉を焼かれること。二、悪風が荒れて飾りたてた衣を失うこと。三、金翅鳥《こんじちょう》が来て子を食べること。

一九八　＊中央線起点飯田町より一五八マイル二、海抜三二〇〇尺　中央本線飯田町—名古屋間が全通したのは明治四十四年（一九一一）五月一日。当時鉄道距離はマイルで表わした。「一五八マイル二」とは約二五四・六キロメートル。「三二〇〇尺」は約九七二・八メートル。

＊膝栗毛　『道中膝栗毛』（一八〇二—一八二二年刊・十返舎一九作）の一部、「木曾街道」編のこと。江戸神田八丁堀の栃面《とちめん》屋弥次郎兵衛が旅役者の喜多八を伴って旅を続ける滑稽本の一編。

＊鳥居峠　標高一一九七メートル。長野県奈良井に近く、今は中央本線や中仙道（国道一九号線）がトンネルを設け通過している。

一九九　＊工面のいい　金まわりのいい。算段のいい。

＊木曾の桟橋　木曾路の一部。長野県西筑摩郡の木曾福島と上松両駅間トンネルの入り口。次注とともに木曾三絶勝の一つ。

＊寝覚の床　木曾路の一部。長野県木曾郡上松町にある景勝地。木曾川の急流に沿い奇岩が岸や川中に突出している。

二〇一　＊もったて尻　持ち上げたままの尻。

二〇二　＊干菜　乾燥させた茎葉。

＊八間行燈　八方あんどんともいう。平たい大型の掛けあんどん。梁《はり》に掛けて広いへや

の照明に用いる。

二〇三 ＊焼麩だと思う（しっぽく）の加料が蒲鉾　「しっぽく」（卓袱）とはここではそばまたはうどんの上に松茸《まつたけ》・椎茸《しいたけ》・蒲鉾・野菜などを載せた料理。かまぼこをしっぽくの材料に加えるのがふつうだが、どうせ一段落とした焼麩で間に合わせているのだろうと思ったら、意外に本物のかまぼこだったの意。

＊蝶脚　蝶脚膳のこと。脚が蝶の羽を広げたような形をしている膳。

二〇五 ＊鯉口　水仕事などで着物のよごれを防ぐため筒状の袖に仕立てた布子《ぬのこ》。鯉《こい》の口に似ているところから言う。

二〇七 ＊二つ提の煙草入　きせるを緒と根付けでたばこ入れにつないだ腰差しのもの。

二一六 ＊鷭　鶴目の鳥。鳩ほどの大きさ。全体に灰黒色で下尾筒が白色。池や沼、水田などに棲息《せいそく》する。

二一七 ＊たしない　足りない。乏しい。「足し無し」（形ク）の口語。

二一九 ＊入合せ　埋め合わせ。釣り合いをとる。

二二〇 ＊半作事　建築工事が途中で止まっていること。

二二九 ＊辰巳　辰と巳の間、すなわち南東の方角。

二三三 ＊きざ柿　木に実ったままで甘くなる柿。甘柿。きざわしとも言う。

二三七 ＊估券潰　「估券」は「沽券」に同じ。「沽」は売るの意。「沽券」とは地所家屋などの売り渡しの証文。売買・所有を記してある書きつけ。そこで、一度は売り渡しに失敗した、すなわち値打ちのないの意。

二三八　＊連尺　物を背負う道具。二枚の板に縄をわたして背負えるようにしたもの。または麻縄などで肩にあたる部分を幅広く編んで作った背負い縄。

二三九　＊棒鼻　宿場はずれ。

二四二　＊咽喉笛鉄砲　のどぶえに鉄砲をあてて自殺するの意。のどぶえは喉の気管の通じるところ。

＊鎌腹　鎌で腹を切り自殺すること。

二四九　＊しとぎ餅　神前に供える餅の名。古くは米粉をこねて長卵形としたが、のちには糯米《もちごめ》を蒸し、少しついて餅とし、供えた。

（三田英彬、編集部補訂）

解説

泉鏡花――人と作品

村松定孝

　泉鏡花《いずみきようか》の本名は鏡太郎《きようたろう》である。明治六年（一八七三）十一月四日、石川県金沢市下《しも》新町《しんちよう》十三番地に、彫金象眼《ぞうがん》細工師（俗に錺職《かざりや》という）泉清次（工名、政光）の長男として生まれた。祖父庄助は裁縫師で足袋《たび》屋を営んでいた。代々職人の家系であったことになる。祖母きては金沢名代の針製造業者目細《めぼそ》家の出で、このきての生家《さと》は現在でも、釣針や裁縫用の針の製造販売を営んでいる。鏡花の父は足袋と針の職人の血が結合しているわけだから、手さきの器用なことが持ち前の錺屋《かざりや》には生まれつき適していたことになる。それに、金沢は古来、加賀《かが》象眼の名のあるごとく、金銀箔の美術工芸の隆《さか》んな土地である。このような美的伝統に薫染された土地柄に、加賀藩の細工方金工・水野源六の弟子である人を父として、鏡花は生をうけたのであった。清次は一八九三年（明26）コロンビア万国博に、その技倆が買われ出品しているほどの優秀な工芸家であったが、気がむかなければ、仕事をしない名人肌のタイプであったという。では、母はどういう家の出の人だったかというに、母は鈴と言い、江戸下谷《したや》で、葛野《かどの》流の大鼓師《おおつづみし》・中田氏の娘として生まれた。能楽師松本金太郎は、その兄に当たる。鈴の祖父中田万三郎は加賀藩主前田侯に抱えられた能役者であったから中田の家と前田家とは因縁浅からぬものがあった。ところが、維新の変革で、当時の能楽界は窮乏のどん底に落ち、前田侯は、これを不憫に思われて、江戸から中田家を金沢へ引きとった。やがて、鏡花の母となる鈴も父母や兄たちとともに金沢下りをしたのであった。ところで、いかに衰微の状態にあった能楽師とはいえ、金沢は、これまた象眼同様に謡曲も隆んな土地で、古来、加賀宝生《ほうしょう》（加賀特有の宝生流というのでなく、加賀は宝生流の謡曲がよく行なわれるという意であろう）の名があるくらいだから、鈴の父に謡曲や鼓を習う人も、ぜんぜん無かったとは考えられない。それに、前田侯に抱えられていた能楽師ということであれば、評判にもなったであろう。そして、謡曲の弟子ができれば、謡の催しも、ときどきはひらかれ、仕舞をまうこともあったろうから、足袋には、特に気をつかう能楽師のつねとして、泉家との交渉のあったことは容易に想像できる。そんなことが縁となって、清次と鈴との婚姻が成立した。こうして、名人肌の彫工を父とし、能楽師の家系の人を母として鏡花は誕生した。鏡花の文章が彫琢《ちょうたく》に富み、鼓の音色の冴えを思わせるような格調のたかい、非常にリズミカルな特色を持っているのは、この両家の血が鏡花文学に結晶したと考えられまいか。

明治十三年四月、鏡太郎は浅野《あさの》川をへだてた東馬場養成小学校に入学。当時、母に草双紙の絵解きを、町内の娘たちから土地の口碑伝説を聞き、これが後年の創作に影響するところが大きかった。幼ない日の彼は江戸育ちの母を所有していることが小さな誇りでもあったし、浮世絵の中の美人に宿した夢がやがて鏡花好みの女性像に実ってゆくのである。彼が幼少年期を過ごした下新町の家は、現在、銘菓「長生殿」などで有名な菓舗森八のある位置で、東京のことにして下町の一角である。同じ、金沢出身の作家・徳田秋声《とくだしゅうせい》が士族の子として生まれ、土塀に囲まれた武家屋敷の面影を残している環境で成長したのと下町育ちの鏡花とでは、それぞれの作風の色彩感覚を異にするのも当然といってよいであろう。

さて、鏡花文学の詩情の源泉となったものとして、若き母の死を告げねばなるまい。明治十五年十二月二十四日、母鈴は二十九歳の短い生涯を閉じた。数え年十歳の幼児にとって、それは悲愴の極であったことは言うまでもないが、母と死別したことで、彼と母との関係が終焉したのではなかった。美しかった亡母のイメージを追うて、とこしえにその愛を慕い求める願いが、母に似た優しい女性と、それを恋うてやまない男の子の可憐な姿とをえがくところに鏡花文学の発想は、ほぼ定着したとみることができる。それが直接的に現われるときには姉が弟をいたわるような、年上の女と少年の初恋を題材とする「一之巻」—「誓之巻」のようなものとなり、優しき姉転じて仁侠に生きる女芸人や粋な花街の妓の心意気をおどらせるとき「義血侠血《ぎけつきょうけつ》」（滝《たき》の白《しら》糸《いと》）となり「通夜物語」となり、「湯島詣《ゆしまもうで》」となり、「白鷺」となり、「日本橋」の至純な愛の賛歌となる。だが、鏡花文学を説くのに、その純情と耽美《たんび》性をもってすれば足るものではない。反俗と官権への抗議や怪奇と神秘の世界の想像も逸しがたい。そうした諸傾向ならびに諸要素のいちいちをそれぞれの作品によって眺めるまえに、いましばらく、彼が作家として明治文壇に雄飛するまでの過程をたどってみるとしよう。

明治十七年四月、金沢高等小学校入学後、真愛学校（翌年北陸英和学校と改称）に転校。この学校は米人トマス・ウインによって創立された一致教会派に属するキリスト教伝道を目的とした学校で、ウインのあとを継いで、宣教師ポートルが経営しており、その夫人や妹も教鞭をとっていた。鏡太郎は特にミス・ポートルに愛された。そのころ、近隣の湯浅時計店の、彼より二つ年上の娘しげとも親しむ。この二女性は「一之巻」―「誓之巻」にモデル化されている。

二十年五月、英和学校を退き、専門学校（現在の金沢大学の前身）を志望したが、入学試験の際、英語の好成績なのに反し、数学がふできだったため合格しなかった。そこで、私塾の英語の代稽古などをしつつ、しだいに文学熱が高じ、馬琴《ばきん》の「近世説美少年録」や春のやおぼろ（坪内逍遥《つぼうちしょうよう》）の「妹と背かがみ」「此処やかしこ」などを耽読した。ときに数え年十六歳であった。その翌年、友人の下宿で、尾崎紅葉《おざきこうよう》の「二人比丘尼《びくに》色懺悔《いろざんげ》」を読み、大いに感激、「春昼たけなわ、窓に桃李の色、隣家に織《はた》の梭《さお》の音、鼓の調子に似て聞こえ、記憶忘れがたし」と自筆年譜にしるしている。

紅葉を慕う心がつのった。

明治二十三年の夏、辰《たつ》の口《くち》温泉なる母の妹に当たる叔母の家で、紅葉の「夏痩」を読み、しだいに小説創作の念がわいた。このころ、生前未発表の「白鬼女《しらきめ》物語」が執筆されたものと推定される。本作は未完であるが、「高野聖《こうやひじり》」の原型をおもわせる。

同年十一月二十八日、小説家志望の念やみがたく、紅葉門下となる目的で上京。しかし、直ちに紅葉を訪問する勇気がなく、金沢で泉家に止宿したことのある医学生福山某の下宿に同居し、福山が居を移すのに従って都内を転々し、ある時は鎌倉《かまくら》あたりまで流れて行ったり、借家の番人のようなこともしたりしたようであるが、この一か年の生活は具体的には鏡花の年譜のうちで、いちばん謎の部分である。彼自身が思い出をつづっているほかは、だれひとり、その間の彼の消息を書き残している人物がいないからである。したがっ

「高野聖」初版表紙

て私は、この時期を鏡花の彷徨《ほうこう》時代と名づけるにとどめたい。

二十四年十月十九日、彼は偶々《たまたま》知合いとなったところの、紅葉の母方の縁者の一医学生（福山の友人と推定される）の紹介で、牛込横寺町《うしごめよこでらまち》に初めて紅葉を訪ね、門下となることを許され、翌日から玄関番として住み込むことになる。数え年十九歳のそのときから以来二十三歳（明28）の二月まで、紅葉の膝下で、その薫陶をうけつつ三年余をすごした。その当時に書かれたものとして、現在、泉家に保存されている「両頭蛇」（この作品は「蛇くひ」と改題されて三十一年の三月に『新著月刊』に掲載された）の草稿があるが、それを見ると紅葉の朱筆が完膚なきまでに入っており、かなづかいや誤字を直す一方では、「立案凡ならず、文章亦老手のごとし。小蛇已に竜気の顕想たるものあるに似たり。乞ふ自重せよ」と、はげましの評を加えている。まさに、愛弟子としての好運を鏡花は、かちえたといえる。しかし、それだけに、後年のいわゆる「婦系図《おんなけいず》」事件に遭遇した際の鏡花の悲痛は、ひととおりではなかったことであろう。

明治二十五年、『（京都）日出新聞』に、巌谷《いわや》小波《さざなみ》の世話で、「冠弥左衛門《かんむりやざえもん》」が畠芋《はたけいも》之助《のすけ》の署名で発表になった。活字になった鏡花の小説の最初のものであるが、きわめて不評で、幾度か紅葉に対し新聞当事者より中止の請求があった。紅葉は鏡花が出端《でばな》を折られるのを哀れみ、折衝を重ね、ついにその完をえさせた。翌二十六年には、幾篇かの童話を白水郎の署名で博文館刊の『少年文学』などに寄稿したがまだ文名を馳すまでには至らなかった。

二十七年一月、鏡花は父を喪《うしな》い帰郷。それから再度の上京までの期間が彼の危機だったといえる。生計に窮し、祖母と弟とを擁して、前途暗澹《あんたん》たる状態が半年ほど続く。いかに、紅葉門下とはいえ、家族ともどもに師の家へひきとってもらうわけにはいかない。彼が自殺しかけたのは、この時期であった。それを、救ったのは、祖母の里目細家の従妹照《てる》であり、紅葉であった。当時、鏡花は目細家に同居していたが、照は、鏡花が深夜に、城下の百間堀に身を投げようとしてしばしば外出するたびに番頭にそのあとをつけさせ、死を思いとどまらせたという。紅葉は、鏡花が人生に悲観的になっているのを励まして、「汝の脳は金剛石なり。金剛石は天下の至宝なり。汝は天下の至宝を蔵むるものなり。天下の至宝を蔵むるもの是豈天下の大富人ならずや。天下の大富人汝何ぞ不老不死の薬を求めて其美を延べ其楽を窮めざる?!」という文面の書簡を送っている。

「高野聖」初版口絵（鏑木清方画）

鏡花が、この時期に、紅葉にとどけた小説のうち、「義血侠血」は、同年十月の『読売新聞』に載り、翌年、川上音二郎《かわかみおとじろう》一座が「滝の白糸」の外題で上演した。本作については「作品解説」にゆずる。

かくして、鏡花は、その年の秋には、祖母の励ましにより、祖母と弟のことは、目細家に託して上京。あけて、二十八年の二月には、尾崎家から小石川《こいしかわ》戸崎町《とさきまち》の大橋乙羽宅へ移り、博文館の『日用百科全書』の編集に従い、編集者として米塩の資をえながら、新しい創作活動を展開、その四月「夜行巡査」を、六月「外科室」を、『文芸倶楽部』（博文館刊）に発表。この二作は、田岡嶺雲《たおかれいうん》の賞賛を受け、観念小説の称号が与えられて、彼の文壇的位置は確立した。ちなみに、鏡花の雅号は、紅葉の命名によるものであるが、この名をもって新進作家として知られるようになったのは観念小説以後であった。二十九年は、彼の観念小説から独自の浪漫文学への推移の時期で、「琵琶伝」（一月『国民之友』）や「海城発電」（同月『太陽』）には権力者へのレジスタンスや反戦思想がみられるが、同年の五月から翌年一月の『文芸倶楽部』に連載された「一之巻」―「誓之巻」は、前述したように、金沢で過ごした幼少年期の回想を骨子とした哀切味の横溢したロマネスクである。また、同年十一月から十二月にかけて『読売新聞』に発表された「照葉狂言」は女芸人と少年の淡い恋と、少年が姉のごとく慕う人への献身がえがかれているが、これは「一之巻」―「誓之巻」のバリエーションともみられる。そして、この両作とも、森鷗外《もりおうがい》訳のアンデルセンの「即興詩人」の文体の影響がみられるし、樋口一葉《ひぐちいちよう》の少年少女を主人公とした「たけくらべ」の成功に刺戟された点も見のがせない。

ところで、いわゆる鏡花調ともいうべき艶麗《えんれい》なる文体に、彼のそれが到達するまでには、さまざまな実験がこころみられ、生活環境の変化も伴って、作風のうえに幾つかの推移が行なわれたようである。まず、観念小説時代には当時、翻訳家として知られた森田思軒《もりたしけん》のヴィクトル・ユゴー原作「探偵ユーベル」の訳文の摂取が顕著であり、次いで「一之巻」―「誓之巻」や「照葉狂言」には、前述したごとく、鷗外の和文調が生かされ、さらに三十年四月、『新著月刊』（硯友社の客将・後藤宙外《ごとうちゅうがい》編集）に初めて口語体小説「化鳥」を掲げているが、これは若松賤子《わかまつしずこ》訳のバーネットの「小公子」に負うている。こういう時期を経て、「髯題目」（明30・12）や「辰巳巷談」（明31・2）のごとき遊女を主人公とした作品をものした鏡花は、三十二年の硯友社の新年宴会で、のちに夫人となる神楽坂《かぐらざか》の芸妓桃太郎（本名は鏡花の母と同名の鈴）と相知り、以来、恋情蜜のような日々が続いた。そして、その間に成ったのが、同年四月の「通夜物語」（『大阪毎日新聞』五月完結）であり、十二月に書きおろしとして春陽堂より刊行した「湯島詣」であった。ちなみに「湯島詣」については、坪内逍遥が早稲田の教室で、絶賛したことを当時同大学の学生であった正宗白鳥《まさむねはくちょう》が回想している。花街出身のひとを妻とした逍遥にとって、同作はプラクティカルな魅力を覚えるところがあったのではあるまいか。鏡花文学の読者には、その華麗にして幽美なる文体に惹《ひ》かれるファンがあるとともに、実際に下町の情緒にひたる婦人の読者も少なくなかった。それは、如上の事情から、花街をめぐる女性の心意気や風俗描写をなすにふさわしいコンデションを彼が保ちえた結果によるものといえよう。

年譜によると、三十年の一月に、彼は大橋家を去って、小石川大塚町《おおつかまち》に郷里の祖母と弟を迎え、初めて世帯を持っている。そして三十二年の秋には、牛込南榎町《みなみえのきちょう》に転居し、三十三年二月、名作「高野聖」を『新小説』に掲げ、三十四年四月、遊女の執念に取材した「註文帳」を同誌に寄せ、三十五年に逗子《ずし》の桜山街道に胃病療養のために転地しているが、其所へ鈴が台所を手伝いに来たりしていたのを紅葉にみつかり、さらに、翌年、南榎町から神楽坂に転居（まだ妓籍のあった鈴と同棲するのに便なるためか）し、鈴と起居を共にしていたのが発覚して、生木をさかれるように師の命令で別れさせられたのであった。そのときの痛恨が紅葉没後、「婦系図」(明40)を鏡花に書かしめることになるわけであるが、たしかに、紅葉の態度は、現代人の眼からすれば苛酷であったかもしれない。しかし、紅葉とすれば、わが門下の作家が、その妻に芸妓をさせつづけながら、その情夫のような形で結婚するのを文士のプライドを維持させるうえから、許すことはできなかったのである。もちろん、そのころの作家の収入では、たとえ文壇の大御所に目されていた紅葉にしても、とうてい弟子のために、その愛人の落籍料を調達することは不可能だった。だから、紅葉自身、泣く思いで、弟子と愛人のなかをさいたのであった。「婦系図」のお蔦《つた》・主税《ちから》が鈴と鏡花の化身であるにしても、二人のなかを無理に切らせる酒井俊蔵を、すぐさま紅葉だとみなすわけにはいかない。紅葉は俊蔵のように、無理無体に弟子の恋路を邪魔したわけではなかった。鏡花にも、如上の師の立場が十分に諒解できた。だが、それにしても、別れさせられたことはつらかったことであろう。「婦系図」で、俊蔵の娘の妙子を、俊蔵が芸妓に生ませた子として登場させ、その結婚問題をめぐって主税が河野一家に復讐するという筋書きを仕組んだのは、紅葉への怒りからというより、一般社会が花街出身の女性に侮蔑《ぶべつ》の眼をもって臨む態度へのプロテストにほかならなかった。彼は、あのような手法をえらぶことで、鈴と彼自身を慰めたのであった。

泉鏡花（大正２年　40歳）

　さて、三十六年十月、鏡花は紅葉の死に直面することになる。

葉の他界は硯友社派の勢力の凋落《ちょうらく》を意味し、自然主義運動の抬頭を約束する。同年同月から『国民新聞』に連載し初めていた「風流線」は、偽慈善者とそれを取り巻く官僚をなじる彼の正義感が「水滸伝」ふうな構想の中に盛りこまれている大ロマンで、当時、世上の話題を呼んだ日光華厳《けごん》の滝に投身した藤村操の厭世自殺をも、たくみに取り入れているが、藤村操をモデル化した作中の村岡が世間には死んだとみせかけ、実は生きていて悪魔主義的行動をとるという、奇抜なデホルメがこころみられている。このように元来、虚構の美を求める小説作法と独自の修辞に全霊を託する詩魂をもって終始した鏡花であっただけに、自然主義的散文精神とは、あい容れず、紅葉没後、文壇の傍流的存在となり、三十九年から三年間、逗子田越《たごえ》にのがれた。前述の「婦系図」や登張竹風《とばりちくふう》との共訳ハウプトマンの「沈鐘」なども、同地で成ったものであった。

　四十一年二月、若き日より親しかった笹川臨風《ささかわりんぷう》に敷金の出資を仰いで、東京麴町《こうじまち》土手《て》三番町に居を移し、以来永眠するまで、ここに過ごすことになるが、四十二年の十月から十二月にかけ夏目漱石の厚意で「白鷺」が『朝日新聞』に載り、その翌年一月に「歌行燈《うたあんどん》」を『新小説』に発表した。この二作は、明治期の鏡花の円熟と集大成を示すものであって、前者は少壮日本画家稲木順一と、さながら白鷺の立ち姿をおもわせる芸妓小篠のかなしい恋物語が露けき盂蘭盆の夜語りとして、順一の義弟の口から姉のお稲（順一の本妻）へむけて語られる説話体形式で書かれている。小篠は成金五坂熊二郎に手ごめにされかけたとき、身の純潔を守るためみずから咽喉《のど》を突く。その瞬間、生霊と化して恋しき順一の前に現われる。秋成《あきなり》の「菊花の約《ちぎり》」を思わす幽玄な手法の中に、鏡花のロマンティシズムが芳香を薫ずる。「白鷺」は、まさに彼の花柳小説中でも白眉のできばえといえよう。後者は能楽界の名門の御曹子恩地喜多八が素人天狗の宗山を芸の仕合いで負かして憤死させたことから叔父の勘当をうけ、博多節の門付けするさすらいの身の上となるが、宗山の忘れ形見お三重にめぐり合い、罪ほろぼしに彼女に伝授した海士の舞が奇縁で、叔父と甥の再会が暗示されるところで、小説の幕が閉じられており、一九《いっく》の「膝栗毛」の口調が巧みに取り入れられ、ユーモラスに筋の運ばれゆく部分もあるが、作柄としては貴種流離譚めいた伝奇風の構想で、神韻縹渺《ひょうびょう》たる詩趣をさそう名作である。桑名《くわな》の街の情景もみごとにえがかれている。

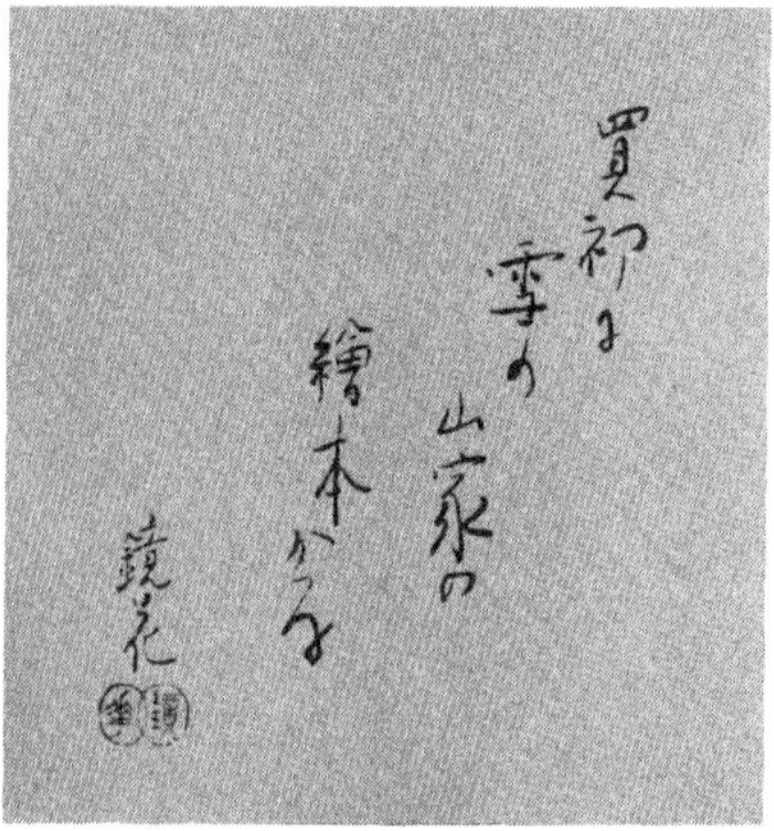

泉鏡花の筆跡

　ところで、三十六年の紅葉の病歿によって、硯友社陣営は崩壊し、自然主義文学の抬頭で、鏡花は一時文壇からシャットアウトされたことは前述したが、自然主義運動への反撥として起こった耽美派の巨匠永井荷風の厚意で、四十三年十月の『三田文学』（荷風主宰）に、鏡花は「三味線堀」を寄せている。フランスから帰朝後の荷風が日本の田舎じみた自然主義文学の泥くささをいとい、江戸文化への憧憬を示したことが明治を江戸風に生きている鏡花文学への共感をつのらせる要因をなしたのであったろうし、三田派の水上滝太郎《みなかみたきたろう》、久保田万太郎、佐藤春夫らがすべて鏡花ファンになってゆくのも荷風の影響とみられなくはない。特に万太郎の鏡花ごのみは、両者の生立ちが東京と金沢の違いはあっても、共に下町の庶民性に根ざしている点に心のかよい合うものがあった。さらに、鏡花に、いち早く、その才筆を認められ、家も向かい合わせだった『白樺』派の里見弴《さとみとん》、荷風に認められ世に出た谷崎潤一郎、『明星』派の歌人吉井勇などの後進にも鏡花は敬慕され、大正期にも、彼の存在は文壇的にも決してほろびてはいない。大正期の彼の代表作では、「日本橋」（大3）、「由縁の女」（大8）、「売色鴨南蛮」（大9）、「竜胆と撫子」（大11）、「眉かくしの霊」（大13）、戯曲では「天守物語」（大6）がある。

鏡花終生の住居となった番町の家は、いかにも、明治の、しかも硯友社生抜《はえぬ》きの戯作者の住むにふさわしい粋な小ぢんまりとした下町ごのみの造作で、表通りからすぐに格子戸をあけて玄関、緑色で「泉」という文字と源氏香の紋所とを書いた虫籠のよ

うな釣行燈《つりあんどん》が天井からぶらさがっており、障子の内はほの暗い感じで、吉井勇《よしいいさむ》の、

　　番町の鏡花の家の格子戸のあく音聴こゆ秋の夜更けに

の一首が、よくその住居の雰囲気をつたえている。

殍の修辞に鏡花の系譜が見いだされるように、芥川龍之介にも鏡花の影響がいちじるしく、「地獄変」や「往生絵巻」の文体の絢爛《けんらん》さは、まさに鏡花である。

泉鏡花　自宅書斎にて（昭和３年ころ）

　昭和期の作家で、鏡花の文体の影響が見うけられる人々は十一谷《じゅういちや》義三郎《ぎさぶろう》があり、川端康成の文節の句切り方や余情ただよう筆致、石川淳の伝奇風な作品にも、鏡花の巧緻《こうち》と幻想を思わす点多く、現代作家中では鏡花の絶対的崇拝者に三島由紀夫があった。

　鏡花は他界する二年前の昭和十二年（一九三七）に、その青春時

代を回想した「薄紅梅」（一月—三月『東京日日』、『大阪毎日』連載）と、「雪柳」（十二月『中央公論』）を発表し、同年、帝国芸術院会員を仰せつけられた。なか一年おいて、十四年七月「縷紅新草《るいこうしんそう》」の稿成り、八月病勢がつのって、九月七日永眠。同作は故郷金沢へのノスタルジーがあますところなくえがきつくされていて、涙そそられるものがある。古川柳に「ふるさとへまはる六部（巡礼）は気のよわり」とあるが、天才はおのれの死期を予知して、これをなしたのであろうか。享年、満六十五歳。墓は雑司《ぞうし》ケ谷《や》にある。

鏡花の死後、諸家のこころみた鏡花論中では、小林秀雄《こばやしひでお》の「鏡花の死其他」（昭14・10『文藝春秋』）がその芸術の真髄を適切に解明して、最も秀逸であった。

「鏡花の世界には現実の素材というものがなく、その点では現代小説家の世界から非常に遠い所にあるように見えるが、現代小説家はいろいろな点で鏡花世界からのがれえてはいても、鏡花の魂からはのがれられるものだろうか。鏡花という人はおよそ作家というものに関する、おそらく一番根本のあるいは一番難解な問題において、およそ徹底している。この作家では、問題が非常に純粋な形で現われている。……小説家と言われる人々の間ではもちろん、詩人にも稀有な純粋な形で現われている」（引用者要約）

以上のように小林は説き、それは文章の力というものに関する信仰が、ほとんど神に対するそれのごとく完全であることに基づくゆえんであると考察している。

この「文章こそ鏡花の唯一の神である」という規定は、ひとり小林におけるばかりでなく鏡花を愛し理解する人々にとって共通するものであるに違いない。

鏡花の文学は、幻想的・虚構的なるがゆえに永遠であり、おのれの創造した世界に、おのれの思うがままの人間を生かし、嚢中おさむるかぎりの抒情と美的感情とを流露しつくして、全作三百有余篇、表現しきれぬなやみも歌いはたさぬ悔恨も残さず、永い精神の恍惚《こうこつ》を終わったのであった。おもうだにうらやましい作家的生涯であった。

芸術は美しく、人生は果かない。ただ鏡花には、文章に対する信仰と変わらぬ青春ばかりがあった。そして、彼の青春こそは、日本文学の抒情と物語的伝統を彼特有の稟質《ひんしつ》の中に全一に生かし、魂と言葉がエモーションの場においてみごとに結実した。川端は「日本には花の名所が多い。鏡花の文学は情緒の名所である」といったが、まさしく鏡花の芸術は、情緒の花園であり、その生涯は美の祭典であったと称しても、あえて過言ではないと思われるのである。

作品解説

五《ご》味《み》渕《ぶち》典《のり》嗣《つぐ》

泉鏡花は、尾崎紅葉《おざきこうよう》の門弟として一九歳で最初の小説を発表して以後、一九三九(昭和一四)年に六五歳で逝去するまで、三〇〇以上の作品を世に送り出した。そのうち本書には、紅葉の膝下《しっか》から新進作家としての地位を築いていった初期の三作と、鏡花の代名詞ともいうべき神秘的な世界を描いた伝奇小説二作の、計五作を収めた。

近代日本が生んだ最大の幻想文学作家である鏡花の特異なロマンティシズムと独特の作品世界は、他に類例がないという意味で、しばしば「鏡花世界」と称される。小説家の水上滝太郎《みなかみたきたろう》は、鏡花作品の登場人物の名前を組み合わせて筆名としたほどの鏡花党として知られるが、水上によれば、鏡花の小説の特徴は「あるがままを描いて真実感を出す」のではなく、「ある可《べか》らざる事を描いて迫真感を出そうとする」点にある(「鏡花世界瞥見《べっけん》」)。つまり、鏡花にとっての「真実感《リアリティ》」とは、現実の世界やそこで起こる出来事をことばによって再現することを意味しない。小説とは本来的に虚構である。ならばどうして、現実世界の物理的な法則や、時間の流れや、社会の世俗的な秩序に従属しなければならないのか。問題はあくまで、ことばによってしか作り出せない時空を現出させること、現実には〈ありえないこと〉を〈ありうべきこと〉として「迫真感《リアリティ》」をもって描き出すことにあるはずだ。

鏡花は言語による世界の制作に賭《か》けている。「筆を執っていよいよ書き初めてからは、一切向《む》うまかせにする」と語ってもいた彼のことばは、物語の時間を無視するほどの勢いで奔放に流れ出すかと思えば、文には文脈があることを無視するかのような思い切った省筆で読者をとまどわせることも少なくない。そんな鏡花の個性的な文体は、受け手に負担をかけないことを美徳とする現代の単純明快な文章に慣れてしまった読者にとって、敷居が高いと感じられるかも知れない。だが、もしそう感じた読者がいたなら、ぜひ本文を声に出して読んでもらいたい。いかにも天性の物語作者にふさわしく独特のリズムと音調が支配する鏡花のことばは、人間の声を乗せることで、いきいきと受肉し始めるはずだ。

では、本書の作品で鏡花は、いったい何を描き、どんな世界を召喚しようとしたのだろうか。それぞれの作品について、簡単に見ていこう。

一八九四（明治二七）年、鏡花二一歳の年に発表された『義血侠血《ぎけつきょうけつ》』は、新派劇の代表的な演目『滝《たき》の白糸《しらいと》』の原作にあたる。出発期の鏡花作品は基本的に紅葉の校閲と添削を経ているが、この作も、全体のストーリー展開こそ鏡花の草稿に依拠するものの、登場人物の名前や造型、語り手の立場や語り方など、紅葉による大幅な書き換えが指摘されている。

例えば、鏡花の当初の構想では、「滝の白糸」こと水島玉《みずしまたま》（『義血侠血』の水島友）は、兼六園《けんろくえん》内の池の汀《みぎわ》で南京出刃打《なんきんでばうち》に襲われた後、どうせ死ぬならとごく自然に「盗」という手段を思いつき、「内儀」を殺害する場面ではかすかな笑みさえ浮かべている。一方、法律を修めて裁判官として金沢に戻った埴生荘之助《はにゅうしょうのすけ》（『義血侠血』では村越欣弥《こしきんや》）は、法廷で玉との個人的な関わりを暴露された際、自らの判断の公平性を証しだてようと、証拠品の出刃包丁で両眼を突いてしまうのである。つまり紅葉は、自己自身のルールに生きるふてぶてしい〈毒婦〉を、読者も共感できる「勤倹小心《きんけんしょうしん》」な「世話女房」に置き換え、男の血涙に塗《まみ》れた法廷という〈ありえない〉奇怪な場面をカットした。おそらく紅葉は、この一篇の趣向を、自らに課した責務と現在の自分にできることとのはざまで進退窮まった女と、法の代行者という職業的な立場と個人的な恩義との間で苦しむ男の物語だと読み取った。そんな彼からすれば、鏡花の草稿は、物語の主題を攪乱《かくらん》させる過剰な細部を抱えすぎていると映ったに相違ない。

だが、こうした師による「大斧鉞《だいふえつ》」は、弟子たる鏡花が己の関心と資質を見つめ直すきっかけともなったのではないか。事実、『義血侠血』の構想にあったテーマとモチーフのいくつかは、鏡花の初期作品の中でさまざまに変奏されている。

『夜行巡査《やこうじゅんさ》』は、初めて鏡花が独力で発表し、新進作家としての地位を確立した作品である。この作に、公的な職務と私の情との相剋《そうこく》という主題が呼び返されていることは明らかだが、それにしても「怪獣」八田《はった》巡査の人物像はあまりに異様である。首を振らずに瞳《ひとみ》を動かすだけで周囲をぬかりなく「観察」し、一回の巡視にかかる歩数を一桁《けた》の数まで記憶している監視機械――。むしろこの作品には、そうした権力の人形を設定してまで、人間的な情愛の価値を訴えようとした点を見るべきだろう。

その意味で、家柄と立場の違いを超えた純愛を描く名作として評価されてきた『外《げ》科室《かしつ》』は、鏡花の考える〈情〉の勝利を謳《うた》いあげた作品だといってよい。九年前の一日に、ほんの一瞬互いを認めただけの男女が心に秘め続けた思いというモチーフは、天神橋《てんじんばし》での再会の折、「無言の数秒」の間に「黙契」を交わした『義血俠血』の二人を想起させる。ただし、鏡花にとって〈情〉とは、その場限りの喜怒哀楽や、一時的な心の揺れ動きを意味しない。理性を介さない身体の反応でもなければ、方向性を欠いた衝動のことでもない。他ならぬその時、その場所で、とらわれない心に感受された直観に素直に身を委《ゆだ》ねること。そうした直観から摑《つか》み取られた認識は、その人の個性的な生きざまを根底において支える信念へと成長することもあるだろう。だから、〈情〉に殉じる鏡花の人物たちは、決して夢想家ではないし、根拠のない思念にとらわれた妄信者というわけでもない。『外科室』の貴船《きふね》伯爵夫人と高峰《たかみね》医学士がそうであったように、どれほど奇矯な言動や行動に見えたとしても、そこには確固とした論理があり、自己を律する揺るぎない規準があるのだ。

鏡花独特の倫理性とでもいうべきありようは、一九世紀の終わりを画する年に発表された傑作『高野聖《こうやひじり》』にも通底している。旅の途次、たまたま出会った青年に求められるまま若き日の「飛騨《ひだ》の山越《やまごえ》」の記憶を語る宗朝《しゅうちょう》は、「神代《かみよ》から杣《そま》が手を入れぬ」大森林があると伝わる天生《あもう》峠の旧道で、ぴたぴたと落ちてくる巨大な山蛭《やまびる》の群れに襲われながら、世界の終末を幻視した、という。人間の滅びる「代がわりの世界」、それは「地球の薄皮が破れて空から火が降るのでもなければ、大海《たいかい》が押被《おっかぶ》さるのでもない」。人間どもが山蛭に血を吸われ、地上のあらゆるものが溶けて形を失って、どろどろになった「血と泥の大沼」に覆い尽くされた世界である。天と地が分かたれる神話的な始源への回帰ともいうべきこのイメージは、「十三年前の大水」で取り残された「孤家《ひとつや》」の男女が、「代がわり」＝世界の終わりの後に生きていることを印象づける。自在に人を生物に変え、自然を思うままに操れるという「孤家の婦人《おんな》」は、さながら、生と死をつかさどる新世界の神霊と言えようか。

ただし、この「婦人」が、結局宗朝に一度も「都の話」を聞こうとしなかったことには注意したい。宗朝は、彼を辱めた「薬売《くすりうり》」を心に懸け、「山霊《さんれい》」への敬意を忘れず、「孤家の婦人」の境遇を思いやって涙し、「貴僧《あなた》は真個《ほんとう》にお優しい」としみじみ言われた人物である。この物語を語る際にも、「俯向《うつむ》けに床に入ったまま合掌」する、「傲然《ごうぜん》として物を見ない」人物である。すべてを聞き終えた青年が、彼を「上人」から「高野聖」と呼びかえるのは、決して偶然ではない。鏡花の物語では、人と自然への慎しみを忘れない者たちこそが、怪異と出会うことができる。

大正期の名品『眉《まゆ》かくしの霊《れい》』では、木曾《きそ》街道奈良井《ならい》の旅宿で、いかにも朴訥《ぼくとつ》な風の料理人・伊作《いさく》と、少し慌て者だが心根はひどく優しい境賛吉《さかいさんきち》とが、「白鷺《しらさぎ》かと思う」ほどの美しい女性の霊を目の当たりにするさまが描かれる。チョロチョロと流れる水の音、誰もいないはずの湯殿に漂う人の気配と、まるでサスペンス・ドラマのように異変の予感が盛り上げられていくこの物語の最後に二人が見るのは、かつてこの村を訪れたお艶《えん》という女性が命を落とすその瞬間である。だが、いくら自分の愛人とはいえ、因業な「代官婆《だいかんばば》」に苦しめられていた友人の妻に情けをかけてしまった男のために、妻と語らった上で直談判《じかだんぱん》に訪れるという話が本当にありうるのだろうか。自分の美しさで「代官婆」を説伏《せっぷく》するというのは本気の話だったのか。この作品では、そんな経緯よりもはるかに、桔梗《ききょう》の花が散り敷くような白さの中で、鏡を前にこちらを見返す美女の姿の方が、確かな実在感を持って読者に迫る。鏡花の筆から滴り落ちた文字は、現実と非現実との境をたゆたい、文学にとっての「真実《リアル》」を織り上げる。

初出一覧

義血侠血　「読売新聞」明治二十七年十一月一日―三十日（明治二十八年四月、春陽堂刊『なにがし』に収録）

夜行巡査　明治二十八年四月「文芸倶楽部」（大正四年五月、植竹書院刊『菖蒲貝』に収録）

外科室　明治二十八年六月「文芸倶楽部」（明治四十四年四月、博文館刊『鏡花叢書』に収録）

高野聖　明治三十三年二月「新小説」（明治四十一年二月、左久良書房刊『高野聖』に収録）

眉かくしの霊　大正十三年五月「苦楽」（大正十三年十二月、改造社刊『番町夜講』に収録）

年譜

明治六年（一八七三）

一一月四日、石川県金沢市下新町二三番地に泉家二男二女の長男として出生。本名鏡太郎。父清次は彫金師、加賀藩細工方金工九代目水野源六の弟子。政光と号した。祖父庄助は足袋《たび》の製造販売を営み、祖母きては針製造販売の老舗《しにせ》目細五兵衛の次女。母すずは江戸下谷生まれ、葛野《かどの》流大鼓師中田万三郎豊喜の娘。宝生流シテ方松本金太郎の妹。慶応四年（明治元年）七月、金沢へ移住。明治五年以前に泉家へ嫁す。（明治四年ないし三年と推測）。明治五年の壬申《じんしん》戸籍では入籍ずみ。鏡花出生以前に、「明治五年七月晦日／冥敢水子　泉清次子息」と過去帳に記録がある。

明治一〇年（一八七七）　四歳

『白縫物語』『大和文庫』『時代かがみ』等、母所蔵の草双紙の絵に親しむ。母や近所の女が絵解きを聞かせた。また、土地のむかしばなしを女たちから好んで聞いた。これらが後年の創作に影響を与えている。

明治一三年（一八八〇）　七歳

一月三一日、弟豊春（後年の斜汀《しやてい》）出生。四月（満六歳）、浅野川をはさむ東馬場、養成小学校入学。薄葉に好んで草双紙の口絵やさし絵を透写。父から手本を与えられ、絵を学ばされたこともあった。小学生時代に初めて、活版本の『結城合戦花鍬形《ゆうきがっせんはなのくわがた》』『難波《なにわ》戦記』等を手にす。

明治一五年（一八八二）　九歳

一二月二四日、母すず死す。享年二八歳。美しく、江戸育ちの明るさを合わせもった母を幼少期に失ったことが、鏡花の生涯と文学に多大の影響を与えることとなった。

明治一六年（一八八三）　一〇歳

春、近くの空地で林寿三郎の照葉《てりは》狂言一座が公演。林小親をふくめて小説「照葉狂《てりはきょう》言《げん》」の素材と推定さる。

明治一七年（一八八四）　一一歳

四月、金沢高等小学校入学（満一〇歳）。同年中に一致教会派に属する北陸英和学校に転学。校長ポートルの妹に鍾愛《しょうあい》さる。ジュール・ヴェルヌ原著、森田思軒訳『盲目使者』をこのころ愛読。また、近所の湯浅時計店のしげ、従姉の目細照に愛された。この二女性は「ささ蟹《がに》」「一之巻」―「誓之巻」の、またしげが「照葉狂言」のお雪のモデル。

明治二一年（一八八八）　一五歳

五月（満一四歳）北陸英和学校退学。専門学校（のちの第四高等学校）を受験したが不合格。私塾にかよい英語の代稽古を依嘱さる。貸本により多くの小説を耽読《たんどく》。

明治二二年（一八八九）　一六歳

四月（満一五歳）、尾崎紅葉の「二人比丘《びく》尼色《にいろ》懺悔《ざんげ》」を読み、感激。

明治二三年（一八九〇）　一七歳

夏、「八文字」と題する小説を試作。一一月二八日、小説家志望の念に燃えて上京。紅葉門下たらんとしたが機を得ず。一二月一日以来医学生福山某の下宿に同宿。年末、麻布区今井町の寺に仮寓。

明治二四年（一八九一）　一八歳

三月、浅草田原町の裏長屋に移住、五月、福山が神田区五軒町に居を構えたので同居、さらに本郷四丁目の下宿に移る。七、八月は医学生某に伴われて鎌倉みだれ橋妙長寺で過ごす。九月、本郷竜岡《たつおか》町の下宿に転じ、一月末、湯島新花町の下宿に医学生たちと同宿。このころ、娘義太夫をしばしば聞きに行った。一〇月下旬、医学生とともに妻恋坂下の長屋に移る。郷里の従姉から五円の送金があったが、使途を決めかね、この小《こ》為替《がわせ》券を裂く。貧窮のあげく一度は帰郷を決意したが、一〇月一九日、牛込横寺町に初めて紅葉を訪ね、内弟子たることを許され、翌日から尾崎家の玄関番として住み込む。以来、途中の帰郷を別にして明治二八年二月まで尾崎家に同居、小説修業に励む。

明治二五年（一八九二）　一九歳

七月、森鷗外著『美奈和集』（春陽堂刊）を購い、秘蔵す。一〇月一日―一一月二〇日、「冠《かんむり》弥左衛門」（〈京都〉日出新聞）。

不評であったが、中止請求を紅葉がはねつけてくれた結果、完結。一一月一日、後日「味噌《みそ》蔵《くら》町焼け」と呼ばれた大火で、生家も焼失。一時、帰郷。年末再度上京。なお、「冠弥左衛門」発表前後に、「両頭蛇」(のちの「蛇くひ」)を執筆したと推定さる。

明治二六年(一八九三)　二〇歳

五月、「活人形《いきにんぎょう》」(探偵文庫)。六月、「金時計」(少年文学)。八月、脚気をわずらい、療養のため帰郷。九月、「窮鳥」(北門新報)。一〇月、上京。

明治二七年(一八九四)　二一歳

一月九日、父清次死す。帰郷。一家貧窮に陥る。金沢百間堀端にしばしばたたずみ自殺の誘惑にかられる。一月から八月にかけて「予備兵」「義血侠血」「秘妾伝」「蝦蟆《がま》法師」「鐘声夜半録」「貧民倶楽部《クラブ》」を執筆、紅葉に送る。八月—一二月、「大和心」(幼年雑誌)。一〇月、「予備兵」(読売新聞)。一一月、「義血侠血」を署名「なにがし」で紅葉の添削を経て(読売新聞)。一〇月と一二月に「黒壁」(上・未完)を紅葉添削を経て(詞海)。一一月、「海戦の余波」「譬喩《ひゆ》談」(幼年玉手函)。同月「乱菊」のちの「女刺客」、紅葉添削を経て(近江新報)。一二月、「鬼の角」、紅葉添削を経て(幼年玉手函)。この年四度目の上京。

明治二八年(一八九五)　二二歳

一月、「取舵《とりかじ》」、紅葉添削、紅葉の署名(太陽)。「聾の一心」、紅葉添削(春夏秋冬)。二月、小石川戸崎町の大橋乙羽宅へ移る(博文館発行、日用百科書の編集に従事するため)。三月、「神楽坂《かぐらざか》七不思議」(文芸倶楽部)。三月―六月、「妖怪年代記」、三月二八日―四月一〇日、「秘妾伝」(以上、近江新報)。四月、「夜行巡査」(文芸倶楽部)。同月、初作品集『なにがし』刊(春陽堂)。四月・五月、「旅僧」(「一人坊主」)を紅葉の添削を経て(少年世界)。五月、評論「愛と婚姻」(太陽)。五月―七月、「黒猫」(北国新聞)。六月、「外科室」(文芸倶楽部)。「夜行巡査」とともに田岡嶺雲に絶賛され、また島村抱月らによって川上眉山《びざん》の「書記官」「うらおもて」などと合わせて観念小説と称されるに至り、新進作家として認められる。七月、「鐘声夜半録」紅葉添削を経て(四の緒)。「貧民倶楽部」(北海道毎日新聞)。同月、「妙の宮」(のち「扱帯《しごきおび》」)を(北国新聞)。「女刺客」(北陸新聞)。八月、「ねむり看守」紅葉添削(世界の日本)。一二月、浅草駒形座で川上音二郎一座が「義血侠血」を「滝の白糸」の外題で初演。

明治二九年(一八九六)　二三歳

一月、「琵琶伝《びわでん》」(国民之友)。「海城発電」(太陽)。二月、「化銀杏《ばけいちょう》」(文芸倶楽部、第二編は青年倶楽部)。三月と五月、「蝙蝠《こうもり》物語」(のちの「湯女《ゆな》の魂」の一節)を(新文壇)。五月、大橋宅を離れ、小石川大塚町に祖母と弟豊春と迎えて初めて一家を構える。同月―明治三〇年一月、「一之巻」「二之巻」「三之巻」「四之巻」「五之巻」「六之巻」「誓之巻」(文芸倶楽部)。九月、「野社」(のちに「紫陽花《あじさい》」)「毬栗《いがぐり》」以上(大倭心)。一一月、「竜潭譚《りゅうたんたん》」(文芸倶楽部)。同月一四日―一二月二三日、「照葉狂言」(読売新聞)。一二月、「勝手口」(太陽)。同月―明治三〇年四月、「X蟷螂鰒鉄道」（江湖文学に連載）。このころ、同郷の友人吉田賢龍を通じて笹川臨風、姉崎嘲《ちょう》風《ふう》、畔柳芥舟《くろやなぎかいしゅう》らを知る。とくに臨風とは親交を結ぶ。

明治三〇年（一八九七）　二四歳

一月、「恋愛詩人」（太陽）。三月、「ありのまま」（文芸倶楽部）。四月、「化鳥」（鏡花初の口語体小説、新著月刊）。五月、「ささ蟹」（国民之友）、「凱旋《がいせん》祭」（新小説）、「堅パン」（文芸倶楽部）。六月、「風流蝶花形《ちょうはながた》」、小杉天外の愛妓がモデル（文芸倶楽部）。七月、「清心庵」（新著月刊）、「怪語」（太陽）。八月、「迷児《まいご》」（少年世界）、評論「醜婦を呵《か》す」執筆。一二月、「山中哲学」（国民之友）、「鬚《ひげ》題目」（文芸倶楽部）。

明治三一年（一八九八）　二五歳

一月、「玄武朱雀」（反省雑誌）。二月、「辰巳巷談」（新小説）、鏡花執心の芸妓静がモデルと言われる。三月、「蛇くひ」（新著月刊）。四月、「笈摺《おいずる》草紙」（文芸倶楽部）。八月、「みだれ橋」（太陽）。九月、「通夜物語」（大阪毎日新聞に連載）。

明治三二年（一八九九）　二六歳

一月、硯友社《けんゆうしゃ》の新年宴会で神楽坂の芸妓桃太郎（本名伊藤すず、のちの鏡花夫人）を知る。同月、「雪の山家」（のち「立春」）を（読売新聞）。同月、「絵日傘」（眉山《びざん》との合著『ふところ子』春陽堂刊）。同月、「三尺角」（新小説）。二月、『錦帯記』（春陽堂刊）。四月、「湖のほとり」（新小説）。

六月、「草水晶」（風葉、花袋合著の『花ふぶき』新声社刊に収む）。六月—七月、「黒《くろ》百合《ゆり》」（読売新聞）。秋、牛込南榎《みなみえのき》町に転居。一一月、「幻往来」（活文壇）。一一月、『湯島詣《ゆしまもうで》』（春陽堂刊）。

明治三三年（一九〇〇）　二七歳

一月、「名媛記」（活文壇）。二月、「高野《こうや》聖《ひじり》」（新小説）。「古琴」（文芸倶楽部の雑報）。五月、尾崎家で開催の硯友社新作講談会で自作口演した作品「湯女《ゆな》の魂」を（新小説）。六月、「狸囃子《たぬきばやし》」、七月、「うしろ髪」以上（新小説）。八月九日—九月二七日、「三枚続」（大阪毎日新聞）、一〇月、「二葉の墓」（新小説）。一一月、「ポンチの記」（のち「裸蠟燭《はだかろうそく》」を太陽）。同月、「葛《かっ》飾《しか》砂子」（新小説）。同月—翌年一月、「政談十二社」（小天地）。

明治三四年（一九〇一）　二八歳

一月、「他流試合」（秋田魁新報）。同月、随筆「いろ扱い」（新小説）。同月、「斧の舞」（明星）。同月、「処方秘箋」（天地人）。三月、「水鶏《くいな》の里」（新小説）。四月、「註文帳」（新小説）。六月、「月下園」を紅葉、涼葉、風葉との合著（『あだ浪』に収録、文禄堂刊、紅葉添削あり）。八月、「森の紫陽花《あじさい》」（新小説）。同月、「玉章」（輪友）。一一月、「袖屏風《そでびょうぶ》」（新小説）。

明治三五年（一九〇二）　二九歳

一月、「競争夜話」（秋田魁新報）。同月、「女仙前記」（新小説）。同月、「妖僧記」（九州日日新聞）。三月、「波がしら」（文芸界）。五月、「きぬぎぬ川」（「女仙後記」）

を（新小説）。同月、「青切符」（俳藪）。八月、「やどり木」（太陽）。一〇月、「親子そば三人客」（文芸界）。一一月、「起誓文《きしょうもん》」（新小説）。この年、二月、名古屋に旅行。七月末—九月上旬、逗子《ずし》桜山に胃病療養のために転地。すずは一週に二日くらいずつ台所を手伝う。

明治三六年（一九〇三）　三〇歳

一月、「昔馴染《むかしなじみ》」（秋田魁新報）。同月、柳川春葉と関西旅行。同月、作品集『田毎かがみ』刊（春陽堂）。同月、「二世の契」（新小説）。二月、「吉浦蜆《しじみ》」（新小説）。三月、南榎町から牛込神楽坂二丁目二二番地に転居、竹馬の郷友、吉田賢龍の厚誼によりすずと同棲。同月、「茶一碗」（のち「置炬燵《ごたつ》」）を（文芸倶楽部）。四月、病床の紅葉に呼ばれ、すずとの同棲叱責さる。すずいったん泉家を去り、紅葉没後、鏡花夫人の座につく。同月、「舞の袖」（新小説）、五月、「俠言」（のち「長さん」）（文芸倶楽部）。同月、「伊勢之巻」（新小説）。五月一六日—三〇日「薬草取」、紅葉が添削した最後の作品（二六新報）。七月、「草あやめ」（新小説）。九月、「鷺《さぎ》の灯」（太陽）。一〇月、「白屈菜記」（新小説）。同月二四日—翌年三月一二日、「風流線」（国民新聞）。一〇月三〇日、紅葉没。葬儀では門弟を代表して弔詞を読んだ。一一月、「白羽箭」（文芸倶楽部）。同月、「紅葉先生」（風葉との対談、明星）。一二月、「紅葉先生逝去前十五分間」（新小説）。「紅葉先生弔詞」（文芸倶楽部）。

明治三七年（一九〇四）　三一歳

一月、「秀蘭小品」（秋田魁新報）。同月、

「友白髪」（のち「道中一枚絵其一」）を（文芸倶楽部）。三月、「紅雪録」、四月、「続紅雪録」を（新小説）。五月—一〇月、「続風流線」（国民之友）。九月、「柳小嶋」（文芸倶楽部）。同月、「高野聖」本郷座初演。一〇月、戯曲「深沙大王」（文芸倶楽部）。

明治三八年（一九〇五）　三二歳

一月、「小剣気」（秋田魁新報）。同月、「わか紫」「おもて二階」（新小説）。同月、「雪の翼」（のち「雪の羽衣」）を（女学世界）。三月、「かながき水滸伝」（新小説）。四月、「銀短冊《たんざく》」（文芸倶楽部）。六月、「瓔珞《ようらく》品」（新小説）。同月、「女客」（前半）を（中央公論。後半は同誌に一一月）。七月、「小鼓吹」。一〇月、「胡蝶《こちょう》之曲」以上（新小説）。一二月、「悪獣篇」（文芸倶楽部）。

明治三九年（一九〇六）　三三歳

一月、「海異記」（新小説）。同月、「月夜遊女」（太陽）。同月、「式部小路」（「三枚続」の続篇）を（大阪毎日新聞）。六月、『無憂樹』『七本桜』刊（日高有倫堂）。七月、健康を害し逗子田越に転地。以後約三年間をこの地に過ごす。八月、「通夜物語」大阪朝日座で初演。九月、「湯島詣」同座で初演。一一月、「春昼」、一二月、「春昼後刻」（以上、新小説）。一二月、戯曲『愛火』刊（春陽堂）。このころ李長吉の詩に親しむ。

明治四〇年（一九〇七）　三四歳

一月、「功徳」（もと「二人坊主」「旅僧」）を（秋田魁新報）。同月、「縁結び」（新小説）。同月、「霊象」（文芸倶楽部）。同月一日—四月六日、「婦系図《おんなけいず》」（やまと新聞連載）。同月、「廊下の君」（「幻往来」前半）を（北海タイムス）。同月、「車前草」（「幻往来」後半）を（東亜新報）。同月、『式部小路』刊（隆文館）。五月—六月、ハウプトマン作「沈鐘」第二幕までを登張《とばり》竹風と共訳（やまと新聞）。五月、随筆「おばけずきのいわれ少々と処女作」（新潮）。七月、「あいあい傘」（新小説）で、長谷川天渓の「沈鐘」批判に反駁《はんばく》。同月、「風流線」本郷座初演。一二月、「かしこき女」（新小説）。

明治四一年（一九〇八）　三五歳

一月、「雌蝶」（新小説）。同月、『草迷宮』刊（春陽堂）。二月、笹川臨風に敷金の出資を仰ぎ麹町土手三番町に転居。同月、『婦系図』前編刊（春陽堂）。同月、作品集『高野聖』刊（佐久良書房）。四月、「花間文学」（新小説）。同月、随筆「たそがれの味」（早稲田文学）。同月、「頬白《ほおじろ》」（文芸倶楽部）。同月、自然主義批判の評論「ロマンチックと自然主義」（新潮）。五月、「妙齢」、六月、「沼夫人」（以上新小説）。同月、『婦系図』後編刊（春陽堂）。九月、「婦系図」を新富座で初演。一〇月、「蘆の葉釣」（新小説）。一一月、「星女郎」（文芸倶楽部）。

明治四二年（一九〇九）　三六歳

一月、「七草」（新小説）。二月、「尼ケ紅」を（新小説、後半は四月、同誌）。四月、「紫手綱」（文芸倶楽部）。同月、作品集『柳筥』刊（春陽堂）。五月、「貸家一覧」（太陽）。同月、評論「芸術は予が最良の仕事也」（文章世界）。同月、作品集『春宵読

本』刊（文泉堂書房）。七月、「海の使者」（文章世界）。九月、「吉祥果」（少女）。同月、『神鑿』刊（文泉堂書房）。一〇月一五日―一二月一二日、「白鷺」（朝日新聞に連載）。このころ夏目漱石を知る。なお、この年三月、後藤宙外、笹川臨風、中島孤島、村田春潮らが結成した文芸革新会に参加。反自然主義を標榜《ひょうぼう》す。宇治山田、名古屋、伊勢などへ旅行。「歌行燈《うたあんどん》」の素材を拾う。

明治四三年（一九一〇）　三七歳

一月、「東海道」（秋田魁新報）。同月、「歌行燈」（新小説）。同月、「国貞えがく」（太陽）。同月、『鏡花集』全五巻の刊行始まる（春陽堂）。三月、「月夜車」（毎日電報）。同月と四月、「楊柳歌」（新小説）。四月、「白鷺」本郷座初演。一〇月、「三味線堀」（三田文学）。一一月、「櫛巻《くしまき》」（太陽）。一二月、「麦搗」（文芸倶楽部）。

明治四四年（一九一一）　三八歳

一月、「朱日記」（三田文学）。「酸漿《ほおずき》」（万朝報）。二月、「露肆」（中央公論）。三月、「三味線堀」宮戸座初演。同月、「吉原新話」（新小説）。四月、作品集『鏡花叢書』刊（博文館）。五月、「妖術」（太陽）。同月、「人参《にんじん》」（文芸倶楽部）。六月、「高桟敷《さじき》」（新日本）。同月「池の声」（太陽）。同月、「逢う夜」（国民新聞）。七月、「笹色紅」（のち「祇園物語」）を（文芸倶楽部）。八月、「杜若《かきつばた》」（新小説）。同月、「月夜」（婦女界）。一〇月、「貴婦人」（のち「雪衣の鸚鵡《おうむ》」）（三越）。同月、作品集『銀鈴集』刊（隆文館）。一二月、「鰻《うなぎ》」（のち「夜釣」）を（新小説）。同月、「爪びき」（文芸倶楽部）。このころから里見弴と近づく。

明治四五年・大正元年（一九一二）三九歳

一月、「躑躅ケ岡《つつじがおか》」（秋田魁新報）。同月、「南地心中」（新小説）。同月、「片しぐれ」（日本及び日本人）。同月、『歌行燈』刊（春陽堂）。二月、三月「稽古扇」（中央新聞）。二月、「稽古扇」明治座初演。四月、「靄《もや》」（のち「三人の盲の話」）を（中央公論）。四月、作品集『国貞ゑがく』刊（春陽堂）。五月、「廓育《くるわ》ち」（新小説）。「南地心中」新富座初演。六月、「糸遊《いとゆう》」（太陽）。同月、「唐模様」（文芸倶楽部）。七月、「紅提灯」（淑女画報）。同月、「歌仙彫」（新小説）。九月、「稽古扇」続きを（文芸画報）。一〇月、「浅茅生」（地球）。一一月、「霰ふる」（太陽）。同月、「印度更紗《インドさらさ》」（中央公論）。

大正二年（一九一三）四〇歳

一月、「五大力」（新小説）。同月、「遊行軍」（文芸倶楽部）。三月、戯曲「夜叉ケ池《やしゃがいけ》」（演芸倶楽部）。四月、「艶書」（現代）。同月、戯曲「銀杏《いちょう》の下」（のち「公孫樹」）を（台湾愛国婦人）。五月、「狸囃子」（のち「陽炎座」）を（新小説）。六月、「蒟蒻本《こんにゃくぼん》」（ホトトギス）。七月、「紅玉」（新小説）。八月—一〇月、「二挺鼓」（のち「参宮日記」）を（京城日報）。九月、「二た面」（文芸倶楽部）。一二月、戯曲「海神別荘」（中央公論）。同月、戯曲『恋女房』刊（鳳鳴社）。

大正三年（一九一四）四一歳

一月、「魔法壜」（新小説）。同月、「第二蒟蒻本」（新日本）。二月、「革鞄の怪」（淑女画報）。四月、「深沙大王」明治座初演。九月、『日本橋』刊（千章館）。一〇月、戯曲「湯島の境内」（「婦系図」補遺）を（新小説）。一二月、「紅葛」（中央公論）。

大正四年（一九一五）　四二歳

一月、「桜心中」（新小説）。「桜貝」（淑女画報）。三月、「日本橋」本郷座初演。四月、「新つや物語」（文芸倶楽部）。五月、「夕顔」（三田文学）。同月、作品集『菖蒲貝』刊（植竹書院）。五月―一二月、「星の歌舞伎」（女の世界に連載）。六月、『鏡花選集』刊（春陽堂）。七月、「蒔絵もの」（新小説）。九月、「懸香」（新小説）。一〇月、作品集『遊里集』刊（春陽堂）。

大正五年（一九一六）　四三歳

一月、「白金之絵図」（新小説）。四月、「浮舟」（新小説）。五月と六月、「袙奇譚《あこめ》」（三田文学）。七月、「人魚の祠」（新日本）。同月、「夜叉ケ池」本郷座初演。九月、戯曲「島田髷《まげ》の人形」（のちの戯曲「日本橋」の一節）を（産業評論）。一〇月、「萩薄内證話」（新小説）。同月、作品集『由縁文庫』刊（春陽堂）。一一月、「通路」（文芸倶楽部）、一二月、「木曾の紅蝶」（文芸倶楽部）。一一月、久保田万太郎が水上滝太郎を伴い鏡花宅訪問。以来、滝太郎との交際はじまる。

大正六年（一九一七）　四四歳

一月、「雨夜の姿」（淑女画報）。同月、「伊《だ》

達羽子板《て》」（女学世界）。同月「町双六《すごろく》」（新小説）。同月、「炎さばき」（女の世界）。同月、『幻の絵馬』（『侠艶情話集』第一編として春陽堂より刊）。同月、「縁日」（東京日日新聞）。三月、「雛がたり」（新小説）。四月、「峰茶屋心中」（新小説）。同月、作品集『弥生帖』刊（平和出版社）。五月、『戯曲日本橋』刊（戯曲選集第四編として春陽堂）。八月、作品集『粧蝶集』刊（春陽堂）。九月、戯曲「天守物語」（新小説）。

大正七年（一九一八）　四五歳

一月、「継《つぎ》三味線」（新小説）。同月、「黒髪」（中外新論）。同月、作品集『紅梅集』刊（春陽堂）。二月―三月、「友染火鉢」（「週」七―九号に連載）。四月、「茸の舞姫」（中外）。六月、『鴛鴦帳《えんおう》』刊（止善堂）。七月七日―一二月七日、「芍薬《しやくやく》の歌」（やまと新聞）。

大正八年（一九一九）　四六歳

一月、作品集『友染集』刊（春陽堂）。同月―大正一〇年二月、「由縁《ゆかり》の女」（のち「櫛笥《くしげ》集」）を（婦人画報に連載）。三月と四月、「紫障子」（新小説）。五月二〇日―七月一日、「柳の横町」（大阪朝日新聞に連載）。九月、「手習」（新小説）。同月、「縁日商品」（文久社出版部刊『夜の東京』に発表）。一〇月、作品集『雨談集』刊（春陽堂）。

大正九年（一九二〇）　四七歳

一月、「江戸土産」（のちの「妖剣紀聞」前篇）を（新小説）。五月、「売色鴨《かも》南蛮」（人間）。七月、「寸情風土記」（新家庭増刊・山水巡礼）。一〇月―一一月「樒《マルメロ》 に目鼻のつく話」（現代）。一〇月、『銀燭集』（「五大力」ほか）刊（春陽堂）。同月、「瓜の涙」（国粋）。一二月、「唄立山心中一曲」（改造）。この年、芥川龍之介を知る。

大正一〇年（一九二一）　四八歳

一月、「鯛」（現代）。同月、「薺《なずな》」（新家庭）。同月、「定九郎」（人間）。同月―一〇月、「毘羯摩《びかつま》」（国粋に連載）。同月―翌年二月、「彩色人情本」（新演芸に連載）。二月、作品集『蜻蛉集』刊（国文堂書店）。三月、「蝶々の目」（国本）。四月、「雪霊記事」（小説倶楽部）。同月、「雪霊続記」（新小説）。七月と八月、「銀鼎《がなえ》」（国本）。七月、紀行文「七宝の柱」（人間）。「飯坂ゆき」（東京日日新聞）。八月、『ゆかりのおんな櫛笥集』刊（春陽堂）。

大正一一年（一九二二）　四九歳

一月、「妖魔の辻占《つじうら》」（新小説）。同月、作品集『新柳集』刊（春陽堂）。一月一二日―三月二二日、「身延《みのぶ》の鶯」（東京日日新聞）。一月―六月、「黒髪」（のちの「りんどうとなでしこ」の一部）を（良婦の友）。七月、「楓《かえで》と白鳩」（サンデー毎日）。八月、随筆「みなわ集の事など」（新小説・鷗外森林太郎号）。同月―大正一二年一月、「竜胆《りんどう》と撫子《なでしこ》」（のちの「りんどうとなでしこ」を（女性に連載、いったん完結したが、続編が同誌に大正一二年二月―九月まで連載さる）。一〇月、「十三娘」（鈴の音）。一〇月七日―一二日、「入子話」（東京朝日新聞）。

大正一二年（一九二三）　五〇歳

一月、「鷭《ばん》狩」（サンデー毎日）。同月、「鶚《みさご》の鮨《すし》」（新小説）。三月、「磯あそび」（サンデー毎日）。同月、作品集『竜蜂集』刊（春陽堂）。五月二六日—七月一四日、「朝湯」（大阪朝日新聞に連載）。六月、「山吹」（劇本）を（女性）。同月、「くさびら」（東京日日新聞）。九月、関東大震災の火を避け二昼夜露宿。一〇月、「露宿」（女性）。同月一日—五日、「十六夜」（東京日日新聞）。一一月一〇日、「間引《まびき》薬」（週刊朝日）。同月、「雨ばけ」（随筆）。

大正一三年（一九二四）　五一歳

一月、「駒の話」（サンデー毎日）。同月、「傘」（随筆）。同月、「小春の狐」（女性）。同月一日—七日、「春着」（時事新報）。二月、「湯どうふ」（女性）。同月、「胡桃《くるみ》」（新興）。四月、「火のいたずら」（サンデー毎日）。同月、「仮宅話」（新小説）。同月、「二三羽—十二三羽」（女性）。同月、「きん稲」（随筆）。五月、「眉《まゆ》かくしの霊」（苦楽）。七月、「雨ふり」（苦楽）。同月、「夫人利生記」（女性）。同月、『りんどうとなでしこ』刊（プラトン社）。同月二一日—九月六日、「玉造《たまつくり》日記」（大阪朝日新聞）。八月、「栃《とち》餅」（のち「栃の実」）を（新小説）。同月、「旅行笑話」（女性）。九月、「鰌《どじょう》すくい」（のち「光籃」）を（随筆）。一〇月、「露萩」（女性）。一一月、作品集『愛府』刊（新潮社）。一二月、作品集『番町夜講』刊（改造社）。

大正一四年（一九二五）　五二歳

一月、「道祖神の戯《たわむれ》」（サンデー毎日）。同月、「甲乙《きのえきのと》」を（女性）。二月、「鐙《あぶみ》」（写真報知）。同月と四月、「本妻和讃《わさん》」（苦楽）。三月、「怨霊借用《おんりよう》」（改造）。同月、「神楽坂の唄」（文芸春秋）。同月、「献立小記」（東京朝日新聞）。四月一日、「田植」、「色鳥」（週刊朝日）。七月、『鏡花全集』全一五巻、春陽堂から刊行始まる。編集委員は小山内薫、谷崎潤一郎、里見弴、水上滝太郎、久保田万太郎、芥川龍之介。

大正一五年・昭和元年（一九二六）五三歳

一月、戯曲「戦国新茶漬」（女性）。同月、「絵本の春」（文芸春秋）。四月、「隣の糸」（女性）。同月、「城崎《きのさき》を憶う」（文芸春秋）。同月三〇日―五月六日、「火の用心の事」（東京朝日新聞）。七月、「歌行燈」明治座初演。九月、「真夏の梅」（女性）。同月、「小唄」（文芸春秋）。同月二三日―一〇月八日、「麻を刈る」（時事新報）。一〇月、「半島一奇抄」（文芸春秋）。一一月、郷里金沢へ旅し目細家で妹八重と二五年ぶりに対面。

昭和二年（一九二七）　五四歳

三月、「多神教」（文芸春秋）。四月、「卵塔《らんとう》場《ば》の天女」（改造）。同月と五月、「河伯令嬢」（婦人倶楽部）。六月、「玉川の草」（文芸春秋）。同月、「金色夜叉《やしや》小解」（「金色夜叉」の書かれざる部分を知る上で重要）を（『明治大正文学全集第五巻、尾崎紅葉篇』に寄す。春陽堂刊）。七月一七日―八月七日、「深川浅景」（新東京繁昌記）を（東京日日新聞に連載)。九月―翌年二月、「楊弓」(のち「ピストルの使い方」)を(文芸倶楽部)。一〇月一日―九日、「十和田湖」(東京日日新聞・大阪毎日新聞)。

昭和三年(一九二八)　五五歳

一日、「啄木鳥《きつつき》」(サンデー毎日)。同月、「鳥影」(不同調)。同月、「御存知より」(時事新報)。八月、「飛剣幻なり」(改造)。同月、「九九九会小記」(三田文学)。一一月、修善寺温泉新井に遊ぶ。以後、四度、同地を訪れている。

昭和四年(一九二九)　五六歳

四月、作品集『昭和新集』刊(改造社)。五月、能登《のと》和倉温泉および金沢市上柿木畠藤屋に遊び、湯浅しげと対面。七月二日―一一月二四日、「山海評判記」(時事新報)。

昭和五年(一九三〇)　五七歳

九月、「木の子説法」(文芸春秋)。

昭和六年(一九三一)　五八歳

六月、千葉県勝浦に遊ぶ。七月、「貉《むじな》市場」(のち「古貉」)を(文芸春秋・オール読物号)。八月二日―八日、「木菟《みみずく》俗見」(東京朝日新聞)。九月、「貝の穴に河童《かっぱ》が居る事」(古東多万)。

昭和七年(一九三二)　五九歳

一月、「菊あわせ」(文芸春秋)。同月、熱《あた》海《み》水口園に遊ぶ。以後、八度ほど同地を訪れている。四月、「白花の朝顔」(週刊朝日・春季特別号)。一一月、「雨のゆうべ」(文芸春秋)。

昭和八年(一九三三)　六〇歳

一月、「神鷺之巻《しんろのまき》」(改造)。同月、「燈明之巻」(文芸春秋)。三月、実弟斜汀、徳田秋声経営のアパートで死去。このことにより秋声との長年の不和が解消。七月、「開扉《かいひ》一妖帳」(経済往来・夏季増刊)。

昭和九年(一九三四)　六一歳

一月、「斧琴菊《よきこときく》」(中央公論)。三月、作品集『斧琴菊』刊(昭和書房)。五月、「うどんの岡惚れ」(糧友)。

昭和一一年(一九三六)　六三歳

一月、戯曲「お忍び」(中央公論)。

昭和一二年(一九三七)　六四歳

一月五日―三月二五日、「薄紅梅」(東京日日新聞・大阪毎日新聞に連載)。六月二四日、帝国芸術院会員となる。一二月、「雪柳」(中央公論)。

昭和一三年(一九三八)　六五歳

一一月初旬、喀痰《かくたん》に微量の血液あり。健康すぐれず。

昭和一四年（一九三九）　六六歳

四月二四日、佐藤春夫甥《おい》竹田龍児、谷崎潤一郎長女鮎子の結婚を媒妁する。七月、「縷《る》紅新草《こうしんそう》」（中央公論）。七月下旬、腰部疼痛《とうつう》に苦しむ。八月中旬、病因を肺腫瘍《しゅよう》と確認。下旬、病勢つのる。九月七日死去。枕頭の手帳に「露草や赤のまんまもなつかしき」と記されたのが絶筆となった。一〇日、芝青松寺にて葬儀。戒名は佐藤春夫の撰による「幽幻院鏡花日彩居士」。遺骨は雑司ヶ谷墓地に埋葬さる。一〇月、作品集『薄紅梅』刊（中央公論社）。一一月、「遺稿」（文芸春秋）。

昭和一五年（一九四〇）

四月―昭和一七年一一月、『鏡花全集』全二八巻刊行さる（岩波書店）。

昭和二六年（一九五一）

一〇月、「天守物語」新橋演舞場で初演。

昭和三〇年（一九五五）

一二月、生前未発表作『新泉奇談』刊（角川書店）。

昭和三一年（一九五六）

一二月、「戦国茶漬《ちゃづけ》」歌舞伎座で初演。

昭和三二年（一九五七）

三月、生前未発表小説「白鬼女物語」（明治大正文学研究に掲載）。

昭和三八年（一九六三）

一〇月、生前未発表で、「妖僧記」（明35・1）の続編でもある小説「蝦蟆《がま》法師」（「解釈と鑑賞」に掲載）。

（三田英彬）

——改版にあたり、補訂を行いました。

（編集部）

本書は、一九七一年四月二十日改版初版の角川文庫旧版を改版したものです。このたびの改版にあたり、春陽堂版『鏡花全集』及び岩波書店版『鏡花全集』の本文を参考にしました。また角川文庫旧版ほかを参照して、原文を新字・新かなづかいに改めました。

なお本書中には、車夫、盲、馬丁、手無娘、片手落、馬方、乞食、物貰、癩病坊、女中、百姓、唖、白痴、下男、不具、妾といった現代では使うべきではない差別語、並びに今日の医療知識や人権擁護の見地に照らして不当・不適切と思われる語句や表現がありますが、作品発表時の時代的背景と、著者が故人であること、作品自体の芸術性・文学性を考え合わせ、原文のままとしました。

（編集部）

高野聖《こうやひじり》

泉 鏡花《いずみきようか》

昭和29年 12月15日　初版発行
平成25年 6月20日　改版初版発行
令和6年 5月15日　改版34版発行

発行者●山下直久

発行●株式会社KADOKAWA
〒102-8177　東京都千代田区富士見2-13-3
電話　0570-002-301（ナビダイヤル）

角川文庫 17952

印刷所●株式会社KADOKAWA
製本所●株式会社KADOKAWA

表紙画●和田三造

●お問い合わせ
https://www.kadokawa.co.jp/（「お問い合わせ」へお進みください）
※内容によっては、お答えできない場合があります。
※サポートは日本国内のみとさせていただきます。
※Japanese text only

Printed in Japan
ISBN978-4-04-100849-2　C0193

◆◇◇

角川文庫発刊に際して

角川源義

第二次世界大戦の敗北は、軍事力の敗北であった以上に、私たちの若い文化力の敗退であった。私たちの文化が戦争に対して如何に無力であり、単なるあだ花に過ぎなかったかを、私たちは身を以て体験し痛感した。西洋近代文化の摂取にとって、明治以後八十年の歳月は決して短かすぎたとは言えない。にもかかわらず、近代文化の伝統を確立し、自由な批判と柔軟な良識に富む文化層として自らを形成することに私たちは失敗して来た。そしてこれは、各層への文化の普及滲透を任務とする出版人の責任でもあった。

一九四五年以来、私たちは再び振出しに戻り、第一歩から踏み出すことを余儀なくされた。これは大きな不幸ではあるが、反面、これまでの混沌・未熟・歪曲の中にあった我が国の文化に秩序と確たる基礎を齎らすためには絶好の機会でもある。角川書店は、このような祖国の文化的危機にあたり、微力をも顧みず再建の礎石たるべき抱負と決意とをもって出発したが、ここに創立以来の念願を果すべく角川文庫を発刊する。これまで刊行されたあらゆる全集叢書文庫類の長所と短所とを検討し、古今東西の不朽の典籍を、良心的編集のもとに、廉価に、そして書架にふさわしい美本として、多くのひとびとに提供しようとする。しかし私たちは徒らに百科全書的な知識のジレッタントを作ることを目的とせず、あくまで祖国の文化に秩序と再建への道を示し、この文庫を角川書店の栄ある事業として、今後永久に継続発展せしめ、学芸と教養との殿堂として大成せんことを期したい。多くの読書子の愛情ある忠言と支持とによって、この希望と抱負とを完遂せしめられんことを願う。

一九四九年五月三日